U0943527

将爱未爱之

青春当铺

凤青钗◎著

金城出版社
GOLD WALL PRESS

图书在版编目（CIP）数据

将爱未爱之青春当铺/凤青钗著．—北京：金城出版社，2018.1
ISBN 978－7－5155－1594－6

Ⅰ.①将… Ⅱ.①凤… Ⅲ.①长篇小说－中国－当代
Ⅳ.①I247.5

中国版本图书馆 CIP 数据核字（2017）第 288437 号

将爱未爱之青春当铺

作　　者　凤青钗
责任编辑　李　健　张礼文
开　　本　700 毫米×960 毫米　1/16
印　　张　17
字　　数　180 千字
版　　次　2018 年 1 月第 1 版　2018 年 1 月第 1 次印刷
印　　刷　三河市百盛印装有限公司
书　　号　ISBN 978-7-5155-1594-6
定　　价　39.80 元

出版发行　**金城出版社**　北京市朝阳区利泽东二路 3 号　邮编：100102
发 行 部　（010）64210030
编 辑 部　（010）88637126
总 编 室　（010）64228516
网　　址　http：//www.jccb.com.cn
电子邮箱　jinchengchuban@163.com
法律顾问　陈鹰律师事务所（010）64970501

序　言

关于青春·乔北

我记得很清楚。

2008 年 5 月 4 日，柴斌正经八百地说：“姐，你写本关于青春的小说吧，肯定会畅销的。”

柴斌已经完全掌握了畅销的要素，他一年出了 5 本书，有 4 本转让了影视改编权，其中有一部已经全国上映，男主演之一是香港某功夫巨星的儿子，所以这片子被各种媒体轰轰烈烈地炒了一阵子。和我说以上这些话时，他正忙着每周到各省会电视台做访谈节目，每两天飞一个城市去见那些疯狂迷恋他的读者，见一个又一个书商和制片人。

那会儿本着支持他的目的，我买了一张 80 元的首映式票，缩在西南地区最好的电影院里一边嚼爆米花一边期待着这个故事。我读过他那本大红大紫的小说，那些俏皮的言语、唯美的细节描写我很喜欢，尽管这个电影的编剧不是他，但我对柴斌的故事还是那么有信心。

然后，我用了 93 分钟，看了一个和柴斌的小说没关系、和青春没有关系的电影。编剧仅仅是借用了他小说里人物的名字而已。

对于一个靠写作生存的人来说，不管是发表作品、出版小说，还是看着自己的剧本被拍出来，心态都是异常平静的，因为这只是工作而已，如同工程师设计图纸、业务员做业务一样，不同的只是收入，本质相同。所以我不认可该写什么就去写什么，更不会为了别人觉得我该写些什么我就该写什么，所以柴斌和我这么说时，我只是不经意地笑了笑，继续喝面前的柠檬茶。

直到最重要的他们对我说，你提前写一部分自传吧，写我们的故事，好不好?

我说，好。

青春当铺·凤青钗

2008年5月12日中午，我在成都以桃花著称的龙泉的一个体育场里参加一场很有趣的活动，然后就在轰隆轰隆的闷响声中，我踉跄了几步，看着眼前巨大的体育场馆呈扇形摇晃，玻璃哗啦哗啦地试图挣脱窗框的束缚，周围的人多数坐在了地上。那两三分钟真的很漫长，就像一个庞然大物正从脚下经过，导致地面狰狞地咆哮、扭曲。

在返回成都的路上，入城的车道上只有我们孤零零的几辆车，出城的路上是拥挤的车辆和满脸惊惶的人群。到达城里时，所有通讯中断，表面残破的建筑物下聚集着收听广播的人群，到处都是垃圾。我见过这样的场面，在好莱坞的灾难大片《外星人入侵》和《世界大战》中。

度过那一刻后我唯一想做的事情，就是写一本书，一本我必须写的书，一本铭记每个人最难忘的青春的书，简单，纯净，美好得无与伦比。那是我们抵押青春的故事——《将爱未爱之青春当铺》。

贵州作协的伍大哥说："这个书名不够煽情，不够响亮，你应该写几个青春少女的情感故事，然后叫它《最高跟鞋的时光》。只有这样，才可能好卖。"

可是我不能。

因为它是有目的的。这是唯一一本让我带着镌刻青春的目的去写的书，所以它的名字只能是——

将爱未爱之青春当铺。

我完成了它。

这本书不是我的自传，也不会复制任何一个认识的人的故事。我只会记录那些属于你也属于我的感觉：放肆的喜悦，刻骨的疼痛，优美的忧伤。

谁的青春里没有一两次典当呢？

目录
contents

第一章

寻找杜宇

结婚这回事儿，对女人来说有两个坎，一个是 18 岁的最期待出嫁，一个是 25 岁的最迫切出嫁，其余阶段女人的态度大抵是进火锅店——各有各的菜品，各吃各的生熟。

杜宇结婚早得很，用同学的话来说，就是高中刚毕业她就准备好当孩子妈了。当然也没夸张到这个程度，她只不过是在大学毕业后的那个暑假，以迅雷不及掩耳盗铃之势如破竹地和青梅竹马的那个某男扯证了，没办婚宴，没要彩礼和嫁妆，据说还心安理得地住在抚顺某地租来的小套二居公寓里，然后理所当然地和我们这些在外地或外国漂着的单身男女撇清关系、划清界限。

但是很多年后一个花好月圆的晚上，我们几个死党在大连的某个酒店里聚会，酩酊大醉的江水明拉着包间里服务小姐的手呜呜地哭得很伤心，唠唠叨叨地叫着杜宇的名字。叼着烟卷也喝得差不多的葛萧就挨个问："你知道杜宇的消息不？你知道不？你知道不？"谭晶晶笑得前仰后合，小柳数着桌子上碟子里海瓜子的壳，没人理他。

坐在包间里的人只有滴酒不沾的我还清醒着地坐着，可是，我也不知道杜宇的消息。

小城的春天总来得早些，或许是因为没有阻挡春风的华屋高堂，或许是因为人们总是有足够的时间去留心一片树叶或是一根草枝。所以在小城孩子杜宇出现在我们这些分辨不清小菠菜和小白菜的同学们中间后，我们也开始知道春天是什么时候来的。

煽情一点说，能让我们意识到春天来了的，是杜宇的衣着和辫子上的丝带。她是最懂得打扮自己的女孩子，在那个其实大家都没多少零花钱的时候。质地、颜色、样式，无一不随着季节每天发生着薄厚和深浅的变化——杜宇自有一套让人惊其为天人的时尚理念。

江水明念念不忘的场景之一，就是16岁的杜宇穿着淡紫色的连衣裙站在人行道旁碧绿成一片的桃树下，微笑着看他拎着装篮球的网兜经过。杜宇的长辫子或是马尾辫总是散发着好闻的薄荷或是香草味道，那是她自己用宿舍前花坛里的薄荷叶和香草叶揉碎了装在瓶子里，配上几味中药做出来的。当然在那时，最炫最酷的事情是使用宝洁公司的产品，汉方并没有得到该有的重视。所以最近在购买许多昂贵的舶来汉方用品时，我总是忍不住走神，想起多年前那个未卜先知的女孩子。

这次聚会师伟没有来，这让我是那么的意外，还有一点点我并不想承认的失落。

他在深圳，一个我从来没去过的海滨城市，开了一个小物流公司，正在一点点艰难而又认真地做大。大二时谭晶晶从南京跑到他读书的武汉去看他时，高高瘦瘦的他在樱花树下给她介绍他班上的一个女生，那个女生笑起来有好看的酒窝和洁白整齐的牙齿，让谭晶晶印象深刻。她微笑着对师伟说："要照顾好人家哟。"然后就订购了回南京的机票，就在那天下午。

后来的一天，谭晶晶和我背靠着背坐在南京的校园里互相挖苦对方时，明明已经理屈词穷的我突然曝出了一句话："喜欢师伟就说出来，你装什么大度玩什么矜持！"谭晶晶大惊失色，诧异万分："喜欢师伟？你怎么敢这么说？"她眼睛里的心虚一览无余。

死党的含义之一，就是可以彼此忘记性别。那时候我常常和葛萧手拉着手去逛夫子庙和秦淮河，高大俊朗的葛萧在街上高出大多数南京男人半头，于是我常常说他是我带出去最拉风的狗。狗是昵称，我们这几个死党自称狐朋狗友，女的是狐，男的只能是狗。

师伟从来就不可能成为我的死党，因为，我无法忽略他的性别。我和谭晶晶心里埋着一样的心事，只是大咧咧的谭晶晶流露出太多的线索，沉默寡言的我没留下任何蛛丝马迹。

抬腕看看表，已经凌晨1点了，刚被江水明拉住手不放的包间服务小姐脸色明显难看，还忙里偷闲地打哈欠。我拍拍还在大呼小叫的葛萧的脸，冷静地说："狗，该走了。"

我的狗友们都活得很强势，自己弄了个室内装饰设计公司的葛萧应酬客户已经有四五年的历史了，是半斤白酒漱漱口的角色，所以我这么冷静地和他说话，他就不好意思借酒撒疯了。他略微有些摇晃地站起来出去买了单，再回来时就站得稳当得很。他一把掰开江水明拉着小姑娘的手，拎起他笑骂了几句，然后就笑着看我："丫头，敢坐我开的车吗?"

只有在葛萧面前，我才愿意开些玩笑。我拼命地摇头："我不敢哦。"我一边笑着说，一边把谭晶晶和小柳扶起来。她们虽然也喝糊涂了，不过还是身量轻巧，安静极了，不像江水明，一看就是死沉死沉的。

葛萧笑着说："看你，依红偎翠的，要不我们换换，我抱那两个小狐狸吧?"

狗嘴里吐不出象牙。我嗔怪地看了他一眼，扶着谭晶晶和小柳出去了。葛萧大笑。

葛萧住在一个不到六十平方米的小公寓，没有厨房和客厅，硕大的意大利陶瓷浴缸就那么明目张胆地放在封闭阳台上，显示着屋子主人是设计师的张扬和牛气。两米长的大床上胡乱扔着几件衣服，现在又胡乱地扔着江水明他们三个的。

葛萧靠坐在淡米色的真皮沙发上，拍了拍身边的位置，大声说："丫头，坐过来，告诉我这些年你都干了什么。"

我给自己倒了杯水，喝了一口又递给葛萧，微笑着站在那里不说话。

我的职业特点决定了我的身份就是观察者和记录者，推敲和分析别人，我对表达自己和讲述自己缺乏兴趣。很多人都以为写字的人写的都是自己经历过的事情或者身边熟悉的一切，这是大错特错的，是对写作者的职业道德和想象力的双重侮辱。一、那样写，写作者本身的创作力很快就像随时会瘪的气球；二、人生得几个知己，真的不容易。可口可乐的老大都告诉我们，朋友、爱、精神和身体，一旦用力触碰，就会留下裂痕。所以，要好好珍惜。

葛萧把杯子墩在茶几上，一边揉着太阳穴一边朝几乎睡死的江水明努了努嘴："他和杜宇怎么回事儿?"

他从来没和杜宇怎么回事儿过。

江水明是我们这个小圈子里唯一一个文武双全的家伙，田径几项基本全能，篮球打得出色，写一手好字，还能像模像样地模仿几笔明宋大家的花草山石、鱼鸟蝶虫。学校的运动会或是什么才艺大赛，他是我们一班的撒手锏，到后来有一次校园歌手大赛时，他一进场二班的选手就脸色铁青地嘟囔："来比什么嘛，还有比的必要吗?"

按理说，全能到这种人神共愤的地步，且模样身高属于中等的江水明应该早早就开始谈恋爱的——从初三到高三的几个班主任都很警惕地盯着他有没有什么异常动向——但是江水明根本没有这个时间和精力，功课烂得稀里哗啦的他正在各个补习科目老师的手下疲于奔命。幸而，他爸是南京市美术家协会的骨干，一直希望儿子以后考中央美院的艺术系，所以很乐于看到儿子的成绩很烂。他时常笑眯眯地暗示江水明：以你的成绩，想上好学校必须走艺术这条路。至于后来江水明的奋起反抗、破釜沉舟、背水一战、大获成功，则完全出乎所有人的意料。

那时的江水明是个典型的傻乎乎的小伙子，以至于高中毕业后，他才知道谁谁和谁谁曾经恋爱过，谁谁是谁谁暗恋的对象，谁谁和谁谁不欢而散。我清楚地记得17岁的他脸色发白地端着酒杯坐在墙角，两只眼睛直直的："操，操，我们真在一个班里？我怎么什么都不知道。"

他当然什么都不知道，因为他和太过英俊的葛萧并不容易被班上的男生当成哥们儿，甚至他们躲在宿舍里关起门来一起看毛片时都不愿意让他俩知道。这俩孩子就跟贾宝玉似的和我们这些女生混在一起，单纯得不得了。然而杜宇，杜宇就像江水明和葛萧一样，也游离在女生的团体之外，她和任何一个人都保持着远距离的亲密，女生们倒是很喜欢和这个柔和美丽的女孩子一起逛街、玩耍、吃小吃，但从来不是杜宇主动提出的，她总是在座位上抬起头来，忽闪着长长的睫毛微笑着说："好呀！"高中毕业的聚会上，她同样带着宽容柔美的笑，只是，从来没有人知道她在想什么，她遥远得像不存在的回忆。

江水明和杜宇，就像两条平行线，从未意识到对方的存在，没有任何的交集。所以葛萧问我他们怎么回事儿之后，我很肯定地摇头，表示他们之间没什么，也表示或许我什么都不知道。

葛萧把沙发床打开，铺了一床毯子，丢了两个靠枕在上面，然后拍拍沙发床："丫头，睡吧。"

葛萧的小公寓外面是一大片绿地，隐约的蟋蟀叫声衬着江水明均匀的呼吸声，很恬静。路灯的光从没拉上的窗帘的窗户照进来，拉出房间里一片片家具或是摆设的阴影。并不昏暗的光线中，葛萧把胳膊枕在头下，睁大眼睛看天花板："丫头，你有没有觉得很奇怪？为什么分开那么多年，我们几个还是那么的默契和亲密，可是其他的同学朋友却显得那么遥远？"

生命最玄妙的地方，就是你不可能预知你会在前方遇到什么人、经历什么事情，每个人都要做好各种各样的准备迎接意外，好的，或是坏的。有的人，他存在的意义就是你生命里的一个阶段，他和你并不是并肩成长的小树苗之间的关系，而是苔藓之于青石，蘑菇之于树干，那种彼此长在一起的感觉绝不会随着时间推移有任何的改变。如果有所改变，那说明他的存在意义，并没有你想象的那么大。

江水明、谭晶晶、小柳和葛萧，对于我来说，就是长在我生命里的人。当然，我也长在他们的生命里，超越朋友、类似家人。可面对葛萧的感慨，我什么都不想说。我突然笑了，不经意地问："狗，你为什么来参加这次聚会?"

葛萧干脆利落地说："因为我和小柳都在大连。"

这么随意的一问一答，我和葛萧立刻都发现了一个很严重的问题。

江水明是这次聚会的发起人，可是在上海的他为什么要把聚会的地点定在大连？按理说，我和谭晶晶都在南京，南京是所有人的家乡，从地理位置上讲是最适合聚会的地方——5 个人，南京怎么说都是中段，何况在大连的葛萧的时间由他自己控制、小柳是全职太太，远比需要请假的谭晶晶和我有钱有闲得多。

葛萧两眼发直地坐起来，瞪瞪地看我："江水明这小子不是来聚会的，是来找人的。"

抚顺，距离大连不过几个小时车程的抚顺，江水明喃喃叫着的杜宇这个名字的主人所在的抚顺。

葛萧说："妈的，问题严重了，眼看奔三的江水明疯了。"

算起来，杜宇已经结婚 7 年了。7 年，对于婚内婚外的人是多么敏感的数字，鸡毛蒜皮的琐碎、家长里短的口角、激情消退的厌倦，想一想这都是婚外恋、离婚等一系列冲动意外发生的巨大背景和衍生舞台。老大不小的江水明真的发疯，真的要跑去表达我们从来都没发现过的感情吗?

葛萧被自己的假想弄得有点儿激动，点了支烟躺下："不行，丫头，这事儿太危险了，江水明这小子不管怎么说也是挺招人喜欢的，现在又是单身又是一腔冲动的，万一良家妇女杜宇一时没把持住着了他的道儿，这两个人可都毁了。咱们得想个办法劝劝他，打死也不能让他去抚顺。”

我倒是一直很冷静，在杂志社情感稿子看多了，谁没见过几个心理阴暗自虐上吊的？何况，我不知道我的自信从哪里来，总觉得就算江水明真的神道地去见杜宇，也没什么结果。一周两个采访，一晃儿做了这么多年，我还真没见过像杜宇那样无懈可击、按部就班的、稳稳当当地走自己的路、绝对不往两边儿看的人。

我说：“狗，睡，不操心别人的事儿。”

葛萧大眼睛烁烁放光：“丫头，你的良心大大地坏了，江水明是咱的发小，咱不管谁管？”

我淡然：“好坏原本就没有什么固定的标准。”我掐了他的烟，把头枕在他的胳膊上，安心睡去。

江水明说：“葛萧，你不借我车也没用，我去租辆车，还不是照样？你不带路也没关系，有导航什么都解决了。”宿醉后的他除了眼圈红得像小白兔，没任何异常，神采奕奕地看着我们。

谭晶晶笑得挺开心，拍了拍江水明的肩膀：“我支持你，他们都是俗人，根本不了解爱情是怎么回事儿。要表白什么时候都不晚，不说出来指不定什么时候就成了憋在肚子里的话了。就算你有骨气、活得劲儿劲儿的，对方还指不定什么时候就永垂不朽了呢。”

谭晶晶在演艺圈当了几年的演出策划，嘴就贱得吓人。但她这番话明显说得江水明心花怒放。

江水明和葛萧对视：“只不过是你陪不陪我去的问题，不是必须的。”

葛萧浅坐在沙发上，两条修长的腿紧张地弯在那里。他闷头吸烟，过了一会儿，抬头看我：“丫头，说句话。”

我头皮发麻，从小到大我最怕的就是这种选择题，两边都有道理，两边又势均力敌——江水明和谭晶晶主张去，小柳和葛萧坚决反对。拿主意这种事情不是应该由强势的人决定吗？为什么这么多年始终落在不声不响的我身上？我嗯嗯啊啊了几声，忽然看见江水明看我的眼神——焦急、期待——他本来可以问都不问一走了之的，但他是我的死党，那么尊重我的意见，期望我能站在他这一边，我怎么忍心让他对我们的友情和信任失望？

我当机立断："狗，不管你和小柳去不去，我去。"

葛萧开着车，皱着眉头看了一眼后视镜，挺直的脊背依然象征他最后的抵抗。

大片大片的水稻在擦肩而过的小白杨后面舒展筋骨，空气里是好闻的青草般的香气。我打开车窗贪婪地呼吸着。还是和很多年一样，我抗拒着类似高速公路这样的人类工程，我在前挡风玻璃上见到过各种各样撞得稀烂的昆虫甚至小鸟，有一只蜻蜓已经完全粉碎，透明的翅膀却奇迹般地毫发无伤，更是一种残酷而畸形的伤逝之美。那场景，直刺人性，痛不欲生。

很庆幸选择这条路，车速无法太快。

江水明坐在副驾的位置上，看不到他的表情。未知的东西总是有些让人心神不定的。

身边谭晶晶和小柳相互依偎着大睡特睡。

真的很奇妙，我突然想起了十几年前的一个黄昏。

在那个有点久远的年代，高三时是要把班级拆分成文理班的，高二下学期，鉴于我物理、化学、数学都不尽如人意，我已经做好了去文科班苦修政治、历史、地理的准备，然后在我准备下定决心时的那天中午午休，坐在我后面的葛萧踢我的凳子："丫头，想不想出去逛逛？"

距离下午第一节课只有 10 分钟了，我回头瞪葛萧——我向来是个有原则的、循规蹈矩、很决绝地遵守纪律和制度的人。

那时的葛萧总是带着一种很痞的坏笑，但那天他没笑，很严肃地看着我："我在走廊等你。"

狭长的走廊里异常安静，葛萧靠着窗台等我磨磨蹭蹭地出来后，扭头就走出了楼门口。

逃课吗？我做了一下判断，又下了一个决心，然后极其心虚地跟在他后面走出去。

阳光很强烈，刺得我眼睛发痛，视野里出现一些飘落的小亮点或者是黑斑。整个人沉浸在安静中的校园无来由地显得诡异无比。我低头看着他的白色旅游鞋，不一会儿就有种昏昏欲睡的感觉。

谭晶晶和小柳推着那时很流行的变速自行车躲在校门口对面的柳树后面，探头探脑地往这边看。看到我们后，她们小小地欢呼了一下。谭晶晶没心没肺地大笑："葛萧，你牛，只有你才能把这个循规蹈矩的家伙拉入逃课的行列。"

葛萧扯着我的胳膊左顾右盼地过了马路，还是一脸严肃："江水明那小子呢？"

小柳笑着指了指旁边的超市，抱着鼓鼓囊囊的双肩背包的江水明正躬着腰跑过来，老远就喊："葛萧，干粮够了吧？"

葛萧笑骂："就一下午的时间，你以为我们去上海吗？你以为只有南京有商店吗？"

我懵懵懂懂："我们要干吗去？"

葛萧盯着我回答："去扬州，看瘦西湖。"

烟花三月下扬州。我们坐在去扬州的班车上时，是6月底。

是早有预谋的吗？我看着谈笑风生的葛萧、江水明、谭晶晶和小柳，继续保持着精神上的恍惚。直到坐在瘦西湖旁边假山后面的亭子里，我才闷出一句话来："我们没请假，老师会着急吧？"

正吃着零食的四个人像看怪物一样看我。谭晶晶突然崩溃："我想知道，你这家伙那么守规矩，怎么会和我们混在一起？"

葛萧递给我一罐美国蓝带啤酒，镇定地说："喝了。"

一个人和另一个人开始一段深厚的友谊之前，都会有一个意义重大的起点。有时是一件事，有时是一种感觉。我和他们之间由朋友到死党的质的蜕变，就始于这罐蓝带啤酒——让我郁郁的心事盛开在16岁初夏的蓝带啤酒。

我知道这一生再也离不开身边的这四个人。

我们穿着牛仔裤和T恤，把青春的自己放倒在蚊虫肆虐的草坪上，昏睡得人事不知。

我睁开眼睛时，淡淡的黄色光线布满整个空间，草间上的蚂蚱噗噜噜地跃过我的脸，做了个无敌的特写。再之后，我就看见葛萧睡着了，由帅帅的变得傻傻的脸近在咫尺，还流着口水。

我微笑着重新把视线送上天宇，闭上眼睛，安然睡去。

我留在了理科班，和成绩忽上忽下的江水明一起摸爬滚打，最后不可思议地考上了一所大学的经济学院，和数字打了长达5年的交道。就算离开任教的大学、走进报社大楼的时候，我也没有忘记过，残酷青春里那个最美的黄昏。

还有，瘦西湖，真的很瘦。

这肯定是江水明人生中走过的最漫长的400公里。我们在葛萧家小区吃早点时，江水明意气风发地开着葛萧的车去加油，回来后就一头冲进超市采购。我们的早餐结束，他已经把东西装进了葛萧那辆车的后备箱。确切地说，是塞满。

葛萧点了支烟，很镇定很严肃地说："嗯，看来中途没有休息了，你应该再去买一袋尿不湿。"

一路上，不管我们说什么，江水明一律以"唔、啊、嗯"应付，打得篮球、弹得钢琴的修长手指时不时地摸摸车座靠背或者弹弹车窗玻璃，焦躁不安状一览无余。

中午时分，谭晶晶抬头说了句"还没到啊"，又低头趴在小柳腿上昏睡。小柳看来是睡够了，靠在我的肩膀上，软声软气地拿着南京普通话的腔调问葛萧："葛萧，你不要拖了，江水明十有八九是不会迷途知返了。"

明明是调侃的玩笑话，江水明却完全丧失了判断能力，神情紧张地侧着头看葛萧："啊，啊，你是故意开这么慢的啊?"葛萧那双大眼睛恶狠狠地瞪了他一眼，江水明才大大地松了一口气。小柳扑哧一声笑了。

我一边用下巴抚摩着小柳柔顺芳香的长发，一边问江水明："杜宇的情况你摸清了吗？要是人家过得风生水起，你这不是过去毁人家下半生吗?"

江水明不假思索地说："过得好不好是她的事情，我不需要她回应。我只是要把该说的都说了，不然我的下半生就毁了。"

我问："那你打算说什么呢?"

江水明依然不假思索："还没想好。"

小柳说："所以你才拖着我们这一大帮同学过来，万一人家不接招，你就说是同学聚会，对吧?"

江水明表情很可爱地呆了一下，说："这倒是个挺好的理由。"他转过身来，脸上是诚恳无比的表情，"不过我真没有想那么多。我只是想着有人给我壮胆儿，万一成功了有人给我庆祝，万一失败了有人能看着我不去跳河上吊抹脖子。"

我和小柳爆笑。葛萧第二个恶狠狠的眼神冲上了江水明的脸，说："早干吗去了？高中毕业 13 年了，你迟钝不?"

江水明慢慢地说："一直都知道的，往往就不会珍惜了。只有突然一下想起来的，才是穿透心扉、弥足珍贵的。"

车里人突然沉默下来。

总有一个人，你觉得分开的时间已经足够久了，久到已经想不起那个人的音容笑貌，甚至是真的想不起来了。你的生活一帆风顺或是平淡如常，你习惯了周遭的一切，可突然有一天，你可能在等着工人给你的车打蜡，可能在电梯里和一个陌生人打着礼节性的招呼，可能在超市里刚刚拿起一个进口的水果，毫无征兆的，那个人就回到了你的脑海心间，带着温和的笑容或是忧郁的眼神，把你的脑海心间占据得满满的，不给你喘息的空间。

什么是感情呢？并不一定是你能够清楚意识到的才叫感情，突然而至的窒息感也叫感情。

江水明不是活得很沉重的人。他生活的惬意与自由从来都是身边人羡慕的焦点，所以这种罕见的窒息感更容易击中他。我懂他的感觉。

汽车驶入抚顺市区已是下午三点了，我们随便找了个勉强带星的宾馆开了两间房，就近找了家餐馆解决迟来很久的午饭。很空的餐厅里，江水明一边嚼着蒜薹炒肉一边神采奕奕地说：“到底不一样，因为杜宇在这里，所以我觉得抚顺特别美。”

端菜的小服务员没遮没掩地笑了，然后没遮没掩地盯着葛萧看了好几眼，离开时又转身看了一眼。

谭晶晶嬉皮笑脸：“葛萧，我和你签个合同吧，你进演艺圈发展好了，绝对是最有潜力的新人。”

葛萧看都不看她：“请不要骚扰开了半天车的司机，谢谢。”

杜宇在一家私立中学教语文。

这个消息是失心疯的江水明从高中班主任那里撬来的陈年旧闻。的确没有其他的消息来源，杜宇不动声色地和我们所有人保持着距离。没有人知道她的地址、电话、手机号码和工作单位名称。虽然有个相当热闹的同学录，可从高中毕业时算起，杜宇只登录了两次，一次是高中毕业那年的注册加入，一次是两个月以前，但她没有留下任何消息。

所以谭晶晶说江水明“缺乏必要的常识和常理而贸然行事”时，江水明很谦虚地受了。

7 年，多少事情都已经“眼睛一眨，老母鸡变鸭”了。我看着江水明，眼神非常直白地告诉他这句话。江水明底气不足地说："成事在天，谋事在人。"

小柳泼他冷水、攻他软肋："谋事在人，成事在天。"江水明就紧张地说："打住，打住，别让老天爷以为我和他老人家较劲呢，我实在不敢。"

一直低头吃饭的葛萧突然抬头问："江水明，你怎么又不着急了？"我、谭晶晶和小柳一起看江水明。

江水明表情笃定，慢悠悠地说："黄昏，是人的感觉最脆弱的时候，我要在那时候出现在她的面前，给她一个最直接的刺激。"

我们四个拎着筷子集体蒙圈。

那所私立中学挺好找的，但我们进不去门。

二十出头的小保安背着手很认真地告诉我们："没有牌都不能进，不管是谁。我们要为师生的安全负责。"

江水明说："我们是来找人的，你能不能帮我查查职工名单，有没有一个叫杜宇的老师，教语文的。"

小保安稍微仰视，盯着江水明："外来人员不能看本校员工名单，我们要为学校的师生安全负责。"

平时遇到这种情况，都是伶牙俐齿的谭晶晶出面的，可这次她摆明了要袖手旁观，蹲在旁边乐，还起哄似的给江水明加油："坚持就是胜利，付出才懂得珍惜。"

就在这时，一个穿着套装的女孩子从门内走出来，小保安给她敬了个礼。

女孩子习惯性地皱着眉头，语气里满是傲慢："怎么这么多人站在门口，干什么的呀？"她尤其白了一眼性感地蹲在一边的谭晶晶。

葛萧从车里出来，叼着烟慢慢走过来。

女孩子皱着眉看了看葛萧，眉就皱不住了。葛萧离她越近，她就越不知道该有什么表情，最后她仰视着葛萧结结巴巴地问："有……有事吗?”

江水明说:“我们找个老师，叫杜宇，教语文的。”

女孩子皱眉:“我们学校没有叫杜宇的语文老师。”

果然，消息太陈年了。

葛萧说:“不知道这位老师怎么称呼，能不能帮我们查一查杜老师什么时候离校的，或者有没有人知道她去哪里了?”我抿着嘴笑，这种说话方式是葛萧的独创，他把其他问题和一个对方肯定想回答的问题放在一起，对方一般都会很具体很完整地回答他的一串问题。

当然，“对方”必须是异性。

当然，问的人必须是葛萧。

3分钟后，那个叫何晓诗的女孩神情明媚地放下手机:“杜老师5年前就辞职了。她老公开了一家餐馆，很有名，我可以带你们过去。”她又补充一句，“我还不知道那个餐馆的老板娘曾经是我们学校的老师呢。”

谭晶晶好心好意地说:“远不远?车里坐不下。”

何晓诗又冲着她翻了个白眼:“我自己有车。”她扭头走向校门外树荫下的一辆甲壳虫。

谭晶晶站起来踢了葛萧一脚:“妈的，从小到大，看上你的女娃从来都对老子使脸色，给我道歉。”

葛萧弹弹烟灰，极其淡然:“谁让你长得祸国殃民!”

上了车，江水明突然问:“葛萧，让你陪我来找杜宇，不会是个错误吧?”

葛萧漫不经心地看后视镜，言简意赅:“千万别以为杜宇像你似的，动不动就对人芳心大乱。”

站在“竹玲珑”餐馆门口，我神情恍惚，仿佛看见了很多年前那个温柔美丽的女孩正微笑着站在那里——疏密相间的各种竹子高低错落地遮蔽着通体透明的玻璃房子，隐隐约约可以看见层叠的纯白纱幔、大红桌布、亮紫色的餐具和淡粉金边的瓶子杯子，含蓄与高调、张扬与低调，辨不出界限地完美融合。

只有江南小城的绝代佳人杜宇，才有这样的才情和手笔。

何晓诗从车窗探出头来："就是这里了。"她大方地看着葛萧，"葛萧，能把你的电话给我吗？"

葛萧利索地搂过毫无防备的江水明，说："不能。"

何晓诗脸色变了变，却还是狠狠地瞪了旁边笑嘻嘻的谭晶晶一眼，然后飞车而去。

谭晶晶冲着尾灯大喊："喂，我纯粹是无辜的啊！"

江水明反应过来，一把推开葛萧："装GAY也不能拿兄弟垫背啊！"

葛萧挺认真地开玩笑说："我没装啊。"江水明听罢带着一脸鸡皮疙瘩的表情，火速消失在餐厅门口。

谭晶晶笑嘻嘻地拉着小柳跟着江水明进去了，我正要跟进去，葛萧拉住我的胳膊："别去，肯定是一个惨不忍睹。那场合不适合心灵特纯真特敏感的我们。"

好像说得很有道理。

我俩都很惧怕那种场景——熟人之间的生离死别或是朋友之间的分手。往往事情发生时，我俩比当事人还要痛不欲生。资深评论员谭晶晶的评价是"倾注感情的功夫堪称挥霍"，没那么刻薄的资深评论员小柳的评价是"分不清感情的边界"。

空气里酝酿着初夏的微辣和暮春的甘甜，葛萧坦然地坐在花坛边注视着街道上熙攘往来的行人，我则隔着隔音极好的玻璃门，看着江水明他们像演哑剧似的先后和迎宾小姐、餐厅领班、貌似经理的人交谈，最后，一个穿着白色休闲衫的男人出现在他们面前。

我忍不住捅了捅葛萧："糟了，比被杜宇直接拒绝还惨不忍睹，她老公好像出现了。"

葛萧掐灭烟头丢进垃圾筒，转身拉着我朝餐厅门走过去。

我们一推门，正好赶上那个文质彬彬的男人很礼貌但很客套地说：

“小宇两个月前回南京老家了。”

江水明窝在宾馆的沙发里，落寞得像两天没吃饭的诗人。虽然他的手里捏着写有杜宇老家家里电话和手机号码的卡片，但他拒绝在电话里对杜宇表白。他说：“我虽然冲动，但绝不轻佻。”

他果然有点冲动。他定了当天晚上从沈阳到南京的机票，等葛萧喝光手里的可乐，就要送他去沈阳桃仙机场。

我和谭晶晶打算在大连玩几天后再坐火车回南京，反正这里宾馆也定好了，索性在抚顺过一夜明天再回大连。小柳老公在海南出差，家里有保姆照应，所以也不急着回大连。

谭晶晶看着神情萎靡的江水明，语重心长地说：“接下来你要自己千里走单骑了，不管成不成，是死是活来个信！”

葛萧把可乐空罐丢进废纸篓，迈开两条长腿往外走：“走了。”

就这样，寻找杜宇未果的江水明，心急火燎地开始了他在另一个城市的寻找。

第二章

如影随形

没有女主角出现的爱情故事多少有点惨淡，哪怕男主角再才华横溢，帅得离谱。而暗恋的刻骨铭心或是海枯石烂，更不足以与相爱中的一个眼神或是微笑相抗衡。再美的暗恋也透着大雨天没带伞的落魄和凄凉。

谭晶晶裹着被子嗑西瓜子，大而圆的杏核眼在电视机的光芒下反射着西瓜子一样黑亮的光泽。她对我说："我不想和你挤一张床，你去和葛狗睡一房间，反正江水明坐都没坐那床一下就闪人了，不妨碍你的洁癖。"

我一边拆宾馆的一次性牙刷一边抗议："为什么是我？而不是你或者小柳?"

小柳举起双手表示退出："我是拖家带口有主儿的，要和一切非血缘关系的异性划清界限。没我什么事儿，别让我掺和进来。"

我就把矛头转向谭晶晶："为什么不是你?"

谭晶晶坏笑说："因为我从来不相信男女之间有纯洁的友谊。如果我和他睡一个房间难保不会干柴烈火，只有定力堪比唐僧坐禅的你才能坐怀不乱，视葛大帅哥如粪土。为了保证我们几个人的友情如磐石般坚固，如地球般天天绕着太阳转，你去吧。"

我斜着眼睛瞪了她一眼，侧身坐在小柳床上，无声地宣布今晚我将与小柳这个安分的小狐狸精共眠。

临睡前，谭晶晶打了葛萧的手机，葛萧说江水明顺利登机闪人，而他已经回抚顺了，但开了一天车太累，所以找地方按摩去了。谭晶晶就啧啧地说“别一不小心被人给诱奸了”，葛萧就挂了电话。小柳把枕头丢到谭晶晶脸上，笑骂：“怪不得你嫁不出去，看你这张嘴，什么都说。”

谭晶晶眼神无辜、笑容邪恶地指着我说：“乔北那张嘴什么都不说，可是她也没嫁出去！”

我刷牙，不理谭晶晶。谭晶晶就没心没肺地笑着搂我：“来，姑娘，笑一个。”她姣好的面容上浮出一个极其恶俗丑陋的鬼脸，我忍不住笑了。

我和谭晶晶在南京都在一个圈里玩，一周要见三两次，没什么是对方不知道的，而小柳又是个生活规律到沾了枕头就睡着的人，所以这个聚会的第二个晚上还是安静地度过了。

我翻来覆去睡不着。到底是做情感的稿子做多了，无意中就想到了谭晶晶刚才说的纯洁友谊和同床共枕的话题。

其实，就像谭晶晶说的，我坚信男女之间是有真正单纯的情感的，比如我们和葛萧，我们和江水明，但如果我不是单身状态，是绝不会和任何异性死党单独玩在一起、睡在一起，哪怕真的什么都没发生，心无芥蒂。

很久以前我看过香港某个频道的婚恋节目，那期的被采访者是一个穿着入时、艳丽可爱的女孩，她以嘲笑的口吻说着好朋友的女友是如何“无中生有”地嫉妒着她、排斥着她。她可爱地歪着头说：“怎么会发生什么呢？我们就是喜欢躺在一起盖着棉被聊天而已！”

这是很难让人辩驳的话——我是单纯的，你为什么想得那么复杂呢？

女主持人似笑非笑地说：“也就是说，你的男友或者老公也可以纯纯地和其他女生盖着棉被聊天了？”女孩顿时阵脚大乱，支吾着说不出完整的话。我拍案叫绝。

己所不欲，勿施于人。如果每个人都能领悟到这八个字的真谛，这个社会才会有真正的和谐。感情上尤其如此。

在谭晶晶和小柳轻微的呼吸声中，我想了很久。直到似乎听到隔壁的门锁响了一声，大概是葛萧回来了，我才迷迷糊糊地睡过去。

柳树枝条摇摇摆摆的影子映在空旷的操场边缘，鹅黄的嫩芽招摇在初春的阳光里。桃花樱花在课堂的安静中悄悄开了个姹紫嫣红。

谭晶晶睡得很香，外语课本和课堂笔记东倒西歪地摊在她的手上。

坐在教室最后面的江水明忽然做作地大声咳嗽了一声，正埋头看漫画的小柳马上麻利地把书塞进抽屉，顺便给了同桌的谭晶晶一巴掌，然后又掰了块橡皮击中写日记的我，忙里偷闲还瞄了瞄坐我后面的葛萧在干什么。

葛萧好像在做一道物理习题，看着动作娴熟的小柳在瞄他，就笑了笑低下头去。

中学六年的每个自习课，我们基本上都是这样度过的。负责纪律的教务处老师和班主任都没抓住过我们。

我记得高一一次快下晚自习时，葛萧突然踢了我凳子一下，瞪着眼睛说："你哪有那么多日记好写?"又瞪小柳，"你哪有那么多漫画好看?"又瞪被他说话声惊醒的谭晶晶，"你哪有那么多觉好睡?"

他话音还没落，教室门就开了，班主任高深莫测地看着葛萧："你哪有那么多话好说?"

于是学习成绩最好的葛萧到走廊罚站。临出去时他在我桌上丢了一本数理化综合辅导题。

其实这是葛萧第一次给我留下深刻的印象。

我对学习成绩好的同学印象一直不是太好。可能是因为我在初一就知道自己将来可能去干些写写画画的不着调的工作，所以我经常看着班上成绩前三名的同学的名字怜悯地想："你们知道自己为什么这么学习吗?"当然，他们应该对此很清楚的，只是当时的我不知道而已。

当时我并不知道葛萧为什么要把那本辅导题丢给我，我们又不熟，而且最重要的是我根本对那些东西缺乏起码的兴趣与热情。不过很多年后看《越狱》，看到迈克·斯库菲尔德自觉不自觉地将周遭人的生老病死都担在肩上时，我若有所悟——中国帅哥葛萧和美国帅哥迈克是同类人，他觉得他对身边的人有责任和义务，哪怕是非常不靠谱的普通同学。

从初一到高一，葛萧一直是无聊地存在于我的学校生活里的后桌某同学而已。而那个晚自习，当他从我的旁边走向教室门口时，我盯着他的两条长腿突然想到一个我迫切想知道答案的问题。等到晚自习结束，我就什么都不顾地冲出去，站在他面前，仰头看着他，很有点生气：“你长那么高了为什么还赖在第四排？”

这么说是因为我心里有一个蛮自私的想法。我始终觉得江水明是个有趣的家伙，很希望他坐在我的后面，这样我就有一个很好的聊天对象。从身高的角度考虑，发育过早后就停止生长的江水明的确比高高的葛萧更有资格坐第四排。

葛萧就那样看着我，一点都不像好学生的样子，痞痞地笑着，然后一字一顿地说：“我——近——视。”

我开始冒火了：“为什么不戴眼镜？”

葛萧耸了耸肩往教室里走，一副“干吗要向你解释”的表情。

就是那种痞痞的笑和这副表情，让我觉得，哦，原来葛萧不光是个好学生，他还和我、谭晶晶、小柳、江水明有一样的特质。

早晨，葛萧很快就吃完了茶叶蛋和奶黄包，他看起来心情很不错，点着了一支烟。

“他是什么时候开始抽烟的呢？”我的记忆中没有任何印象。我只记得每次江水明打篮球或是踢足球高兴了，会拎两瓶啤酒到教学楼后面的空地。

谭晶晶扫了葛萧一眼说：“再帅的帅哥口气浑浊也不讨人喜欢，悠着点。”

葛萧回头看谭晶晶一眼说：“再美的美女嘴巴锋利也不讨人喜欢，悠着点。”

小柳边喝豆浆边笑：“再死的死党翻脸了也老死不相往来，悠着点。”

我不说话，看着他们都笑了，也笑了。

返回大连的路上，葛萧看了看表说：“江水明应该已经到杜宇家了。”他长长地叹了口气，“孽缘啊！”

谭晶晶把下巴靠在葛萧的座椅靠背的侧面，目光炯炯：“葛萧，为什么从早上开始，我就觉得你看见江水明扑了个空很高兴？该不会是你也喜欢杜宇，生怕被江水明抢了先吧？”她对事情的想法与看法永远另辟蹊径，但这次没有，我和小柳也有同样的疑问。

葛萧笑了笑：“我只是不喜欢他试图改变已经不能改变的现实而已。”

小柳问：“你怎么知道不能改变呢？”

葛萧淡淡地说：“江水明的情感还纠结在高中时代的杜宇身上，而那个杜宇已经不存在了。不管他怎么努力，那个杜宇都不可能时光倒流再喜欢他一次了。”

谭晶晶说：“但是，也许现在的杜宇比那时候的杜宇更让江水明着迷呢！”

葛萧说：“那就是江水明自欺欺人后背叛了自己的初衷。”正说着，他的手机响了。他看了看，接了电话，按了免提，“江水明，成功还是未遂？”

江水明焦急的声音冲出了手机蜂窝：“她不在老家，她根本没回过老家！”

葛萧收敛了笑容，把声音换回手机通话，把车停在路边：“什么意思？”

杜宇没有回过老家。

读高中时，杜宇的父母先后去世，江水明在那栋临河的两层小楼里只见到了她的哥嫂。杜宇的嫂子冷冷地说：“她哪有什么老家？她没回来。”杜家兄嫂对江水明的冷淡与戒备，足以说明，杜宇与家乡的联系非常的稀少与勉强。杜宇的哥哥把两串号码写在纸上交给江水明，一串是江水明已经记下的杜宇的手机号码，一串是杜宇抚顺家的号码。

出了院子的江水明顾不得轻佻不轻佻，颤抖着拨打杜宇的手机——已在意料之中的不通，而且是冰冷冷的“您拨的电话已停机”。

到底怎么回事？到底发生了什么？江水明的焦虑和担心排山倒海，他问询了很多邻居、确定杜宇的确没有回老家之后，打了葛萧的电话，让他返回抚顺寻找杜宇。他明天一早就飞回沈阳。

葛萧挂了电话，我们全票通过——返回抚顺。

我坐在车内，满脑子都是谭晶晶在葛萧家里说的那句玩笑话——“爱的表白什么时候都不晚，不说出来指不定什么时候就成了憋在肚子里的话了。就算你有骨气、活得劲劲儿的，对方还指不定什么时候就永垂不朽了呢”。

小柳显然和我想的一样，她的眼神中充满忧虑和担心。

谭晶晶紧紧地抓着葛萧的座椅靠背，大眼睛扑闪着，不知是不是在后悔自己说的那句玩笑。

杜宇的丈夫叫冯雪峰，比我们大三四岁的样子，肤色白皙，五官端正，轮廓清晰。他穿了一件和昨天款式相近的淡绿色衬衫，衬得他的眼睛很清亮。

他在值班经理室里见的我们。他正拿着一叠账单或是发票之类的东西看，见我们进来，他礼貌地站起来，脸上表情淡淡。

问题是不好问的。“杜宇到哪里去了”，他说她回老家了，也许杜宇对他就是这么说的，而他就相信了。或者他根本不想说出杜宇去哪里了，因为杜宇的外出是他本来就想阻止的。还有一种可能是几率最小但最为可怕的，那就是他必须对所有人隐瞒杜宇去哪里了。

但问题总是要问的。葛萧说：“冯先生，我们打杜宇的电话一直打不通，老家的电话也打不通。我们这些同学十几年没见了，很难聚齐，你看……”

冯雪峰讶然："打不通？不会啊，昨天你们来之前我还和她通过话，当时她说很忙，所以你们来时我就没给她打电话。"他的眼睛与葛萧的眼睛坦然对视，没有一丝躲闪，"哦，也许是她的电话欠费了。"

谭晶晶说："还有没有联系她的办法？"

冯雪峰歉然一笑："你们认识小宇多年了，你们觉得还会有联系她的方法吗？"

的确如此。分开的十几年中，一个班 46 个同学中，45 个人都没有杜宇的任何消息。冯雪峰看着我们一筹莫展的样子，笑笑说："这样，我马上给小宇的手机充值，看看能不能充进去。"他拉开门让餐厅的一个服务员出去买几张充值卡回来。

等待是件无可奈何的事，我们的等待里还夹杂着焦虑和担心。

冯雪峰若无其事地做着自己的事情，很快就完成了。他放下手中的账单看着我们，无声地笑了："我真的对你们一无所知，小宇从来没和我提到过她的任何同学。我不知道你们为什么来找小宇，也不知道小宇会不会因为你们的突然出现而不快，但我还是对小宇错过了和你们见面的机会很遗憾。"

这时，服务员把卡买回来了，冯雪峰用自己的手机完成充值，然后拨了一个号码。十几秒后，他放下手机，平静地说："她的手机可以打通了，可能她在忙，没接电话。"

我们离开时，冯雪峰依然没有任何客套的热情，只是不冷不热地说了一句"再见"。

一颦一笑都让人回味悠长的杜宇，一直是我喜欢和羡慕的。她的心静如水，自尊自信，对世事的洞若观火，都曾经让某一个时间段的我有所感悟。但就在走出"竹玲珑"的刹那，我第一次在心头为她怅然若失。

冯雪峰的平静如初，有条不紊，谈笑自若，那是"她不会有事"的表情。我宁愿看到一个张皇失措、思维不清、失言失态的男人。那种近乎丧失理智和判断力的行为，才是“在乎她”的最好诠释。而她这样的女人，难道不应该得到这两个字吗？

淡薄的黄昏袭上灰蒙蒙的城市，我坐在车里为杜宇伤感。

葛萧给江水明打电话，江水明正在小镇赶往南京的车上，听葛萧说完大概情况，就失声地大喊：“报警啊！这情况不对，肯定是发生了什么，赶快去报警！我正在赶最后一班飞机，运气好就能赶上登机……你们别耽误时间，派出所还是公安局都有值班的，今天你们必须去报警。”

这种焦急的语气才是一个深深爱着的人应该有的。这种把对方拼命往撞车、得急病、被谋杀的极端不利情况设想的心态才是一个深深在乎对方的人应该有的。

杜宇并不需要我为她伤感。她让我相信，在乎她的人，不仅仅只有江水明一个。

值班的警察听我们说完，就扔给我们一张表。葛萧拿过来就填。

谭晶晶拄着额头问：“像这种情况的多不多？”

穿着藏蓝色制服、显得特精神的小警察笑了笑：“要是丈夫来报案，我们马上就可以立案了。”

我是推理爱好者，明白小警察说什么。案发现场的第一发现者、人口失踪未满报案时限主动报警者，大多都是做贼心虚的施害者，哪怕这个施害者明知道警方会怀疑第一个提供信息者，他还是控制不了必须马上让别人知道这件事的心理特征。

小警察明显看出我的判断，友好地对我笑了笑，然后看了看葛萧填的表格：“可以了，明天我们会按程序处理这件事的。有结果我们会及时通知你们的。”

刚参加工作的人工作热情最高、最不会隐匿想法的，肩上没扛什么花的小警察见多不怪的表情给我们吃了一颗定心丸。这世界上有两种人神情紧张特别让人害怕：一个是报案时警察的高度重视；一个是看病时医生的反复检查。

我们转身要往外走时，我突然想起来一件事。我对小警察说："她丈夫说昨天下午三四点左右给她打过电话，电话是接通了的。你们调看杜宇的手机通话记录时千万要看看他说谎没有……"我还没说完，葛萧便拉我的胳膊往外走，还漫不经心地甩下一句："别忘了，你看的推理小说都是我借给你的。"

自从高一那次葛萧被罚站以后，慢慢的，相关的几个人开始经常下早自习一起去吃包子、中午一起去吃盖浇盒饭、晚上放学一起站在街边吃烧烤。江水明因为那次丧失报警功能而成为我们谴责了N年的对象，长期负责买单工作。

江水明装委屈："你们看葛萧是个帅哥，就欺负我。"

谭晶晶起哄："这和是不是帅哥有什么关系呀？完全是经济实力说话，你爸的画是一平方尺好几千块钱，你好意思不请客，我们还不好意思不让你请客呢。"

这倒是实话，江水明是我们当中唯一永远没有零用钱的，他爸给他一张活期存折，想起来就存两三百元进去，这在五分钱还能买点什么的十几年前绝对是很大一笔钱。大概是因为搞艺术的关系，江水明的爸爸特开明特可爱特浪漫，他存钱的目的是一厢情愿地希望江水明能利用这笔钱，把自己打扮成靓仔，找个小美女开始富庶的早恋。

老辈人都是这样，自己没经历过的总希望儿女能把这个遗憾补上。

但江爸爸绝对没料到，他发放的"恋爱经费"都被我们变成汽水、鸡翅和红烧茄子了。而他的儿子江水明，居然在29岁高龄才情窦初开，想起十几年前就应该享受那笔经费的杜宇同学。

我们又回到了上午才退房的宾馆，正在交接班的几个前台小姑娘就嘻嘻哈哈地互相推搡起来，曾经给我们做过登记的那个小姑娘说："你看你看，我没说谎吧！"

谭晶晶就笑容可掬地搂住葛萧的腰，把头靠在他的肩膀上，可爱地说："老公，今天我们要睡大床。"对面的几个小姑娘瞬间就变成了晚娘脸，好像把谭晶晶当棵野菜一样拿眼神一眼一眼地剜，丢房卡时动作非常不五讲四美、声音非常不和谐。

在电梯里，葛萧说："谭晶晶，你要把我害惨了，今天你必须和我一起睡。"

谭晶晶暴跳："妈的，想逼良为娼骗我上床啊？我怎么就把你害惨了？"

葛萧瞪她："你知不知道每天晚上会有人娇滴滴地给宾馆的单身男客打电话问他要不要按摩？你知不知道是否是单身男客的信息都是想赚外快的前台小姐提供的？"

谭晶晶说："莫非你想喊花姑娘到房间来按摩？不对啊，要想喊的话你应该求之不得，干吗还扯上我？"

葛萧说："我自己入住的时候，从来没有人骚扰，因为前台小姐肯定不想便宜了某个按摩的，现在你公开宣称是我老婆，那惨了，前台小姐肯定宁愿便宜某个按摩的也不愿便宜你。所以今晚我必定警钟长鸣，所以你必须承担这个后果。"

果然，从我们吃完晚饭回来开始，隔壁葛萧房间的电话就隔三分钟差五分钟暨隔三差五地响。

我们三个一边斗地主一边大笑，小柳和谭晶晶打赌说会响到十点多，所谓"坚持不懈"；谭晶晶和小柳打赌说会响到十二点以后，所谓"半夜鸡叫"。葛萧倒在床上一边闭目养神一边说："当司机还要受精神摧残，我应该申请岗位补贴，顺便报个工伤。"

谭晶晶扑上去抱住葛萧，哼哼唧唧地说："要我献身补偿吗？"

葛萧眯着眼睛看她："还要忍受某人利用工作之便对我进行性骚扰。"

谭晶晶一本正经地说："来，小朋友，阿姨给你做个身体检查，看看你健康不健康？"她说着就开始揉葛萧结实的胸肌。我和小柳笑得前仰后合。

葛萧终于躺不住了，从床上坐起来说："谭晶晶，我说你长的祸国殃民是轻的，你根本就是洪水猛兽。而且你的名字也起错了，应该叫谭妖精才对。"

谭晶晶保持着继续骚扰的表情："那我就继续洪水你，猛兽你！"

葛萧瞬间如烟如云地消失在我们的房间门口："我回房去听铃儿响叮当。"

谭晶晶大叫："假正经，你为什么不拔电话线呢?"

葛萧消失前探回头来瞪了她一眼："因为那就说明房间里有个假正经的单身男客，不服气的按摩小姐会亲身上门攻克堡垒的，遇到你这样的，我就失身了！"

在死党们的眼里，我一直是个很执拗的人。葛萧说我有个性，江水明说我喜怒无常。常常在别人笑逐颜开时，我会突然陷入沉默和忧郁，然后躲在角落里想自己的心事。一人向隅，举座不欢。但我的死党们已经习惯了，对我视若无睹，因为他们知道我、懂我，知道我并非想扫大家的兴，懂我只是敏感到花落伤情、睹物思人。

葛萧出去后，热闹的房间突然陷入安静，一种天下没有不散的宴席的情绪夸张地裹住我的心头。如同多年的条件反射，谭晶晶问小柳："要不出去吃点消夜?"小柳丢下一直捏在手里的牌，笑："好啊好啊，我要吃酸辣粉。"她们就笑着去敲葛萧的门。

房间里只剩下我自己，我拉开房间的窗帘，拉开窗子。

待在宾馆的房间里，我总有种不真实感。这里就像演戏的舞台，远离真正的人间。没有厨房，没有阳台，没有生活气息。而有厨房有阳台的宾馆房间，价格更是远离真正的人间。

现在，车水马龙的嘈杂声与乌烟瘴气的烧烤味道冲进来，我才松了一口气。

这么多年，这种感觉如影随形。

第三章

关于当初

睹物思人。

真正的睹物思人不是看见那人的某件东西时会想到对方，而是万事万物、大千世界的一花一叶、一滴水一粒沙，都能让你在一个恍惚间痛哭失声，在一个弹指间痛不欲生。

我凝视着城市的灯火照不见的远方黑夜，一个熟悉的伤感出现在心头。

门锁“嘀”的响了一声，我以为是谭晶晶或者小柳回来取什么东西，就没有回头。

他轻轻走到我的身后，把温暖的双手放在我的双肩上。

这是我想了那么久的一个隽永场景，他什么也不说，连招呼也不打，就这样走近我，把手平淡地放在我的肩头。这就足够了。倾国倾城的悲喜大剧，尚不及这场景的不动不声。

我猛地回头，我希望看见他的脸。

可我看见的是葛萧。

尽管我知道现实生活中不可能出现那个场景，但当幻想终究破灭时，我的眼里还是滑过一丝失望。我转回身，看着不可捉摸、不可触摸的远方，就像看一场相思了无数场的终了。

葛萧收回手，我听见他取出烟，按了打火机，然后略带苦味的芳香就涌进了我的鼻腔，熟悉而温暖。我有了瞬间的心安。真的，这是这么多年来唯一能慰藉我的感伤的方法。葛萧不言不语地站在那里，用一种味道，告诉我，他在那里。

师伟站在路灯下，光线给他打了个好看的晕染。他看着紧靠在路灯杆上的乔北说："乔北，你是个不快乐的女孩。"

16 岁的乔北喜欢穿一条染着恬静的淡绿色的连衣裙，喜欢每天趴在课桌上出了神地听风、看雨、捕捉丁香花瓣滑落在窗前的痕迹，喜欢用各种各样颜色的笔来写一本又一本不能算日记的日记。她是快乐的，她喜欢坐在葛萧或是江水明自行车的后架上，一次次从校门口一个接近 45 度的斜坡上呼啸而下，她喜欢陪着小柳去逛街淘便宜又好看的发夹，她喜欢陪着谭晶晶去 KTV 一遍又一遍地唱难度很大的歌。

乔北的快乐无处不在，乔北的快乐有目共睹。

可是眼神安静的师伟说乔北不快乐时，乔北真的不快乐。

那年师伟多大呢？16 岁还是 17 岁？乔北记不清了。她只记得他的额前有几丝碎发，有风吹过就微微地颤动，眼睛没有葛萧那么大，睫毛也没有江水明的睫毛那么长，可是很黑很深邃，让人想一直看进去。他的身上有种很奇异的特质，比如他在某个课间以商量的口吻和同桌的男生说："下午去踢球吧。"那么等到午休结束时，班上的绝大多数男生就还没回来上课，任课老师就奇怪地问葛萧或是江水明："其他男生呢？"葛萧就会笑笑说"不知道"，而江水明就会揉着睡眼说"大概都食物中毒了"之类很不靠谱的话，然后被老师在头上来个爆炒栗子。

乔北注意到师伟是在高一新生报到时。从初一起，一直和乔北同班的葛萧是班级第一也是年级第一，班级第二也是年级第二就是师伟。这蛮罕见的，因为新生分班都是按照名次一个个按顺序均匀分配到各班的，师伟应该是隔壁班的第一名才对。

随后，消息灵通的谭晶晶就探听出了原因。师伟的继父是学校高中部的校长，他一直要求师伟是永远的第一名。这次师伟在升学考试时没做到，他的继父就让他承受了这样的压力与耻辱。

谭晶晶八卦这个小道消息时，是开学第一天，我们在走廊里等着教室开门。她刚说完，一个平静而清澈的男中音说："不，是我自己要求他这样做的。"在男生们都因为变声而拎着公鸭嗓的时候，这种声音很难不让人印象深刻。乔北猛地回过头去，就看见了师伟。

师伟穿着普普通通的牛仔裤和T恤，肩上斜背着一个式样简单干净的单肩书包，比乔北高了大半头。乔北猝不及防地跌进那双眼睛中的深邃瞳仁。

看不出师伟对谭晶晶的失实八卦有什么情绪变动，他只是不失分寸地点了点头，和她们擦肩而过，打开了教室的门。

谭晶晶兴奋得脸色涨红，死命地摇晃着乔北的手，小声地喊："好酷，好酷哦，我要追他！"

酷。

残酷、冷酷的酷。

谭晶晶有一张天生的乌鸦嘴，她善于在最开始就预告事情的走向和结局。

14岁的乔北开始有意无意地观察着新同学师伟。

从第一天报到开始，教室的钥匙就在师伟手里，一直到高三毕业。他就住在学校旁边的教师家属区，每天早上来开门。做早操时，他从来都是站在领操台上的那个人。他从来没有笑容，眼神掠过面对着他、注视他的所有人，看向遥远的天边。

乔北轻轻地歪着头看他，但这时候她无法看进他的眼睛。没人能够。

谭晶晶从来不是有心机的谋算者，她的热情主动与坦白直率，在那时已见端倪。课间，她时常用手绢包着话梅、杏子之类的零食，拎一本习题集趴在师伟的桌子上，一边装模作样地讨论，一边拈一两颗零食给师伟，即使他一次又一次地谢绝，她还是乐此不疲。而江水明偶尔过来要零食吃，谭晶晶就会龇牙咧嘴地做心疼状。

但谭晶晶也不是为了达到某种目的才做某种举动的人。在高三那个晚上，师伟说乔北不快乐之前，刚刚回答了乔北“你知不知道谭晶晶很喜欢你”的问题。他说：“她不是喜欢我，她只是喜欢喜欢一个人的感觉。如果我接受她的喜欢，那我就会立刻被她抛弃。”师伟看着乔北，“还有，你真的是为了问刚才的问题才等我到这么晚吗?”

乔北正在为师伟的一针见血不知所措，师伟就轻轻地说出了那句摧毁了乔北之后生活的话：“乔北，你是个不快乐的女孩子。”寂静的校园小径上，乔北看着师伟的眼睛，马上就想哭出来。

师伟淡淡地说：“乔北，你不能哭，因为我不是为你擦眼泪的人。”说完，他走向校门，把乔北独自丢在只有路灯还亮着的校园里。

那个夜晚真的很黑。直到巡校的校工出现，乔北才从无边的黑暗中挣扎出来，无声无泪地哭泣着。那是乔北对师伟的表白，如果算是的话。

我清醒过来，回头看看葛萧，笑了：“你没去吃消夜?”

葛萧掐灭了烟，坐在床上：“我喊她们买上来，边看电视边吃。”他打开电视，调到新闻频道。

葛萧是那种对发生的一切事情都会保持积极良好心态的人，他从高中起就喜欢看新闻，看到世界形势一片大好他就打心眼儿里为别人高兴，看到战争饥荒灾难他就会格外珍惜自己的幸福生活，然后力所能及地日行一善。

全国的小朋友从初中开始，肯定都写过好人好事儿的作文，可估计只有我们学校的那届同学都是发自肺腑的、绝对不撒谎地写的。以葛萧为素材的范文此起彼伏。因为他的确干过捡钱包、扶老奶奶过马路、爬树救小猫等事儿。高三时，有一次大家一起翘课到莫愁湖划船，他还顺路帮一个小朋友找到了失散长达 30 分钟的妈妈，弄得后来校长为批评他逃课还是表扬他做好事而大伤脑筋。

谭晶晶曾经戳着葛萧的脑门说：“你有没有自己的生活？啊，有没有自己的生活?”

无数的事实教育我们,好心遭雷劈绝对不是开玩笑的。谭晶晶想起来就数落葛萧一下:“好人不长寿,祸害一千年。你要是好事做得太多了,老天爷肯定会想,‘靠,把我的职责都给履行了,老子很不高兴,灭了你丫的’,那你就惨了。你不要太好心不要总是为他人着想不要掏心掏肺地对别人行不行?”

不等葛萧说话,谭晶晶往往又会自问自答:“也对,你将来肯定会伤害无数大姑娘小媳妇的心,也得提前准备,平衡一下,要不然会遭天谴的。”本来还想谦虚两句的葛萧就没话说了,悻悻地抽烟或是吃饭。然后谭晶晶又挑衅:“你要真遭天谴了,那就是一个很经典的词儿,红颜薄命。”

葛萧就站起来去揪谭晶晶的马尾辫,谭晶晶就大笑着躲,小柳和江水明就起哄喊“土匪抢亲了”,我就会拿筷子敲碗或拿雪糕棒敲可乐瓶:“肃静,肃静。”但往往最后的结果是,葛萧抓住了谭晶晶,谭晶晶就笑嘻嘻地做出要亲葛萧的样子,然后就换成葛萧逃之夭夭了。

这个游戏一直玩到高中毕业后,天各一方。

我想到这儿突然笑了,葛萧侧过头来:“笑什么,丫头?”他拍了拍身边的地方,我就坐了过去。我看着他笑:“我觉得我们几个真的什么都没变,每个人都像当年一样在朋友关系里各司其职。”

葛萧转过头调低电视的音量:“在朋友关系里没变,不等于人没变。”

我笑:“那你变了?变成什么样了?”

葛萧看了看手表,淡淡地说:“以前你发愣的时候我不会看时间,现在我会看。”他看着我说,“刚才你愣了7分钟。鉴于没有历史记录,我不知道你的发愣时间变长了还是变短了。”

我笑了笑。

葛萧剥了个果冻递给我。

我接过，在手里摆弄着。那晶莹剔透的淡绿色很像16岁乔北的连衣裙颜色。我问："你为什么不问我为什么发愣？"

葛萧拖了个枕头，慵懒地躺下，侧脸看电视："你会说吗？"

这家伙还是那么懂我。我笑着把果冻递给他："你吃吧，太甜了。"

葛萧拿过果冻，一边吃一边说："看，这就是你的变化。高中时你最爱吃这个牌子的果冻，成件成件地批发，现在你一口都不肯吃。"

变化。师伟现在有什么变化吗？从来都不笑的他，现在遇到了会让他笑出来的人吗？

葛萧瞥了我一眼，开始看表计时："有比较才有鉴别，你继续发呆吧。"

我看着这个从来不问我想什么的人，忍不住笑了。

一大早，江水明风尘仆仆地赶到我们住的宾馆时，那个挺精神的小警察刚给我们打过电话。他们用杜宇的手机号码查到了杜宇的身份证号码，然后一路循迹而寻，发现两个月前杜宇购买过前往南京的机票。她在南京没有住宾馆，但她的信用卡连续三天被使用过，随后她购买了从南京到上海的机票，入住了一家费用不菲的宾馆，一周后退房。她的手机一直与抚顺的几个电话保持着联系，包括冯雪峰说的那个时间。欠费停机13小时后，号码重新开通。昨天下午，她购买了从上海到南京的机票并登机成行。

小警察心情良好地说："你们可以放心了，咱们国家的机场安检的严格程度在世界都排得上前几名，这说明第一是她本人在使用手机、身份证和信用卡，第二是她很安全。"

葛萧刚谢过小警察挂了电话，江水明就疯了一样砸门。被放进来后，他眼睛通红："警察回消息了没有？"葛萧复述了一遍小警察的话，江水明的眼睛更红了，眼看着就要哭出来了。

谭晶晶说："不是没事儿嘛，你这是酝酿什么悲观情绪啊？"

江水明一边狂吃海塞我们昨天吃剩下的臭豆腐、烤小鱼儿，一边略带伤心："我给她打了好几百个电话，她一个都没接。"

这话说得实在凄凉。不过谭晶晶反应神速地踢了他一脚："假装伤什么心啊，人家又不知道是你打的电话。这年头骗子那么多，不要和陌生人说话，知道不？"

"也对。"江水明高兴起来了，专心致志地吃东西。但瞬间他又情绪低落，"她现在在南京，可我又折腾回来了，早知道就在机场蹲着，说不定还能见她一面呢！"

谭晶晶正打算安慰他两句，转念一想，突然又踢了他一脚："你不知道手机可以发短信吗？你干吗不发条短信告诉她你是谁？"这一脚加这句话瞬间把江水明踢进万劫不复的深渊，同时也向我们证明了，热恋中的人智商为零这个神圣的道理。哦，如果狂热的暗恋也算热恋。

高中时江水明的功课差得稀里哗啦不假，可他那笔挺拔帅气的字儿挺给他雪中送炭的，连英语老师都对他写的印刷体英文字大为欣赏。而且，他那种门第熏染出来的或者说天生的文采飞扬，也让他的作文时不时就成了由语文组各位老师在全年级各班巡回播出的范文。

但现在看着他哆里哆嗦地把准备发给杜宇的短信写了又改，改了又删，删了又写的样子，别说谭晶晶，就连葛萧都想踹他一脚。谭晶晶嘀嘀咕咕："你当年垄断范文市场的风华绝代呢？你个熊样。"

在我们的连催带骗之下，15 分钟后，江水明终于大大地松了一口气说："我写好了。"他诚恳无比地把手机递给我，"你是靠写字儿吃饭的，你帮我看看。"

全文如下：杜宇你好，我是你的高中同学江水明，请回电。

恨铁不成钢说的就是那时我们四个人的心情。

发完短信，江水明就像倾家荡产买了彩票、期待开奖一样，做热锅上蚂蚁的火烧火燎状。他一会问葛萧"我的措辞没问题吧，会不会太生硬"，一会偷眉偷眼地看谭晶晶，"你说杜宇还记得我吧"。一向很有口德的我都忍不住了，说："江水明，你淡定一点儿，不要给我们制造身处动物园猴山的假象。”

杜宇的回电是10分钟后，一个很礼貌、不亲热的时限。

杜宇轻柔甜美的声音在那端轻轻地“喂”了一声，江水明已经陷入了慌乱的境地，语无伦次地跟着“喂”了一声。接着，他说：“我是江水明，你是哪位？怎么不说话呢？”

葛萧不负众望地一巴掌拍在他后脑勺上，然后接过电话：“杜宇你好，我是葛萧，我和江水明、谭晶晶、小柳还有乔北到抚顺来看你，不知道你什么时候回来。”他嗯了几声，就挂了电话。

江水明白痴相纤毫毕现：“她说什么？她还记得我吗？她什么时候回来？”

葛萧说：“她已经准备登机了，下午就到沈阳。”

我和小柳笑了，默契地对视一下，然后盯着江水明。

谭晶晶研究我俩的表情：“你们的表情很有深意，是想到什么了吗？”

小柳说：“机场，好像很适合表白的场所……作为长期窝在家里看各国情感连续剧的骨灰级观众，我觉得这是基本常识。”

我也点头：“情感读本里也常有这种情景。”

谭晶晶撇嘴：“低俗外加幼稚的想法。选那个人来人往的公开场合对纤尘不染的杜美女表白，死路一条。”

江水明目光炯炯，明显对我们的提议如获至宝：“那我就死马当成活马医。”

葛萧吸了口烟，带着怀疑的眼神看我们：“我觉得，你们都是故意不带驾照的。”

谭晶晶笑：“主要是你出现在驾驶座上，我们车的收视率就比较高。”

葛萧往外走：“谢谢。”

江水明和他急：“你干什么去啊？不是要去沈阳吗？”

葛萧回头瞪他："高速公路又没长在房间里。"

有一位挺深沉的古人说，人生最大的遗憾是没有预演的机会。此刻，在三天内连续往返沈阳桃仙机场的葛萧改编了这句话数落江水明："人生最大的遗憾是你有一次又一次的预演机会，但是你给弄得砸锅卖铁了。"

江水明就做出懵懵懂懂的样子，完全没有了他自我标榜多年的诗书满腹气自华的风流倜傥。

小柳终于说了一句让我们拍手称快的狠话："以前的你有画皮。"

人生若是真的有预演，你会不会选择改变剧情？

乔北会。

她会选择抹去那个路灯下的夜晚，会选择从始至终冷静地坐在那里，观察着同一个教室里的师伟。那个没有笑容甚或没有表情的师伟。

乔北相信谭晶晶也会。

谭晶晶一定会选择更疯狂地跟随在师伟的身侧，调动全部能量淋漓尽致地挥洒着自己的喜怒哀乐。

谭晶晶曾经对师伟充满了狂热粉丝般的好奇，为了研究师伟是几点到学校的，她曾经在早上五点半就站在校门口等师伟来开门。师伟在上早自习前有晨跑的习惯，谭晶晶就笑嘻嘻地拎着奶茶瓶子靠在操场的栏杆上看他晨跑，哪怕天色黑得根本看不清十几步外的人。师伟经过她的身边，她还会声色并茂地喊："加油！"她的情感就是这样的毫无顾忌。

有一次我们到江水明家玩，恰好江爸出去应酬不在，我们就溜进了江爸的画室。

谭晶晶马上就喜欢上了江爸画室的二楼窗台。她坐在那个窗台上，两条长腿在风里荡过来荡过去。那个位置伸手就可以触摸到那棵巨大无比的玉兰树。她突然挺诗意地说："师伟就像是玉兰树，我只看见了他璀璨的花，却忽略了他根本连片叶子都没有。"

江水明立刻鼓掌："说得好，说得太好了，你终于清醒过来了，你打算投入我的怀抱了？"

谭晶晶喘了一下说："刚才我还没说完，我接下来要说的是，我要把我的叶子全给他！"

江水明做呕吐状："该死的师伟，不配我们谭美女的叶子！"

我就笑，心里却还在想谭晶晶的话。是的，师伟最让人着迷的，也许就是他这棵树和很多树不一样，他违背了某种约定俗成的东西，犹自冷傲地绚烂着。

高中毕业后，师伟登录同学录的频率是每年一次，完整地写明他的所有相关信息，除此之外只有三个字——大家好。不管别人说什么，他都不置一词，如若冷眼旁观的过客。

大二暑假某次聚会时，江水明不知道哪根筋搭错了想到了师伟，就颇有点愤愤地说："发什么信息呢，谁关心他啊？！"

正在啃西瓜的谭晶晶噗的一声吐出一个生西瓜籽，指着自己的鼻子说："我！"

斜靠在沙发上拆航模的葛萧淡淡地说："我很不喜欢师伟！"

谭晶晶摔了西瓜皮："再说我家师伟，我和你拼命！"

乔北愕然地看着一向与人为善的葛萧，指望着他说出为什么。可他只是专注地拆着航模，再没说话。

当初，这是个挺暧昧的字眼儿。心怀坦荡、不藏点滴情感的人会用"当时、那时候"这样的词语，而涉及情感、不管是喜是悲的人就会说"当初"，带着一丝若有若无的惆怅，带着一丝既渴望某人知道又想对众人隐藏的遗憾。"早知今日何必当初"、"悔不该当初"、"当初要是"……

一晃就是十几年过去了。也只有一晃十几年都过去了的人，才会有这样的感慨。

车子向前奔驰，我们五个在短暂的插科打诨后就陷入了各自的沉默。我想，我们就像径直奔回十几年前的青春。

高一分班后的第一次班级内部篮球赛。江水明在最后一分钟依然投篮命中，兴高采烈地和葛萧击掌庆祝。作为对手的师伟半弯着腰休息，双臂拄在膝盖上，抬起头牢牢地盯着他们。

实力相差太悬殊了。配合默契、技术精湛的江水明和葛萧打得仅靠师伟撑门面的对手没有还击的余地。这场比赛从一开始就注定了结果，一面倒得毫无悬念。

谭晶晶大骂江水明和葛萧臭美，小柳在为他们喝彩叫好。我拎着书包站在远离篮球场的地方——这样，就没人注意到我在看着谁，我也可以骗自己不知道在看谁。

“没有悬念的比赛呢!”

我侧过头去，看见了杜宇那张轮廓柔和、五官分明的笑脸。很淡的笑，像春风。

小镇女孩杜宇穿着淡紫色的连衣裙，散发着沁人心脾的薄荷香，安静地站在我身旁。她的背景是人行道旁碧绿成一片的桃树，衬托着她光滑洁白的额头和乌黑幽深的眼睛。她看见我在看她，就露出一个纯真而温暖的笑容：“我叫杜宇。你呢?”

很少和同学说话的我被她的笑容感染，也微笑了：“我叫乔北。”

这时，看完球赛的小柳快步走过来：“乔北，一起去逛街吧!”她笑着说，“杜宇，你也去吧。”

杜宇笑着说：“好啊。”

杜宇走起路来很好看，不徐不疾，纤细的腰肢毫不做作地自然摇摆，散开的裙裾在她的体侧轻舞飞扬。可是让我在公交车上刹那出神的，是她回头的一个瞬间。她望向街旁的一个花店，柔美修长的脖颈闪出一个漂亮的曲线。雪白的耳后，几丝散落的柔软长发反射着阳光的明亮，且合着身体波动的节奏，在微微地颤抖着。

就连我，也为她明眸皓齿的一句“看，那么多的百合”而心旷神怡。爱花的少女，最惹人怜爱。

江水明记住的那个穿着淡紫色连衣裙的杜宇，是两年后的杜宇，是我眼中这个清秀怡人的杜宇又拔节般地长高5厘米、带着娇羞可人的笑容之后。

这样一个天灵地秀的神仙尤物，被青春期的江水明忽略不计已经是天大的谬误。如今江水明“才下眉头、却上心头”，凭什么还要放任命运的捉弄、白白让她走？而我，注定今生无法得到心仪的人，如果最好的朋友如愿以偿，就仿佛也了了那个心结。

所以，我默默地看着心神不定、若有所思的江水明，希望他功德圆满、抱得佳人归。至于杜宇的丈夫冯雪峰痛苦与否，与我何干？

第四章

金牌经纪人的结婚约定

因为是早班飞机，机场里的人并不多。我们四个一边说话一边去换登机牌，态度极好的工作人员冲面前的葛萧一笑俩酒窝，然后很客气地对我和小柳说：“请排队。”谭晶晶就从葛萧身后走出来：“那什么，只有我换登机牌。”

谭晶晶的公司刚签了一个选秀上位的甜妹歌手，属于初生牛犊不怕虎类型，完全没有演艺圈该有的伦理道德和自知之明，据说去客串主持时公然拿电视台的当家花旦洗刷刷、参加真人秀节目时一会怕太阳一会怕冷，结果和一向关系良好的省市电视台闹得非常不愉快。鉴于该歌手在网络上人气正旺，公司高层表面上装作不介意、不知情，暗地里却火速调遣攒了五年假一起休的金牌经纪人谭晶晶赶回去救火。

谭晶晶难以接受我们几个好不容易聚齐、这样一个热闹的聚会就此报销，但给她打电话的高层显然比较了解她的个性特征和心理特征，委婉地表示，“初生牛犊”已经有解约的可能性，恐怕在这个歌甜人辣的小妹妹背后，有个高深莫测的推手。

看起来光鲜亮丽的演艺圈里，有着比实业界或者金融界更触目惊心的心机较量。谭晶晶在我们面前是心直口快的泼辣美人，在尔虞我诈的娱乐业界，她已经将自己的特质运用自如，是个极善于嬉笑怒骂间攻下一城又一城的劫掠者。

道高一尺，是必须有魔高一丈来压制的。谭晶晶绝对不会让一个不敢露面的茅山道士毁了她的金字招牌、砸了她横蹚的场子的。所以她毫不犹豫地丢下我，赶回南京救火。

江水明没来送机。

他当然没有来。

他怎么会再踏进这个机场半步？他回上海可能租车，可能赶火车，可能坐轮船，甚至可能心情抑郁地步行回去，但就是不会再靠近这个地方半步。

因为那天，江水明内心潜伏了十几年、猝然间打算破茧成蝶的情感，被他表述得惨不忍睹。

当时为了不给他造成心理压力，我们四个选择了接机口外距离机场大巴十步的地方守候，顽强地抵抗着招揽客人的公车私车司机的轮番进攻，由视力堪称火眼金睛的葛萧负责观察。

原本江水明是占据主动位置、可以给毫无防备的杜宇一个火辣烫手的炸药包，可就在南京班机的乘客在通道口鱼贯而出时，心虚的江水明为了确认我们有没有不讲道义地放他鸽子，居然回头认真地验证。他是从右边回头的，我们清楚地看见杜宇从他的左边轻快地走过，差一点都碰到了他。

我们心急火燎地做手势，江水明居然完全没有意识到，以一种战时绝对可以拉出去毙了甚至就地枪决的缺心眼儿、确定我们还在和他愉快地合作，才心满意足地转过去，耐心地观察出来的人。

谭晶晶眼睛发直，骂了句粗话："操，我一直骂那些狗屁编剧没事儿就弄些老套的巧合出来，原来还真是来源于生活。回去我就给他们挨个道歉去。"

眼见面带温婉微笑的杜宇走出接机口，我们只好迎上去。

我看着长发随意挽成一个髻、穿着简单黑白两色衣着的杜宇，却同时看见一个顶级的造型师正窃笑着陶醉在自己风情万种的手艺里。这个顶级造型师的中文名字叫老天爷，英文名字叫上帝。

我们都是二十八左右的年纪，要是非要感叹“岁月在脸上留下了多少多少的痕迹”，还有点为时过早。但要说十几年过去了一点没变，那是有点夸张。怎么说懵懂的青春味道也被该来的成熟取代了。

可杜宇就是没什么变化。柔和清晰的眉，婉转清澈的眼，挺直细削的鼻，水润微红的唇，娇嫩滴水的白皙肌肤，还有腮上欲走将行的淡粉红晕，全然是我们印象中的模样。大概是穿了高跟鞋的缘故，她显得又修长了一截，比谭晶晶还要高出些许。

她不可能没注意到我们，因为俊朗的葛萧绝对不是一个可以让人忽略不计的路人甲。

走得轻快的杜宇翩然停在距离我们一两步的地方，微笑着说：“你们好。”我们并没有说要来接机，可杜宇并没有意外的惊喜。我们是十几年未见的同学，可杜宇却没有久别重逢的激动。她就站在那里，晶莹剔透的肌肤上泛着光彩，乌黑清澈的瞳仁里映着我们的身影。

高中时小柳和杜宇比较要好，她走上去拉住杜宇的手，高兴地说：“你没怎么变呢！”

杜宇笑了笑，看了看我们几个：“江水明不是也来抚顺了吗？”

葛萧指了指里面：“他去接你了！”

迟钝的江水明没接到要接的人，才想起回头看我们几个，看到我们当中多了一个人时，才意识到杜宇和他擦肩而过了，于是慌里慌张地冲到杜宇面前：“我怎么没看见你啊？”他小脸通红，表白的话几乎要脱口而出了，但他还矜持地看了看我们，用眼神询问我们是不是该回避一下。

那表情就像一个兵临城下却还在考虑要不要打的愚蠢将军，而且是被围困在城里缺粮断炊的那个。

大家都不说话的境况下，江水明得到了某种暗示，也就死猪不怕开水烫地说：“杜宇，我很喜欢你。”作为一个靠创意吃饭的广告业精美人才，我们觉得江水明此时已经把自己降到了卑微的最低点，就和他发的那条干巴巴得都快自燃的短信一样，他除了基本的语言表达外，已将智慧之类的东西丢失殆尽。

不过也好，最直接的往往最有效。

果然，杜宇波澜不惊的微笑也瞬间消失了。她看着江水明，眸子里有丝缕的波动。但片刻，她又恢复了一贯的微笑：“雪峰说你们已经去过餐厅了，我还责怪他为什么不留你们吃饭呢。餐厅的大厨是我们从泰国挖来的，菜品真的很独特。”

不动声色间，转移了话题，表明了态度，也没有直接拒绝的伤害。就连擅长话里有话的谭晶晶也露出被杜宇折服、为江水明默哀的表情。

葛萧拍了拍江水明的肩膀，低头燃起一支烟：“怎么回去？”

杜宇说：“坐机场大巴。”

江水明说：“我也坐机场大巴，你们在车里好好聊聊吧。”积蓄了十几年的轰轰烈烈，最后只剩了个苟且残喘的自尊。但很明显，江水明终于从梦中醒来了，风流才子的神韵又回来了。

谭晶晶扭头假装不知道自己在骂谁：“他妈的，迟来又迟钝的爱。”

看着江水明堪称蹒跚而去的背影，我的心里有一丝感同身受的悲凉。我经历过类似的场景，只不过我是留在原地的那一个。

从 16 岁的那个夜晚开始，我梦见过师伟，不止一次。所有的梦大意都是熙熙攘攘的人群中，我隐约看到远处一个模糊不清的男子的脸，眼睛没有葛萧的大，睫毛没有江水明的长。可我看着他，不敢确认更不敢相认，只有流着泪看着他越走越远。

由梦中流泪而醒并不是愉快的事情。对我是这样，对枕边人更是这样。

我的历任男友的分手理由都言之凿凿、语之霍霍，说我心里藏着一个人，吃饭的时候在想，刷牙的时候在想，就连相拥而眠的夜晚也在想。他们说，他们承受不了这种压力，于是都自动选择退场。

但他们根本没有明明白白地收场。他们都迁怒于在我床头相框的五人合影照片里、站在我旁边的那个葛萧。

我坦然地丢掉他们的东西。因为我很看轻他们——他们其实并不知道我心里是否真的藏着人或是藏的人是谁，他们只是在看见那张照片的第一个瞬间就被葛萧的英俊击倒在地。对于没有自信的男人，我很难保持热情或回忆。所以他们在我这里没有留下名字、相貌之类的东西，我只淡然地称呼他们为“历任男友”。

在去年，我最近的一个“历任男友”搬出去之后，谭晶晶曾到我家过夜。她看着我没什么表情地把旧物件用旧床单裹成一团丢在门外，她就说：“乔北，你该嫁人了。”

我用探询的目光看着她。她就说：“你再不嫁人，就要丧失所有的热情，变成一坨冰了。”

我笑了笑。我宁愿变成一坨冰，因为心中有冰，看起来就像琥珀。

为师伟变成琥珀，这是挺有诗意挺浪漫的故事。

但我从不把它讲给别人听。

那天晚些时候我们一起看了一集《老友记》的碟片，那集里，祖伊、钱德、瑞秋约定，如果40岁还没找到意中人，就在死党里找一个合适的人结婚。谭晶晶从中大受启发：“我觉得，按照中国的国情，这个年龄界限应该是30岁，其他的一切都可以照搬。”然后她就歪在我的床上一边喝啤酒一边意淫，“葛萧要是被我蹂躏的话，应该是很嗨的一件事情，不过他已经帅到连我都没有安全感的地步了，为了避免我会兽性大发地用链子把他拴在家里当性奴，我觉得还是算了。我就逼着江水明和我结婚好了。他的帅是属于正常人类可接受范围内的，人也很有趣。不像葛萧，年龄越大话越少抽烟越凶，老年很可能会得抑郁症加肺癌的。”

她扭头看着我坏笑：“你呢？”

我专心致志地撕着还没撕完的“历任男友”照片，完全不理她的情景对话。

谭晶晶扑过来把我抱住：“亲爱的，莫非你不能回答，是因为早已爱上了身为同性的我？”

我说："松开，不然我把你如花似玉的脸打残。"

谭晶晶嚣张地大笑，然后就给江水明打电话，哼哼唧唧几句"我好想你哦"之类没正经的陈词旧调之后，问道："江水明，要是到了该结婚的年龄，比如说 30 岁，我俩都没找着意中人，我俩就去扯证好不好?"

江水明毫不犹豫地说："好。"

原本谭晶晶是想逗江水明的，可现在轮到她惊讶了："为什么呀?"

江水明竹筒倒豆子："高三那年我爸见到你，就让我追你，说你腰细腿长屁股大，是标准的贤妻良母，而且一副生儿子相。今年春节我爸还念叨着要是我不好意思和你说，他就帮我说。"

"靠!"谭晶晶暴跳，"江爸竟然为老不尊，早在十几年前就在教唆你。"

江水明嘿嘿地笑："我马上给他打电话，说他心目中的准儿媳妇谭晶晶已经迫不及待地对他儿子投怀送抱外加逼婚了，他肯定特开心。"

谭晶晶继续暴跳："不行，我是说万一找不到意中人的情况下。"

江水明说："你那个圈里的人都不是适合结婚的对象，别勉强自己。"

谭晶晶大叫："老子爱师伟，老子爱师伟，老子要把师伟搞到手。"然后她就挂了电话。

江水明的电话立刻打过来："你刚才说的事儿还算不算数?"

谭晶晶还沉浸在自己的豪言壮语中，就喊："算数!"

江水明大笑着说："葛萧来上海了，就在我旁边呢，他看起来好像很受伤。"

谭晶晶赖皮赖脸："江水明，我吃在你家，睡在他家行不行?"

江水明说："呸，白日做梦！就这么说定了，30 岁我俩生日都到了还是单身的话，就去扯证。"

路上的一个小时，在和杜宇断断续续、并不热络的谈话中，我们知道，原来她和冯雪峰结婚后，都在那所私立中学教书。后来一个机缘巧合，冯雪峰的一个朋友儿子出国急需用钱，要盘出一个临街的商用独门小楼，冯雪峰立刻到处借钱盘下来。随后两人辞职，一手创办了“竹玲珑”。

适合创业的行业里，餐饮业算是利润比较高的，但不可预知的风险也是最大的。亲戚朋友都在南京的杜宇夫妇，付出的艰辛是可以猜度得到的。但杜宇对此没有只言片语，我们唯有猜度。

杜宇的身上还是有着那股深刻在我记忆中的薄荷味道，很淡，很清凉，可以让人烦中取安适、乱中得清宁。

坐在副驾上的谭晶晶探过身子，很是一本正经地问杜宇：“杜宇，你觉得江水明哪里不好?”

这种单刀直入的问题，也只有谭晶晶才能这样突然问出，并且暗含着由不得人不回答的气势。

杜宇淡淡地笑了笑：“葛萧也没有哪里不好啊!”

杜宇的话，看似简单，却内含玄机——对于已经结婚的她来说，别人好不好，都和她无关，因为在她应该选择时她已经选择了。而且，她表明，并不是因为对方很好，就一定会被她选择。

和这样聪明的女子说话总是累的。她不会由你牵着话题的走向，她轻轻洒洒地四两拨千斤，看似弱柳扶风、满身空门，实则密不透风、滴水不进。

小柳岔开话题，问：“杜宇，你回南京，有没有见班上的其他同学?”

这真的就是一句岔开话题的闲话——独来独往、游离于班级之外的杜宇怎么会见其他同学？可让我们没有想到的是，杜宇稍微犹豫了一下，才摇了摇头。但还没容得我们再想，她的手机响了。她接了：“喂，哦，我的高中同学接我回来了，待会儿见。”她放下电话，歉意地说，“我要回家休息一下，晚上7点我们在竹玲珑聚吧。”

江水明蔫蔫地回到宾馆，谭晶晶一把抱住他说："亲爱的未来好老公，你求爱未遂，一年后我们就可以扯证了。"没等江水明反应过来，她就一把推开他，笑嘻嘻地说，"不行，我的求爱还不一定遂不遂呢，不能这么快就乱了分寸、定了终身。"

葛萧拍了拍江水明的肩膀，递给他一支烟。

江水明看了看他，把烟还给他："我还没被打击到那个份上。"他坐在沙发上看谭晶晶，"你说真的啊？你真要去找师伟啊？"

谭晶晶眉飞色舞地说："当然啊。你想啊，两年后就该履行咱俩的约定了，我怎么着也得试一试吧。师伟年年填个人信息时，填的可都是单身。"

江水明说："别人问我我还说我单身呢，可身边的小姑娘还不是莺莺燕燕、桃红柳绿的？"

谭晶晶对他翻了个白眼："别太早把身子掏空了，回头真要是成了我老公，我饶不了你。"

小柳忍不住了："你们在说什么呢？我怎么听不懂？"

葛萧靠在床头笑着："去年你结婚前后，他俩受刺激了，怕自己到30岁还找不到合适的人，就约定那时都单身的话就结婚。"

我们以为小柳要惊讶一下，谁知她想了想就挺认真地说："那你们家小孩将来应该挺漂亮的，万一我家生个儿子你们家生个女儿，这儿女亲家就结定了。我是提前预订的，你们可不能让其他人插队。"

谭晶晶琢磨一下说："万一我家生个儿子你家是女儿，你就不和我们做儿女亲家了？"

小柳更认真了，连连点头。

谭晶晶钻研到底："为什么呀？"

小柳说："你这张嘴尖酸刻薄、心机又重，肯定不是好婆婆，我可不想让我女儿受罪。"

我们集体大笑。谭晶晶一把抱住江水明："老公，揍她，她侮辱你老婆。"

江水明说：“不行，万一能当成亲家呢，别揍早了。这顿揍，留着。”

凡事都是物极必反。按说谭晶晶、江水明以及葛萧，在爱情与婚姻中是占尽先天优势的——无论外貌、家境或是自身的才华。但恰恰是这样的人，却很容易成为最后到达罗马的人。

前年春节，我们都回到南京，在江水明家吃饭，江爸喝高了，痛心疾首地对我们说：“你们怎么就都剩下了呢？过去我觉得老大年龄还没结婚的，要么是人品有问题，要么是性格有问题，再么就是身体有问题……可我看你们几个，有品有貌、善良纯真，怎么就成了锅里的剩饭了呢？”

小柳含着筷子做天真可爱状：“没我什么事儿呀，我是火线入党，刚嫁掉的。”

江爸哼了一声说：“你的问题比他们几个都严重，你嫁错了，所托非人。”

小柳大受打击，捂着胸口说：“江爸你说什么呢？我新婚燕尔的，蜜月还在蜜呢，你怎么这么咒我啊？”

江爸说：“我儿子多好，葛萧也不错，你反而要到外边找一个，你当你是兔子，可以让窝边草随便长成一堆乱草啊？”

江水明夺过江爸的酒杯说：“好歹你也是有官方身份的人，别成天和老顽童似的什么都说。”

江爸在谭晶晶放肆的笑声中有点下不来台，最后他还是抓住我这根救命稻草：“乔北，帮我，他们都仗着比我小，欺负我。”

我正帮江妈把新炒的菜端上桌，马上很配合地说：“你们谁再欺负江爸小朋友，老师就要打屁屁哟。”江爸大笑着抢回酒杯，顺便做了个鬼脸。

葛萧笑着接过我手里的凉拌豆皮：“吃饭吧，丫头。”

那是多么其乐融融的一天。每个人脸上都带着真诚的欢乐，自由自在地吃吃喝喝。

我忽然想起那天的情景，也就想起了江爸的疑问。我问葛萧：“你怎么一直单身啊？身边没有合适的人吗？”

葛萧把烟叼在唇间，轻描淡写地说：“公司正在发展，没时间谈感情。”

谭晶晶说：“先立业后成家吗？”她舒服地枕着江水明说，“我给你讲个故事，听来的啊，但可信度在百分之九十以上。我一个朋友的朋友，私企老总，年轻有为，38 岁那年觉得自己已经立业了，于是就成家了。勤奋的惯性是可怕的。这兄弟结婚当年还是业务不断、谈判应酬，就后来过劳死了，丢下百万家产和貌美小娇妻。我朋友就感叹说，‘我说他一天到晚忙什么呢，原来是忙着给老婆赚嫁妆呢’。”

小柳说：“谭晶晶，你可亏大了，你应该拿葛萧当候选老公，万一他过劳死了，你就摇身成为小富婆了。”

谭晶晶做无限景仰的表情：“对啊，小柳，自从嫁了个专办经济案的律师，你的智商回升多了。”她拽葛萧的胳膊，“葛叔叔，我又小又娇，你把我当小娇妻吧?!”

江水明一把拽回她：“我刚求爱未遂，作为我后备老婆，你不能伤风败俗地抛下为夫乱丢媚眼啊。”

我微笑着看他们亲密无间地开着玩笑，想着为什么谭晶晶和江水明这样的人也要有个伴侣后备着。

白天鹅最大的悲哀，就是没遇到有野心的癞蛤蟆。

小柳分析说，他们都成了深秋萧条的葡萄架，是因为谭晶晶的外向与泼辣，江水明的不问世事与才华，葛萧非人类的帅，使他们的绝佳外形带有毁灭性和杀伤性。换句话说，觊觎他们的人都错误估计了他们，被他们拥有的强大防御系统假象所蒙蔽。

我却不这么看。我觉得他们至今单身的原因，是他们对身边人无条件、没要求。

这不是说他们有多滥爱、有多放纵，而是他们在谈及未来的身边人时，往往会耸耸肩、轻松地说，“没有什么特别的要求啊，人好，合适就行”。

没有条件就是条件无处不在，没有要求就是会有内心下意识的挑剔。

“眼睛大”、“嘴唇好看”……越具象越好寻找合适的对方，“温柔”、“勤快”……越具体越好建立稳定的关系。

当然我的理论也不是无懈可击。比如，我心中的具象就是师伟，具体就是师伟那样的，可我依然在28岁这年形只影单。这再次证明我说的物极必反——当范围缩小到一个人身上时，说不定比漫无目的地撒网找人更困难。

我自嘲地轻轻笑了。葛萧弹了弹烟灰：“你在偷偷笑什么?”

谭晶晶看着我：“你还没和我说你的备胎是谁呢。”

我没有备胎，因为我情感的阵地还在死守一个人。我摇了摇头：“我打算一辈子单身。”我本来想说得特别搞笑，可自己都觉得语气凄凉。

葛萧笑了笑，抬头看着窗外：“一辈子有多长呢？眨眼六十年？何必那么苦着自己?”

我想模仿谭晶晶的搞笑，就开玩笑说：“我说的是不结婚，可没说不找人上床。”

这话谭晶晶说，大概会说得活色生香、回味悠长，可我说出来就一点都不好笑，反倒有种破罐子破摔的味道。

江水明正经八百地对谭晶晶说：“老婆，要是乔北需要人上床又一时找不到，我可以舍‘身’取义不?”

谭晶晶连连点头：“嗯，我同时还允许你舍‘生’取义。一定要服务到位，实行三包。”

我哭笑不得。葛萧瞪我："自讨苦吃。"

我们到"竹玲珑"时，迎宾小姐显然对出现过两次的葛萧印象深刻，她笑着说："葛先生，宇姐已经在'湘妃'等你们了。"

"竹玲珑"所有的包间都是用竹子的名称命名的，走廊里有很淡的檀香味道，一个举止优雅轻柔的服务生，像家道中落但气质犹存的大家闺秀一样，反手为我们挑起竹帘。我们一一侧身，进入"湘妃"包间，就看见正站在窗前打电话的杜宇。

杜宇着一袭月白旗袍，腕上一只翠绿剔透的玉镯，腮上有细微红晕。见我们进来，她就轻轻地说："我还有事，以后再说吧。"随即挂了电话，含笑走近我们，牵着小柳的手，安排我们入席。

江水明经过激烈的思想斗争，还是来了。被杜宇婉拒之后，他也就不再拘束，落落大方起来。

杜宇微笑着说："雪峰有事，不能陪我们了。不过也好，我们落个说话自在。"

我看着天仙化人的杜宇，心头的赞美再度涌现。就在我要开口说话时，我的手机响了，是一个全然陌生的号码。我对大家歉意地笑了笑，起身到包间外接电话："喂?"

一个郁郁的男中音在耳边响起："我是师伟。"

我条件反射般地挂了电话。关机。发抖。

那个想念已久的、久违了的声音，在一个我还没准备好的时刻出现，除了躲避，我没有其他的路可以选择。是的，我还没准备好，我不知道是应该笑着说"嗨，你好"，还是应该哽咽着说"你还好吧"。

我在走廊里神情恍惚地站了一会儿，决定先到外面透透气。

春夏交接的夜晚，绵绵细雨不期而至，远远近近初亮的灯光就有了模模糊糊地晕染。不大的雨，打在脸上有浸润的细微的痒。我很想抽支烟。

葛萧有一次和我说，他在想一件摸不着头绪、让他无比茫然的事情时，就喜欢点燃一支烟，抽或是不抽，只让那星点的火光明明灭灭，等到那点猩红燃到尽头、手指上传来刺骨的剧痛时，他就会有了顿悟的结论和本能的决定。

我在食杂店门口，颤抖着撕开刚买的烟盒，抽出洁白纤长的一支，衔在唇间。可我不停地打着冷战，笨拙的手怎么也按不着简装打火机。

歪在竹椅上看电视的老板娘，把注意力放在没打伞、看起来要哭、拼命打着打火机的我。等我无力地靠在人行道的路灯杆上，为自己的无力与无能开始啜泣时，竹椅“咯吱”一声，老板娘挪动了一下身子，站起来走到我身边，拿过打火机，“啪”的一声点燃。

腾起的火光给了我瞬间的温暖，我把来不及押回去的眼泪擦去，凑上去点燃烟。苦苦涩涩的烟肆虐在我的唇齿之间。我以为我会像那些小说、电影里描写得那样咳嗽，可我肠胃间翻江倒海，嘴里却只是感激地对老板娘说：“谢谢。”

老板娘看了我一眼，什么也没问，什么也没说，依旧坐回竹椅，全神贯注地看电视。

会抽烟的人，比如葛萧，能像变魔术一样把一支烟抽上很长时间。我也想抽上那么长的时间，可好像就在一瞬间，我右手的食指和中指就传来了钻心的痛。

我情愿认为这是上天给我的暗示。我把烟头在脚下碾得粉碎，然后打开手机。

没有蜂拥而至的未接来电的信息提示。

师伟，还是当年那个不会重复任何一件事情的师伟。

我回拨了那个号码。

漫长的等待音后，伴随着流水声，师伟的声音响在我的耳边，还是少年时的那种冷冷：“乔北。”

我的脸一阵发烫又一阵发冷，我的牙齿控制不住地在发抖：“师伟。”

师伟似乎关了水龙头，他的声音更加清晰："你结婚了吗？"

多年前我那么喜欢的男人，在他单身的时候，没有任何问候或是话题，径直问我，"你结婚了吗"。

该如何回答呢？

我不喜欢含混和暧昧的东西，即使我还是无法忘记那个眼神冷冷的少年，我也不愿意自己的回答给他任何我还在喜欢着他、等着他的错觉。我尽量往我的声音里注入喜感："快了，到时请你喝喜酒。"

似乎我回答什么他并不关心，他似乎也无意揭穿我说得太夸张而显得单薄的谎言。他说："哦。"顿了一顿，又问我，"乔北，如果你喜欢了很多年的人对你表白，你会接受吗？"

这是什么意思？我竭力抑制着马上冲出眼眶的眼泪，捕捉着内心最真实的情绪，清清楚楚地说："不会。"

师伟好像并不意外，略带苦恼和疑惑："为什么呢？"

我说："我的喜欢，已经是一种和刷牙洗脸一样的习惯，而习惯，是不需要有什么特殊改变的。"我的泪水夺眶而出。

师伟沉思了一下，试探着问："真的没有接受的可能？"

我擦拭着泪水，不愿让哽咽的声音出卖了自己，没有发出任何声音，只是点了点头。

师伟好像看见我在点头，长长地叹了口气说："谢谢你，乔北。"

我攥着手机，难过地弯下腰去，压抑的哭声终于喷泻出来。

16 岁的乔北不肯有一丝欣喜，不肯有一丝轻贱，她倔强地保护着自己的自尊。哪怕是面对着深爱多年的那个少年，也要骄傲地走开。16 岁的乔北说："我等候你多年，是为了我的情感；我转身离去，是为了我的尊严。"可一转身，执拗的女孩就又一次被可能的擦肩而过击打得痛彻心扉。

不知哭了多久，已经没有泪水的我发现身旁有一道长长的影子，猛地转身看去。

不远处的另一个路灯下面，葛萧双手斜插在裤兜里，唇上的烟已经烧到了尽头。他那双大眼睛清澈地看着我，带着一抹淡淡的忧伤。

葛萧站在那里看我，额头的碎发上挂着几点晶莹的小雨珠。大概是眼睛太大的缘故，他不笑的时候，眼睛就显得格外的清澈闪亮。

感谢这场雨，它让我脸上的泪痕无迹可寻。

蹲得太久，双腿已经麻木了。这让走向葛萧的路有些漫长，我努力保持着平衡，摇晃着走向他，挤出一个微笑，开了个不合时宜的玩笑："是不是江水明发疯掀了桌子，你来找我救火了？"

葛萧把烟头吐进一旁的下水道，掸落了头发上的雨珠，笑了笑，拉住我的手转身向半条街外的"竹玲珑"快步走去："晶晶明天早上要回南京。聚会宴已经成了送行宴了。"虽然他温暖的手心让我觉得舒适而熨帖，但他长腿快速迈出的步子却让我麻木的膝盖承受着难言的痒痛。

我大叫："慢点走啊，我的腿好痛。"

葛萧侧过身顺手一绰，便把身材娇小的我夹在腋下，大步流星地走着。

我脸朝地，又惊又怕，挣扎着大喊："葛萧，你把我放下。"

葛萧说："丫头，你本来就不是仙女，脸着地就更惨了。乖，马上到了。"

所谓死党，就是在你伤心的时候不是去安慰你，而是静静地守在旁边。他不会为了表现自己的善良，去触碰那些你不想让人看见的隐秘伤痛——他相信你自我疗伤的能力，他从来充满这种信心。然后当你快乐如初时，他才会结束守候，假装什么都没发现地和你开着无伤大雅的玩笑。

这是死党对死党的真正尊重。

我知道葛萧是我的真正死党。因为脸朝下的我，无比清晰地看见下水道旁边有三个烟头，同一个牌子。

我和葛萧错过了那场短暂宴会的绝大部分，最后的那一小部分，是激愤之下的谭晶晶在大爆演艺圈的料。从某男演员喜欢捏同剧组女演员的胳膊内侧，到某小明星如何找托儿给自己抬身价……谭晶晶得出的结论是："演艺圈汇集了中国最漂亮和最帅的流氓以及人渣。"

杜宇微笑着倾听，眼神柔和而专注。她说："谭晶晶，我真的很羡慕你可以活得这么生动。"

谭晶晶看着杜宇，也微笑："杜宇，我真的很羡慕你可以活得这么超脱。"

小柳笑："你们就互相恭维好了。"

谭晶晶说："哦，对了，杜宇，谢谢你拒绝了江水明的表白，现在他死心塌地地当我的后备老公了。"

我几乎想为谭晶晶这句话拍案叫绝了。她不着痕迹地把话题又引向了江水明对杜宇的一片痴心，又不落俗套地对杜宇推荐着江水明的优秀——若不是杜宇你的拒绝，就算面对我谭晶晶，江水明他还是难免心猿意马的。

有谭晶晶这样的话，杜宇说什么话都会暴露她的真实想法，而若是什么都不说或转移话题，就显得有些做作的小家子气了。谭晶晶只言片语就把杜宇逼上了必须正面回答江水明表白的境地。就连言语不擅锋芒的小柳，也听出了话中的玄机。

杜宇微微一笑，撸下了腕间的玉镯递给谭晶晶："你们办喜酒时万一我去不了，这就算是贺礼了。"

谭晶晶话语锋芒立现："万一去了，岂不又要加一份贺礼？"

杜宇唇角微笑不减："若去了，我就戴另一只镯子前往道贺。"

谭晶晶不依不饶："镯子是成双成对的，要是分成两个单，不是不吉利吗？"

杜宇回答："你我各持一只，叫做姐妹情深，两只都送给你……"她莞尔，"叫做完璧归赵。"

好一个才思敏捷的温婉佳人！杜宇转了个圈子，却在这个话头上等着谭晶晶——江水明的一片痴情，全由你谭晶晶安心收着吧！

谭晶晶大笑，拉着杜宇的手说："果然够得上是我的姐妹！"

当夜回到宾馆，江水明万分感动地拉着谭晶晶的手含情脉脉："晶晶，你真是个好老婆，不但一点不吃醋，还帮我找面子。"

谭晶晶咧嘴："别肉麻，我都说了，我攻克师伟不下才会拿你垫背，你先悠着点儿。"

江水明大叫："我不管，你就是把他攻克了，我也要当你后备老公，以防他纵欲过度一命呜呼你会守寡。"

我和谭晶晶都笑，小柳就一脸认真地问江水明："你是在和谭晶晶调情吗?"得到江水明点头回复后，她便说，"调得相当失败。"

谭晶晶笑着说："我觉得你还真是遗传了江爸的艺术家气质，认准了什么就疯狗似的直勾勾地盯着。"

江水明说："这种疯狗般的优良品质，在当今社会里可不多见了，剜到筐里就是菜的人多了。"

谭晶晶笑："好嘛，那你就认准我这根菜嘛！等我处理完公司的事儿，就来找你们会合。"

谭晶晶消失在登机口时，旁边一个人的手机响起，铃声是李宗盛的歌："爱情它是个难题，让人目眩神迷，忘了痛或许可以，忘了你却太不容易……"

师伟，忘了你却太不容易。

第五章

爱情也可以很 A 的

江水明第一次看 A 片是在大二那年夏天。

我之所以知道得这么清楚，是因为大学毕业那年我们几个人回南京聚会时玩了真心话大冒险。

我和小柳都挺含蓄的，一般只会问后面的人一些非隐私性的问题，比如“你有几个女（男）朋友啊”，“你的初吻是在多大啊”。江水明倒霉，坐在谭晶晶下家，而谭晶晶的问题都是生猛的，比如，“你性生活的频率怎么样啊”、“你喜不喜欢用套套啊”。

玩到第六圈时，江水明已经满头大汗了，而隔岸观火的我们三个则幸灾乐祸地知道，江水明有着次数规律、对象不规律的性生活，靠推算安全期避孕，最长时间一个半小时，最短时间五分钟。再加上开头的那个“人生第一次看 A 片的时间段”。

看着我们不怀好意的笑脸，江水明不干了，一边喝冰可乐，一边气急败坏地数落谭晶晶：“这根本不是死党间该谈论的话题，非常的不健康，非常的不着调，非常的不单纯，这简直……简直就是乱谈性!”

后来那段时间江水明的外号就叫“乱谈性”。

当然，以后我们再也没玩过真心话大冒险，主要是大家都被谭晶晶给吓到了，生怕自己一不小心成为她的下家。

但我觉得这次游戏充分证明了我们是死党，因为互相喜欢的人绝对不会夹杂在一大群人里说破坏对方形象的话题。

回大连后，我们还是住在葛萧家。白天葛萧到公司打理事务，晚上小柳回家伺候老公，房间里始终有三个人。有一天小柳赶回家吃晚饭，葛萧加班谈笔业务，我和江水明都懒得出去买吃的，就饿着肚子百无聊赖地坐在地板上玩葛萧珍藏的玻璃跳棋。

期间，报社行政部的人给我打电话，问我什么时候回去上班。我算了算，再过两天年假就到期了，就说大后天上午报到。我放下电话，江水明就问："你还打算守着那份工作吗？"

我耸了耸肩："除了写字我什么都不会干，也不想去学什么了。换工作也挺累的，就这样吧。"我反问，"你呢？你真的不回原来的公司？那百分之十几的股份你也不要了？"

江水明懒洋洋地喝口冰镇啤酒："嗯。"

我问："你该不会被杜宇拒绝后就看破红尘了吧？"

江水明眯着眼睛，长长的睫毛忽闪了一下："有点儿这个意思。"

我支撑起身子，把胳膊肘儿拄在沙发上出神："我觉得峨眉山风景很好。"

江水明用眼睛瞥我："什么意思？"

我说："你不是想出家当和尚吗？我比较一下佛家圣地，还是觉得峨眉山适合修身养性。"

江水明抓起一把玻璃棋子作势要砸我："胡说八道！那份工作难度系数太大了，我不适合。"

我问："你想干什么呀？"

江水明说："和我爸一样，画画。"

我还没说话，门外钥匙哗啦一响，我马上跳起来，连蹦带跳地跑到门口："有水煮鱼没有？"

葛萧嘴里叼着几封信，左手拎着高高一摞便当盒，右手正往外拔钥匙。还没等他空出嘴来说话，一个青春靓丽、身材凸凹有致的女孩子便从他身后跳出来，热情洋溢地和我们打招呼，一双大眼睛骨碌碌地越过我往屋里看。

我觉得她很面熟，可想不起来是谁。

葛萧进屋把东西都放好后才说：“何晓诗，到抚顺找杜宇时她帮过我们的。”

我这时才想起她是我们在杜宇原来工作的那所私立学校门口碰见的女孩。

何晓诗不等我们问，就精神气十足、一口气儿地说：“我到大连来玩，结果把钱包弄丢了，今天又没办法赶回抚顺，好不容易才想起葛萧在大连，于是就向杜姐姐要来葛萧的电话找他帮忙了。”可读者们你们要是翻回上文的话，就会发现葛萧从来没说过自己是从大连来的。

这丫头，要么是缠着根本不熟的杜宇软磨硬泡来的，要么是记住葛萧的车牌号顺藤摸瓜。不管哪种，都是来者不善。

江水明吃了口西芹百合：“葛萧真是个好人，最近两三年遇到的和他一照面就崴脚脖子的小姑娘多了……”

不等他说下去，葛萧已经转过头淡淡地对何晓诗说：“你看，我这里真的不方便住，我帮你在旁边的宾馆开个房间吧。”

何晓诗的眼睛又把房间扫视一遍：“那个漂亮姐姐呢?”她居然在寻找假想情敌谭晶晶。

江水明说：“那个姐姐被葛萧哥哥给甩了。”

何晓诗的声音马上又娇嗲了三分：“葛萧，让你花钱多不好意思啊，我就睡在沙发上好不好?”她蹭到葛萧身边，拉着他的胳膊轻摇，“不要赶我去宾馆，人家一个单身女孩子会害怕啦!”

江水明笑：“会害怕你还自己开车来大连?”他瞬间就遭到了何晓诗一个白眼。

我看了看何晓诗那副绝对不会罢休的表情，对葛萧说：“吃完饭我和水明去小柳家吧。”

葛萧点上烟，默默地看着我，几分钟后淡淡地说：“好。”

何晓诗的脸上腾起两片红晕，笑着对我眨了眨眼睛：“姐姐你真好。”

我呆坐在窗前的藤椅里，透过窗玻璃和16岁的乔北对视。“你能像何晓诗那样直抒胸臆吗?”“你能做到像她那样洒脱地去表达情感吗?”“或者，你有勇气面对自己内心的真实情感吗?”我问她，她也问我。

小柳以唉声叹气来表达自己的担忧。

江水明靠在沙发里吃苹果：“葛萧是好人，你不用替那个小姑娘担心。”

小柳愁眉苦脸：“我替葛萧担心。”

江水明叹了口气：“唉，也是这么回事儿。”他想了想，“大概也没什么事儿，葛萧也算是身经百战，仙姑圣女、妖魔鬼怪应该都见识过，没那么容易失身的。”

小柳屏气凝神：“要是那丫头下药呢?”

江水明“噗”的一声把嘴里的苹果喷出去老远，说：“小柳，这不是良家妇女、贤妻良母该有的想法呀，小心你老公听见了休了你。”他琢磨琢磨，“也对，我得给葛萧打个电话，提醒提醒他。”5秒钟后，他拎着电话直瞪瞪地看我，“乔北，你说我们要不要回去看看?葛萧关机了!”

小柳说：“算了吧，估计木已成舟，饭该上桌了。”

葛萧抱着赤裸的何晓诗，温柔地动作着。何晓诗轻闭双眼，微咬的唇齿间滑出销魂的呻吟。

我坐在那里，忧伤地看着他们，师伟从背后轻轻地抱住我：“乔北，我们也可以的。”

我转过头，忧伤地看着近在咫尺却远在天涯的师伟的脸。

我忧伤，是因为我知道这是个梦。

永远是这样的梦，不管梦中是何情何景，最后的结局总是师伟像破晓的晨雾般散去，我从痛彻心扉中哭醒。我无法欺骗自己，去享受那虚幻的欢愉。

然而这夜不是这样。凌晨4点，我枕边的手机在我心中最痛时分，响了。

是师伟真真切切的声音："乔北，我回南京了。"

他的声音里，带着渴望，也勾起了我心头的渴望。

我蓬头垢面地冲进机场，冲向了那个可以给我提供最早一班飞往南京的航班机票的航空公司售票点："一张机票，谢谢。"

不好打扰有老公的小柳，喝多了的江水明人事不知，估计春宵尚短的葛萧也没开机，我就这样不辞而别。我迫不及待地登上班机，坐在特地选择的靠近舷窗的位置。当橙黄得近似辉煌的阳光刺痛我的双眼、逼得我流下泪水时，我第一次感觉到，这次的泪里，有一种叫做幸福的东西。

到了南京刚打开手机，葛萧的电话就打进来，问："你跑到哪里去了？手机也不开。"

我在南京已经炎热的空气里，用不是乔北的声音放肆大笑："狗，我回南京了。"

手机里有好长一阵沉默，葛萧才说："我们都以为你丢了呢。你回南京怎么不早说？南京那边召开室内设计博览会，我本来就计划这几天回南京的。"他顿了一下，似乎在和什么人交代什么事儿，然后又挪开了捂着听筒的手，"你看吧，他们给我定的是今天中午飞南京，你急什么急！"

等了十三年的我终于放弃了骄傲，顺从了自己的内心。我当然很急，急着见到师伟。我笑着对葛萧说："替我谢谢何晓诗，她帮我解决了一个大难题。"

葛萧没说话。很久，他叹了口气，说："丫头，乖，到家补个睡，我中午就到了。"

我挂了电话跳上出租车。我要洗个澡、刷个牙，化一个精致的淡妆，然后穿上最美的那条淡绿色小礼服裙，去见师伟。我矜持了那么多年，现在要用最隆重的仪式，去向没有笑容的少年做一次表白。

我平时很少化妆，只有外出采访前才会稍微修饰一下，所以化妆包一直放在报社的抽屉里。我奋不顾身地奔向报社，然后就明白了什么叫“飞蛾扑火”。

焦头烂额的主编看见我，眼睛一亮，忙不迭地抓住我：“有个大新闻，我正愁你们几个都在外面呢。快，新来的小实习生玩不转这种复杂的东西，你快去，明天早上必须要见头版的！”

这种时候，是没有私事的。我的职业操守决定我不能坐视不理，我只好拎着化妆包、带着一个摄影记者，跳上了报社的采访专车，风尘仆仆地赶往事发地点。

一个选秀上位的小明星，手里攥着一沓私密照片，宣称要搞垮一批重要人士。

摄影记者说：“这是咱们南京的艳照门。”

人说乱世出祸害，可这六朝古都、青天白日、朗朗乾坤的南京，现在也时常可见群魔乱舞。

在车上时，摄影记者和我说了另一件事情。我离开南京这些天出现了个非常有个性的中年妇女，大概四十岁左右，经常以惊人的速度徒手攀爬闹市的标志性建筑，爬上去就扯开嗓门让围观的行人报警，还异常熟练地点名要见某某电视台或者某某报社的记者。她一不是为了讨薪，二不是打算自杀，据她自己说只是想看看哪个媒体最重视老百姓的心声，到场最快。

我说：“总得有个合理一点的理由吧？”

摄影记者回答得挺网络：“剽悍的人生，不需要理由。”

这让我想起成都电视台的一个朋友给我说的一件事儿，说是成都冒出来一个号称横扫画坛、武坛的人物，然后记者到据说他常去的公园采访，一群练太极的老头显得很委屈，争先恐后地说那个人经常来骚扰他们，要求比武。这还不算重点，重点是那个人随身携带两把磨得锃亮的菜刀。

回到艳照门上，摄影记者给我提供了第一手材料：今天早上一上班，几乎所有媒体文娱版块的记者编辑就都收到了一封电子邮件，选秀小明星愤愤地说下午1点要举办私人媒体见面会，公布手头的一大沓涉及很多重要人士的私密照片。她说爆娱乐圈的潜规则的料。她觉着自己应该有比现在更好的发展，应该比现在更大红大紫。而她半红不紫的现状，就是因为没按照娱乐圈的潜规则办事。

我想起谭晶晶回南京的原因，就问："小明星是哪个公司的？"

摄影记者知道我是临时被抓来走这条线的，就很详细地说："TC。最近这两年选秀节目的前几名都是和TC签的。"TG，就是谭晶晶所在的公司。

我打谭晶晶的手机，连拨几次都是占线。我想了想，给她发了条短信。3分钟后，谭晶晶略显沙哑的嗓音传过来："什么事儿？"我说："我回南京了，临时被抓来跑文娱新闻。曝隐私照的那个小明星是不是公司交给你的、很难搞的那个？"

谭晶晶没言语，话筒里传来她和什么人打招呼的声音，然后她穿越了一片人声鼎沸，走进一个安静的房间，关了门。她说："就是她。"

我问："是公司安排的炒作，还是她背后哪个高人安排的炒作？"

谭晶晶笑了："你怎么就认准是炒作呢？你就不能当这是娱乐圈突发事件啊？"

我说："这事儿发生时你刚好回南京，而且现在你圆润动听的声音已经哑了，所以我认定这是炒作。"

谭晶晶大笑："我该说你直觉灵敏还是嗅觉灵敏呢？"她旋即收了笑声，"宝贝儿，你先去吧，发个通稿。我保证，过段时间，大概一周左右吧，给你个独家重磅新闻！"

我笑："这还差不多。你先忙去吧。"那边谭晶晶应了一声就挂了电话。

小明星是属于直接进油锅爆红的那种类型，人气从零到如日中天只用了短短几周，所以拽得没边儿没沿儿，全然没有注意到媒体上关于她的新闻虽然越来越多，但也越来越负面。狡猾和聪明其实是一个意思，但现在很多不喜欢她的记者把她所有的优点都对立化了，最近的一个例子是她“努力锻炼瘦身成功”，变成“塑形”成功，高强度的体育运动加节食，却让人感觉是做了抽脂手术。

她还有一个非常有看点的新闻点——绯闻。

连读者都知道是假的，可她就是有办法和那些并不是很好接触的老总、当红男星等人弄出一些似有若无的关系，偶尔还有角度独特所以显得暧昧无比的照片佐证，然后她一脸娇羞地到处发嗲，“哪有啦，人家都还不想谈情感”。

但这次不一样，她在给各大媒体的邮件里写明，她有海量的“私密照”。

这个小明星将要曝出的那些照片，都是以爱情的名义拍下的吗？

那次真心话大冒险之后，谭晶晶就时不时地说：“江水明，你很 A，你的爱情也很 A。”

江水明就在脸上呈现出非常诚恳的茫然：“A 是什么意思？是在说我很上品，爱情也很上品吗？”

正在吃橘子的谭晶晶立刻丢给他身上一块橘子皮：“凡是说不知道用在这里的字母 A 的含义，都是在装字母 B。”

江水明做顿悟的表情：“啊，那我纠正你，我很 A，我在床上很 A，但我很纯情。”

江水明的床伴以平均半年一个的速度更换着，所以我们大致知道每个人都要写回忆录的话，江水明的回忆录会是那种直接被出版社三审枪毙、死也不会出版的色情读物，自费出版都不行。但在某种程度上说，江水明的确是我们几个当中最为纯情的一个——在对杜宇的情感萌芽之前，他不曾有过爱的感觉——他把自己的初恋放在了 29 岁。

千帆过尽后的顿悟，基本都有旷世绝恋的基础。江水明说他要改行画画时，我就知道，这必然是一个爱情传奇的开始。至于是悲剧还是喜剧，完全取决于杜宇回应的态度了。

我胡思乱想一路，终于到了那个五星级宾馆。

小明星排场够大，包了宾馆的一个会议厅，还搭配了几个西装革履戴墨镜的保镖，弄得跟港片似的那么有范儿。但她手里的隐私照出乎所有记者的意料。

的确是隐私照，正经网站上都会给打上马赛克那种。照片挺清楚，人物表情轻松自然，不像偷拍的。只不过小明星本人没在上面，那些照片上面有好几个都是大家熟悉的小女星，和小明星势均力敌的年龄与容貌。而男主角也颇有几个在场记者能叫出名字来的。

小明星血泪控诉，把自己接不到戏、被电视台封杀、被公司雪藏的原因，一股脑儿推到了那些“潜规则用得烂熟的人”身上。她显然准备得非常充分，每个记者都拿到了一个红包，除了两张红票，里面还装着非常精致的U盘，4G，据一个随身携带笔记本电脑的同行说，里面准备的通稿就有四个不同版本，分别针对月刊、周刊、报纸和网络媒体。

跟着我的摄影记者念叨：“真贴心。将来应该会很红。”

我笑了笑，很高兴不用回报社赶稿了。

在宾馆门口和同事道别，我打车回到自己的小家。虽说父母都在南京，但女大不中留，他们也就由着我自己租个小套间。

走了一周，房间里让我感到轻微的气闷。我开门开窗，打算整理好房间就洗澡化妆。

师伟说了那句话就挂了电话，没和我约见面的时间。我也没问，甚至我们都没有提及见面地点。我想我们都有着相同的想法——如果没有必然的默契，又何必相见？

焕然一新的房间里，我凝视着镜子里那个秀发轻卷、娇艳欲滴的女子。良久，我扯过卸妆纸巾，擦去了那些眉粉眼影、胭脂口红。我已经没有了在飞机上浮想联翩的激动。我就是我，沉默寡言的我，不加修饰的我，我不会为任何人修饰自己，哪怕是师伟。或者说，正是因为对方是师伟，我才不愿意显出刻意的痕迹。

我的骄傲，不允许别人轻看。

我扯过一条蔚蓝如澄净天宇的牛仔裤，上身套了一件写着 New Money 的黑色 T 恤。梳着马尾辫的我露出光洁的额头，双颊有着自然的晕红。我笑了笑，转身出门。

锁门时，我瞥了一眼床上摊着的礼服裙，淡淡的绿色，像一个萦绕我心头很久的梦。

大概是因为从来没有离开过南京这座城市，所以我从来没想起要到这里看看。

十几年过去了，高中并没有什么变化，高大浓密的梧桐古树低眉顺眼地藏着不断鸣叫的新蝉，碎石子铺砌的小路蜿蜒进入校园的深处。很多学校都把旧楼推倒盖起了充满暴发户气质的崭新楼房，而在这里，恰好相反，新盖起的实验楼和图书馆表面都古朴地做旧了，内敛着百年名校的大气象。

校工打量我几眼，可能以为我是新来的实习老师，并没有盘查我。我沿着一条小径走向了当年我们就读的那所教学楼，现在好像改作行政办公楼，因为身着黑色笔挺中山装和深蓝套裙的男女学生并不走向这边。

曲折的小径两旁，并没有棕榈等那些娇气而虚情假意的热带植物，而是数十年约有两层楼高的丁香树。正是花期的尾声，浓郁的香气中，淡紫色的落蕊时不时地旋转着飘落在我两侧，惹我一个春天的笑容。

走了一分钟左右，丁香花丛就到了尽头，桃树掩映的宽敞水泥路两侧，夹杂在绿荫中，是马灯形状的旧式路灯。

在其中一个路灯下，师伟正坐在乳白色的座椅上。

就是那个师伟，没有笑容的师伟。

他凝视着我一步步走近他，然后坐在他旁边。

我的心怦怦乱跳，脸上却装出淡然的笑容："你怎么知道我会找到这里?"

师伟凝视着远处那池小小的人工湖，回答说："因为这里是你最后一次和我说话的地方。"

这个回答小小地满足了我的虚荣心。至少，师伟一直记得这个地方。

而且，是我在高三下半学期都绕着走过的地方。我在心里为他补充。

师伟眉宇间有了阅历，周身散发着成熟男人的味道。他穿一件白色的T恤，结实的肌肉轮廓还是能透出来。他应该刚刚淋浴过，周身有好闻的香皂味儿。他应该是刚来不久。尽管他给我的电话，响在凌晨。

我问第二个问题："你怎么知道我什么时候会来?"

师伟唇上叼了根烟："我认识的那个乔北是很执拗的人，她的骄傲不会允许自己表现出心急如焚，她会矜持到最后一刻，才给自己一个验证真相的机会。"他吐了几缕烟，指了指光晕已经淡去的太阳，"其实你来得比我想的早，我以为会在黄昏。"

被自己喜欢的人明白得这么透彻，应该是很开心的一件事吧！可我没有笑的打算。

我等着师伟解释，昨夜凌晨那个莫名其妙的电话。

师伟皱着眉，并不看我："乔北，我想问你，我对你到底有多大的吸引力?"在说完的刹那，他那双深邃得使人目眩神迷的眼睛紧紧地盯住了我的眼睛，带着说谎的人无法承受与之对视的目光。

我愣了一下，心慌意乱。他说"我回南京了"，我就来不及告诉任何一个死党、独自飞回南京。我扭转身子，尽量平静地说："这么问是什么意思?"

师伟说："暗恋这种事情，被暗恋的那个人不会无知无觉的。"他用冷冷的声音说，"我只希望当面问你，当你暗恋的我告诉你，我也一直喜欢你时，你会不会拒绝我？”

师伟在电话里问过同一个问题，当时我给他的答案是理智的“会”，现在我给不出这样的答案。我竭力让声音平稳：“不会。”

我以为他会微笑，拥抱我，一个吻或是一句“我就是一直喜欢着你”。但什么都没有，我扭头看他，他正紧紧地皱着眉头、用手指捏碎那支正燃着的烟。

就在这时，我的手机忽然响了。葛萧打来的。

葛萧说：“丫头，我到了，你在哪里？”

我不确定我是不是想告诉他我在哪里，我面带难色、不发一言 。

师伟丢了烟，把身体摊在椅子上：“是葛萧吧？”

葛萧在那边听到了，一阵沉默，然后声音很轻地对我说：“现在不方便说话吧？那我一会儿再打过来。”他做着死党该做的事情，关心我，但给我空间。

我放下电话，看着师伟刚才掐烟后稍微有些灼伤的手指：“你什么时候开始抽烟的？”

师伟没回答，站起来对我说：“谢谢你，乔北。你告诉了我在你心目中——我的吸引力有多大。”说完，他转身离开，几步就走到了丁香丛深处。

师伟的出现和消失，非常像一出拙劣的肥皂剧。没头没尾，莫名其妙。

当时我很想喊住他，抱住他，不准他离开，问他为什么。可我只是呆坐了一会儿，然后在校园里默默地转了一圈。

晚上我和葛萧约在夫子庙一家粉丝店吃鸭血粉。葛萧问我怎么了，他说我面黄肌瘦还有黑眼圈。

我借助旁边玻璃上的倒影，好好地审视着自己，心里是骄傲被挫败、自尊被挫伤的痛楚。师伟只用了两个电话的寥寥数语，就把我刻意伪装好的随意和淡漠无情揭穿。他远去的背影在冷冷地说，“你从来就没长大过”。

我懊恼地用筷子把一朵葱花戳进碗底，用粉丝把它盖了个严严实实。

葛萧说：“江水明又去抚顺了。”

我没好气地说：“没有悬念的烂尾剧，肯定还会被拒绝。”

葛萧笑了笑：“他不是去找杜宇的，他真的是去画画了。”他说江水明在抚顺的老工业厂区找到了灵感，已经租了画室、钉了画框开始着手创作了。葛萧眯着一只眼睛用手势来描述江水明的灵感，“地下遍布空洞，地面上是被人类遗弃的大型厂房，壮观而悲凉。”

我说：“南京这里画家一堆堆的，什么派别都有，他丢下薪酬可观的工作，跑到一个人生地不熟……哦，对不起，是只有杜宇一个熟人的四线城市，你觉得他真的是去创作吗？”

葛萧笑着说：“为什么不是呢？别忘了，有艺术家气质的人，某一个瞬间心血来潮，就成艺术家了。”

我看他：“你在这里给我讲《月亮与六便士》吗？你觉得江水明像高更吗？”

葛萧大笑，拍了拍我的头：“快吃。吃完我陪你去逛街，把你的郁闷赶走。”

我看起来很郁闷吗？有那么明显吗？

我们拎着大包小包回到我家，等电梯时碰见了隔壁刚结婚的小两口，女孩和我打过招呼后就盯着葛萧看。我们回家不久她就跑过来敲门：“乔北，你男友啊？真够帅的。”见我摇头，她就眼睛一亮，“哟，我妹妹还单身呢，你这朋友还没主儿吧？”

葛萧蹲在地上，专心致志地把我买的几双高跟鞋拿出来仔细端详，听见她的话就给了她一个耀眼的微笑：“我自恋。”

小邻居悻悻离去，葛萧举着我那条淡绿色的礼服裙，指着一双刚买的镂空凉鞋说："挺配的，丫头穿上肯定很好看。"

我一把扯过礼服，拉开橱柜的门丢进去，然后"砰"的一声关上。

葛萧看着我苍白着脸呼吸急促，愣了一下，然后放下鞋子，若无其事地去拆其他包装。

整理好东西，葛萧开门出去，想了想回头说："心里舒服点没有？要不要我找谭晶晶陪你睡？"

我摇摇头，把门关上了。

这个故事不应该是这样的。我靠着门慢慢地坐下，逛街购物时疯狂而充实的内心变得空虚起来。

我为什么就不能把师伟当成一个普通同学那样随意对待？

有个做心理门诊的专家朋友对我说，有些人内心深处巨大的恐惧，完全是他自己的臆想。太过在乎而害怕进行任何触碰，其实一旦触碰了，恐惧也就自然而然地消失了。归根结底，这是患者自己与自己的战争，和恐惧的对象没有关系。

我真应该像何晓诗那样，开诚布公，直奔主题。

我幻想着我一把抱住师伟健壮的身体，然后忍不住笑了——这好像是谭晶晶才会做的事情，用她的话来说，就是很A很直接。

想到了谭晶晶，我就面对了一个选择——我是不是应该把师伟回南京的消息告诉她。犹豫了一下，我还是拨通了她的电话。既然我知道思念一个人的滋味，就不应该让那么好的朋友承受同样的感觉。

谭晶晶在那边大呼小叫："莫非我漫长的空窗期可以结束了？感谢神，你听到了我的祈祷。"

直率的孩子有糖吃。叫乔北的孩子，选择了矜持。

在情场上，谭晶晶同样是个狠角色。凡是和她过招交手的男人，精神上非死即伤。但她恪守一个原则，就是当对方已有伴侣时，哪怕是床伴，她都不会给对方任何遐想的机会。所以那次她跑去找师伟，得知师伟有女友之后，她就硬生生地忍下了心头的渴望。

有次江水明从上海回南京，我们又闹着让他开车去阳澄湖吃大闸蟹，江水明当时的女伴也跟着去了。她娇小美丽，有双怯生生的眼睛。路上，她说走了嘴，说她们单位的老总曾经对她感叹婚姻不幸，要求她做他的红颜知己。当然，也可能是这个看起来没什么心计的女孩子很有心计，知道自己在江水明心中的地位不稳，所以借此自抬身价。

谭晶晶剥着酒心巧克力，双眼炯炯有神地说：“再碰见这种和你说自己婚姻不幸的男人，就戳他眼睛，踹他鸡鸡。”看我斜着眼睛瞪她，她吼我，“干吗？我说的不对吗？你我将来都是要当别人老婆的人，要是你天天洗衣做饭、偶尔怀孕生孩子，生生熬成了黄脸婆，结果你男人腆着脸和别的女人说他不幸福，你觉得你能忍受？”

江水明的女伴显然没遇见过这么理论剽悍、语言生猛的同性，立刻暴露出自己其实挺有心计的，死活要向谭晶晶学习如何绑住男人的心之类的爱情伎俩。

谭晶晶当时没说什么，私下里和我说：“江水明八成要和她掰了，这种对自己一点自信心都没有、完全依靠技巧的女人，是没有含金量的。她留不住江水明。”

果然，还没等到大闸蟹下市，江水明又恢复了单身。呃，短暂的单身。

如果说我对“历任男友”的杀手锏是完全想不起来，那么谭晶晶的杀手锏就是当做什么都没发生过。这两者有着本质区别。我是封存记忆，但人在眼前我还能想起来是怎么回事儿，而谭晶晶则是客客气气的，就好像根本没有记忆。

我比较容易让人无奈，谭晶晶比较容易让人抓狂。

当一直高调声称自己要把师伟搞到手的谭晶晶，见到了终于单身的师伟时，会是怎样的场景？

这个世界真的不大，尤其对熟人来说。

第二天中午，葛萧约我一起吃饭。明显失眠的我怎么化妆也遮盖不了黑眼圈，索性去了妆，灰头土脸地赶到了距离单位三条街的西餐厅。然后我就远远地看见穿着一条白色连衣裙、笑容甜美、堪称淡妆素裹的谭晶晶。

我已经习惯了艳丽张扬的谭晶晶，对她的新造型极其不适应，正想快走几步上前打招呼，就看见了师伟。

面对师伟，连谭晶晶也会与往常有些不同吗？

他们居然也约在了这个西餐厅。

我在梧桐树下转了几圈，等他们进去之后，我才想起给葛萧打电话。不明所以的葛萧从里面出来："你怎么不进去啊？"我拉着他就往街对面跑。

葛萧诧异地回头看了一下，然后就站在原地："那不是谭晶晶吗？旁边的那个是……"

帅哥美女永远习惯坐在靠窗的位置。

隔着透明的玻璃窗，我看见谭晶晶正在低头看菜单，而师伟，正扭头看着葛萧和我。

我手脚冰凉，紧紧地拉住葛萧的手，开始沿街狂奔。

我飞快地跑着，全然不顾葛萧一心想拉住我。他叫我："丫头！"

不知跑了多久，我脚下一软撞在了跟着我跑的葛萧身上，仿佛迷途的羔羊终于有了喘息的机会，我抱住葛萧放声大哭。

葛萧没问什么，只是抱着我，轻轻地拍着我的肩。

这是一个混搭有理的时代。但有的混搭是很不招人待见的。比如说，坐在街边抽烟的葛萧，哭累了靠在葛萧肩头的我。路人看我们的目光就好像是我在揩葛萧的油。葛萧淡淡地说：“你看，我们这对儿多不和谐，路过的人都要特意打量你几眼。”他叹了口气，用手指捋顺我额前的头发，“多好一个姑娘啊，眼睛哭红了、脸也哭肿了，真让人心疼。”他就是不去触碰我内心的痛。我送他一个感激的笑容，然后想找个借口解释一下。

可我还没来得及说话，就听见对面街边传来一阵惊呼尖叫：“乔北！”

老马识途这种事情哪个年代都有，我只是没想到作为一个时常找不到路的菜鸽子，居然会在丧失理智、街头狂奔的时候，轻车熟路地回到报社大楼底下。街对面，我的几乎所有女同事，吃完工作午餐回来上班，她们正瞪大眼睛看着给我抚平头发的葛萧。

我头皮一阵发麻，跳起来打算冲过去，嚷嚷着解释：“这个是我高中同学……”

葛萧一把把我从一辆车前扯回来，然后心平气和地领着我过马路，璀璨地对我的同事笑着：“嗨！”

并不是刀枪棍棒才有杀伤力的。我这些也算见多识广的女同事都回送了花痴加白痴的双痴笑容。

葛萧哄我：“你先回去好好上班，把你家里钥匙给我，晚上我炖鸽子给你吃。”

我看着葛萧，有点牙痒痒。每当他想在异性面前脱身时，就会对我表现出异常的温柔。就因为这个，从小到大我没少被人嫉恨。我承认，我的同事里有目光明显凶残盯着他的家伙，但葛萧这么做不是把我往危险境地扔吗？看来，再好的死党也有叛变革命的时候。于是，我就往同事堆儿里凑。

葛萧把我揪回来：“钥匙！”

暧昧的剧情是不是差不多就行了？我瞪他。

葛萧就装出非常低三下四的表情：“那我在楼下等你好了，你一定要早点下班啊！”

我捶了他胸口一下，扭头走了。

同事们都知道我现在是空窗期。确切地说，我这次请假就是以“失恋后无心工作需要外出散心”为借口的。这也是我的一贯借口。主编虽然对我一年间失恋两次请假两次比较不满，但鉴于我平时的良好表现以及没什么重要情况发生，她还是一边咬牙一边给我的请假条签字画押。

我认为失恋假期是“历任男友”送给我的最好礼物，也算是一种很棒的福利。

主编端着咖啡站在我对面微笑：“这是我最有成就感的一次准假，也应该是你最有成就感的一次回来报到吧?”

我无可奈何地说：“他真的不是男朋友啊，就是一个同学。”

主编坚决不肯相信，笑嘻嘻地捅了捅我：“上床没？棒不棒?”

我什么都没吃的胃里一阵翻江倒海：“我和他上床？那不和兄妹乱伦差不多？想想都恶心。”

主编继续跟进：“他怎么会有你这种长得如此平凡的妹妹，切！说实话，你是怎么钓到这个硕果仅存的帅哥的，给大家做个辅导呗!”

我看着虽然没说话、但纷纷笑得不怀好意的同事，哀叹一声，觉得还是不要解释了。

我不是没梦见过葛萧。

前两年某个空窗的春天，异常思春的我如愿以偿地梦见和一个男人如胶似漆地拥抱，然后我看了一眼他的脸，是葛萧！我惨叫一声从梦中醒来，火速洗澡刷牙做SPA，但始终无法消除那种对自己的恶心感。后来我往所有能找到的红十字募款箱里都塞了50块钱，才觉得算是赎罪了。

被谭晶晶戏称为A人的江水明曾说过一段非常经典的话：一个人可以很A，可以由着爱情的感觉去A所有你想A的人，但是不能A死党。因为你看到就想A的人多半是那种A过了之后就要一拍两散的人，死党不一样，那是长了一辈子、会长一辈子的关系。所以，第一，你不能去考验这种关系；第二，你不能用这么烂的手段去考验这种关系。

我趴在桌子上想着这些话，突然想到，或许，向来习惯于直奔主题的谭晶晶此刻正在和师伟A。一阵悲从心来，无声的泪掉在桌上。

第六章

帅哥和泡菜

关于男女之事，谭晶晶一向坚持唯有饮食之道才能与之触类旁通、举一反三。她说大多数男人必须经过利刃雕琢、滚油煎炸、烈火烹饪才能去掉生涩滋味、勉强入口，也有一些男人味道很棒，可以生着吃、熟着吃、半生不熟地吃。她说这话时是大二的暑假，我们正坐在肯德基店里吃冰激凌，旁边的几个小朋友看着这个漂亮姐姐，听得脸色发青。谭晶晶就突然侧过头龇牙一笑："我已经好几百年没吃过了。"当场跑了一群人。

这个片段绝对可以作为这群小朋友的惊魂历险说一辈子。

从来抵制快餐的江水明闲着无聊，就用薯条戳谭晶晶的手："美女，美女，那我是哪种吃法的?"

谭晶晶眯着眼睛说："你是非正常饮食类的，怎么吃你都挺好的，但是想充饥的会觉得饿，想解渴的会觉得更渴，想好好活着的吃了你就死了。一句话，吃你等于饮鸩止渴!"

江水明为之拍手叫绝。

在我看来，江水明也是很神奇的一类男人。他不是葛萧那种帅得离谱的男人，也不是一看就脸熟的路人甲，但充满母性的女人会在他的眼睛里找到单纯，妖艳风情的女人会在他的唇角找到坏笑，情窦初开的女人会在他的举手投足中找到安心的温柔。事实上，江水明也从来没有让这些女人失望过，她们所痴迷的那种特质都会在他身上表现得越来越鲜明，从一滴让她们心动的泪，变成汹涌澎湃的瀑布，然后深沉如海。当然，她们的爱情也就石沉大海了。

而葛萧呢?

我扫了葛萧一眼，葛萧对谭晶晶的话充耳不闻般喝着面前加冰的可乐，唇红齿白。

谭晶晶用餐巾纸擦拭着手指，突然说：“葛萧，你是泡菜!”

南方人家里都有一个储存腌制食品的小坛子或者玻璃罐，里面一年四季都装着佐餐用的脆生生小黄瓜、爽口小茄子、切成碎末的雪菜之类的东西。连傻子都看得出来，非要拿饮食类比的话，眼前的葛萧再不济也应该是五星级酒店厨师长的招牌大菜，谭晶晶却叫他“泡菜”。

江水明替葛萧抱屈。谭晶晶阴森一笑，道出玄机：“说实话，哪个女人不想把你做成干尸藏在冰箱里，高兴时嚼上一口?”

小柳“噗”的一声吐出了嘴里的鸡柳：“我打算从今天开始吃素。”

没到傍晚，当天报纸就进入了南京的千家万户。

关于小明星提供圈里人艳照的详细报道一见报，整个南京城就闹翻了天，街头巷尾都在讨论这个本土明星的家长里短。由于所有当事人的手机都处于关机状态，立刻就有与此事不相干的所谓圈里人出来质疑，凭什么这个初出茅庐的小明星能够接触到这么多这么隐秘的事情，恐怕这事是编造出来的，小明星想借着炒作这个事情上位。

小明星立刻高调起来，在自己的官方博客上毫不隐瞒地公开了事情的来龙去脉。她说照片上的主人公之一、某某导演约她吃饭，要让她出演新片女主角，可吃着吃着那个导演就开了小差，想吃她的豆腐，明确表示只吃一次。小明星就惺惺作态说担心东窗事发，影响口碑。那个导演大概以为她要就范了，立刻洋洋得意，给她看了他手机里的私密照片。

某某导演说，你看谁谁，半红不紫的，现在靠上我就成了都市熟女形象的女一号了。你再看谁谁谁，原来咋咋呼呼的只能演农村土妞，现在不也是青春玉女了吗？见小明星目瞪口呆的样子，某某导演开始教育新人，“其实懂事儿的女演员谁睡导演啊，直接睡制片人那多聪明啊！擒贼先擒王，知道这真金白银是从哪条道来的，才能混得长久”。

小明星在博客里把自己描述得特别像虎口拔牙的女英雄，她说那就睡嘛！两个人就勾肩搭背地奔了一个没星儿的宾馆，以防碰见熟人。小明星机智勇敢地把导演骗进浴室，顺了他的手机夺路而逃，最终才有了这出活色生香的艳照大戏。

主编兴致勃勃地看着小明星火辣辣地描写着当时的细节，回头对我说：“这女的真蠢！”我笑了笑，没说话。

的确，这是什么新鲜事儿都有的年代，读者基本都有心理准备。就像恐怖片看多了，哪个门口藏着杀人犯、哪个拐角有两只外星生物，大家都一清二楚，连音量该开大还是该关小都心头有数，想吓唬谁，哪有那么容易？

手里有猛料的，一口气抖出来的，基本都是脑子不够用的。一是慢慢抖料才能激起外界的好奇心和偷窥欲；二是最起码慢慢抖它的曝光周期长，能保持长时间的关注度；三是慢慢抖也能让其他当事人有个心理准备，大家一起登场唱戏才热闹，互相宣传那是多多益善；四也是最关键的，就是你能看清楚受众是想看还是不想看，是有兴致还是心生厌恶。抖料都是为了增加曝光度，万一闹个封杀，那就得不偿失了。

主编没和我解释这些，我也不是跑娱乐新闻这条线的，但她的意思我懂。其实所有行业都差不多。雷厉风行的风险最大，砂锅慢火的威力最大。

谭晶晶七窍贯通、八面玲珑，这绝对不会是她手下艺人能干出来的事儿。应该是那个小明星打算甩开公司、听了还没现身的幕后推手的话。离开金牌经纪谭晶晶并逆她而行，这小明星果然蠢不可及！

谭晶晶说一周之后要给我的大消息，肯定是要爆出更精彩迭出的剧情了。

真是绕不开谭晶晶了……我心乱起来，放下手头的工作，离开座位去了吸烟室。

一个正在吸烟的女同事饶有兴趣地看着我：“你那个帅哥脱了鞋有多高？一米八几？”

我长叹一声：“我不知道他有多高！”

女同事嘿嘿坏笑：“也对，躺下就不叫高度了……你那个帅哥脱了鞋有多长？一米八几？”

我掐灭烟，夺门而逃。

东躲西藏地挨到下班，我像贼一样拎着帆布包直奔楼梯间。下楼时一路的叮叮当当反衬着我内心的焦虑和心虚——即使是在幼稚虚荣的青春期，我都对和帅哥传绯闻这样的事情深恶痛绝，何况是现在。

照例是下班的高峰期，打不到车，公交车上的人多得让人头皮发麻。我在单位旁边的梧桐树下站了三分钟，剥了几小块即将脱落的树皮，才想起来我已经和开着豪车的上个“历任男友”分手了。那个曾发誓会一辈子爱我的男人，估计已经忠心耿耿地守候另一个他会一辈子爱着的女人了。

我笑了笑，掏出那包在抚顺买的、已经有点皱的烟，衔了一根，慢吞吞地朝家里的方向走。路上，有熟悉的店铺挂出了“清仓甩卖”的牌子，有陌生的老板正在装修铺面，热闹的音乐声和哧哧的电锯声交相辉映。

这才是烟火味十足的人间。我伸了伸懒腰，长舒一口气，如罕见冰雪的杜宇、回头率太高的葛萧、伶牙俐齿的谭晶晶、不苟言笑的师伟、放荡不羁的江水明……我的这几个死党都不像这烟火人间的产品，唯有我，沉默平凡得很配套。

正走着，一张传单塞进我的手里，一个胖墩墩的平头小伙子用四川普通话热情洋溢地说：“我们泡菜店刚开张，欢迎小姐品尝。”

我马上就想起谭晶晶说葛萧是泡菜的那个场景，忍不住笑了。我拐进这家到处是大红辣椒图案的泡菜店，然后拎着两罐打了7折的泡菜出来。一罐萝卜，一罐莴笋。

晚上懒得煮饭了，就窝在家里独自吃速食稀饭和泡菜吧。

我打定主意，悠悠然地走进我住的小区门口，立刻明白，速食稀饭和泡菜还是可以吃的，但绝对不是独自了——葛萧站在一棵泡桐树下抽烟，他的身边，是两个超市的袋子和嬉皮笑脸的谭晶晶。

葛萧把炖鸽子的料一一放进砂锅后，才走进客厅。

我窝在沙发里看很无聊的国产动画片。谭晶晶嚼着冰糖杨梅，看着斜坐在另个单人沙发上很无聊的我。

葛萧正想说话，手机突然响了。他看了看号码，眉头皱了皱，转身走到阳台，把玻璃门拉上一点儿，但他并没有压低声音："我现在在南京，不在大连……"他顿住了，"什么？你在哪里？"他又"嗯啊"了几声，就挂了电话，皱着眉头走进来，坐在谭晶晶对面。他思考了几秒钟，神情又放松下来。

葛萧拿起泡菜坛子看了看，问我："你老是吃这种腌渍的东西？怪不得胃老有问题。"

谭晶晶笑着说："别打岔，刚才接个电话弄得那么神秘，谁打的？女朋友？"

葛萧老老实实地回答："不是。那个叫何晓诗的女孩，到南京来开会，把钱包丢了，在机场等我去救她呢！"

谭晶晶笑："别女孩女孩的叫得那么生分，前几天在大连的时候她不是已经在你家睡了吗？"

葛萧老实得不能再老实地解释："是啊，不过只有她在我家睡，那天我在小区旁边的宾馆睡的。"他掏出钱包翻出一张打印发票递给谭晶晶，"铁证。"

谭晶晶撇嘴："我又不是你老婆，有什么好看的？江水明可说你是通宵关机啊！"

葛萧说："我觉得，如果不关机的话，何晓诗应该会把我的手机打爆。"

我把怀里的抱枕放在一旁，看着葛萧说："你怎么还不去接她啊？她人生地不熟的，身上又没钱，多可怜啊！"

葛萧看了看我，又看了看谭晶晶，说："你们可得记住了10分钟以后把砂锅变成小火，再过40分钟放小青菜，1分钟后……"

谭晶晶"噗"的一声把杨梅核儿吐到他身上："葛狗，滚！"

大音希声，大象无形。这也是暗藏玄机的八个字。按照眼下的情形，把它弄成通俗易懂、似是而非的解释，就是我现在很想问问谭晶晶关于师伟的事情，但我就是死不开口。我不知道该如何开口，也不知道该不该开口。

谭晶晶大眼睛扑闪扑闪地看我，慢悠悠地吃着杨梅："想问师伟的事情吧？"她不等我选择接着问下去还是岔开话题，就气定神闲地说，"我也想问你呢！"她突然跳到我对面，捧着我的脸问，"你是不是喜欢师伟？"

藏了十几年的秘密，竟然被轻描淡写地说破。

很多年前，我问过谭晶晶同样的问题，少女谭晶晶心虚地否认，眼睛里却带着骄傲承认的闪亮，因为她从来不曾认真掩饰自己的狂热。很多年后，谭晶晶问了我同样的问题，我同样心虚，却心虚到忘记否认。

谭晶晶松开手，又坐回到沙发上，说："看来我猜对了。"她笑着又放进嘴里一颗杨梅，"师伟和谁都没什么联系的，你却能在第一时间知道他回到南京，要么是你一直在关注他，要么是你们之间有什么。"她诡秘一笑，"可是你却把这个消息告诉我，只是因为我是你的死党，而你知道我喜欢师伟。"她拍了拍身上素净淑女的衣着，"所以，我没有依照本性立刻行动，而是打算和你一起行动，或者说竞争。"

聪明到一定程度的女人，也就如妖精般不可捉摸。和这样的女人打交道，最愚蠢的下下策就是玩弄心机。因为简单的思维，我反倒能赢得了她的尊重与让步。我胸襟坦荡，谭晶晶投桃报李。

谭晶晶说："有些事情，回头一想，也就一清二楚了。就是交换心事的少女时代，你也从来没说过喜欢谁。只有心里固执地喜欢一个人，才会显得木讷。热烈的，不一定短暂；沉默的，却一定惊天动地。"她笑了笑，"你我是死党，也是情敌了。"

不但一桩陈年旧梦骤然浮出水面，且凭空多了一个但凡是女人都不愿意与之为敌的强大情敌，而她居然还是曾经的死党。

我站起身，摸出一根烟走上阳台，面对着窗前的万家灯火，点烟，垂泪。

事实上，以上七百余字，均属我的个人幻想。

葛萧"嗒"的一声关上门，谭晶晶就笑逐颜开地丢下杨梅袋子，眉飞色舞地说："哈，师伟还是当年那么酷！"

这些年来，只要提到师伟，我都会是一个沉默的旁听者。我关注着他的点点滴滴，却不愿被任何人发现。我只是微微一笑，含混地说："是吗？"

谭晶晶说："我从来就没看错他，他不会是那种纵容自己变老变丑的男人，也不会是那种随着世事变换而趋势附利的男人。这么多年，他还是那块晶莹坚硬的水晶……"

水晶？我心里苦笑一下，恐怕是金刚石吧！坚硬，冰冷，不近人情。

谭晶晶说着什么，我看着她淡红色的、柔软的唇，耳朵里一个字儿都听不见。几分钟后，谭晶晶发现了我的异常，拍了拍我的肩膀："乔北？"

我顺着她的力道，瘫倒在沙发上，然后滚落在地上，眼前一片漆黑。耳边谭晶晶的声音却震耳欲聋："乔北！！"

饮食之间，有人日日萝卜青菜、向往鱼翅鲍鱼而不得。有人餐餐佳肴珍味、钟情清汤寡水而不得。男女之间，有人终生守着一个人却心花眼乱，有人时时莺莺燕燕却憧憬千古绝恋。看一个人的吃相，看一个人的饮食选择，有时就像在看一个人的情感观点。

江水明对主食是中式还是西式一律来者不拒，只要味道足够，他星级酒店去得，地摊食肆也去得。他对女人也是如此，只要秀色可餐且你情我愿，一律来者不拒。谭晶晶零食不断，却三餐规律，菜式搭配合理，考虑营养均衡。她对男人也是如此，只要她有心思有兴趣，时常偷嘴解馋，但不找有伴儿的男人却是她板上钉钉儿的铁律。

我呢？

我朦朦胧胧间睁开眼睛，葛萧的面容近在咫尺。看我睁开眼睛，他才松了口气，转身去叫医生。

我睡了很久吗？

谭晶晶盯着我："你还真得了个怪丢脸的病。"

营养不良。而且是长期的。

不仅仅是因为这几天淋了雨、没睡好、大喜大悲、精神紧张……还因为长期偏食、少食。肌体对我的怠慢没有立刻反击，而是处心积虑地积蓄，然后在我即将喝到滋养大补的鸽子汤的前夕，把我击倒在自己家的地板上。

我疲倦地看着医院浅蓝色天花板上柔和的日光灯，无奈地笑了笑。是的，营养不良，师伟郁结在我的心里，我的情感早就营养不良了。

跟在葛萧和医生身后进来的人是何晓诗。她看见我醒了，立刻乖巧地笑着跑过来："姐姐，你醒了呀？"她对坐在一旁的谭晶晶视而不见，只是一味地问，"你要喝水吗？"热情得真像我嫡亲的小妹妹。

医生量量我的体温，问问我的感觉，对葛萧和谭晶晶叮嘱了一些日常饮食起居要注意的一二三四五，然后说："今天出院也行，明天出院也行。"他笑了笑就走了。

谭晶晶说："问题不大，回家得了，不然还得占医院一张床。再说，鸽子汤还在家里晾着呢。”

我点了点头。

谭晶晶坐镇指挥：“葛狗，你是背她还是抱她啊?”

何晓诗眼睛就瞪成了杏核，左一翻右一翻地瞪着谭晶晶。

谭晶晶斜了她一眼说：“妹妹，你还没和葛萧登堂入室呢，对他身边的亲朋好友还得客气一点儿，不然保不齐哪天谁一念之差就给你进了几句谗言，到时候你哭都找不着地方。”

葛萧无可奈何地说：“谭晶晶，别胡说八道了，帮我扶一下乔北。”

折腾到家，已经后半夜了。谭晶晶和我一人端一碗鸽子汤喝着，葛萧把自己和何晓诗关在阳台里，不知在说什么。透过蕾丝窗帘和大扇的玻璃，只看见何晓诗的手臂，像倔强而快速生长的藤蔓，一次又一次地缠绕上葛萧的轮廓。

谭晶晶说：“这次葛狗遇上克星了。”

葛萧婴幼时期，脸上就经常被阿姨姐姐们掐，随后有生二十多年也见识了各种示好行为，江水明早就说他是“有老幼通吃的本钱，却是软硬不吃的主儿”。葛萧是擅长脱身的，然而这次，他似乎对擅长追捕的何晓诗无计可施。

等到阳台门拉开时，何晓诗已经笑逐颜开，葛萧脸上带着些许无奈。

看来胜负已定，聪明的何晓诗捏住了葛萧的某个脉门。

葛萧说：“我带何晓诗出去吃点儿东西。谭晶晶，你也一起去吗?”

谭晶晶嬉笑着说：“算了吧，我要一起去，妹妹要吃的可就是我了。”

我真的很害怕又剩下我和谭晶晶，不仅怕谭晶晶会提到师伟，也怕我会忍不住问。我放下汤碗说：“我有点儿累了，你们都回去吧，我没事儿。”

一个独居者，最常做的事情，就是幻想。

我幻想过我和师伟之间的无数种开始，比如我疯狂地给他打电话，每次只说“我一直都爱着你”就挂断；比如，我毅然辞职，拎着一只小皮箱只身去深圳投奔他；比如我扑进他的怀里，什么也不说，只是亲吻他那张让我朝思暮想的脸。

我也幻想过我和师伟之间的结局，只有一种。他站在距离我几步之外的位置，冷冷地看着我，而我则手脚冰冷，眼泪纵横。不管是梦中还是醒着，这都是我和师伟之间的唯一结局。

不是因为我太悲观，而是因为我太客观。

情感中，太清醒的人注定得不到狂风骤雨般的深爱。

我活该。

葛萧敲我家门时，是6点零3分。

我昏沉沉地爬起来给他开门，又从他手里接过香菇小笼包和豆浆牛奶之类的东西，对着他开玩笑：“啊，晓诗妹妹睡醒了吗？你就自己出来瞎溜达！”我开玩笑的水平相当低下，具有很不好笑的效果，基本属于哪壶不开提哪壶类型。果然，葛萧瞪了我一眼，关上门，手里拎着排骨青菜之类的东西直奔厨房。

第七章

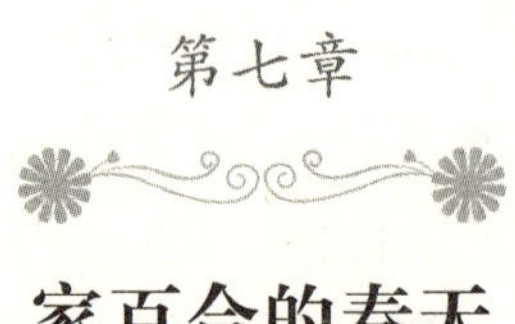

家百合的春天

早在十几年前，作为我生活中唯美浪漫派的典型以及杰出代表，江爸就将完美饮食具体定义为：色香味意形养都能得高分的食物、安静优美的用餐环境、若有还无的与食物品种和用餐环境相匹配的音乐、用餐者诸事皆空的悠然心态（为吃而吃，不可有借着餐桌拉关系、办事情的凡尘杂念），最重要的，就是共同用餐者是否和你有同样的品味与品位。如有，之前的一切就是锦上添花；如无，之前的一切就成了对牛弹琴。

我们都把江爸的这段经典之论牢记心头，但很坦白地说，除了江爸亲自操办的家宴之外，这段经典之论还真的只是理论。我们真正用之实践的，是江爸说完上面那段经典之论之后，嘻嘻哈哈地补充的一点推论和一点说明。

适时，江爸筷子上夹着娇艳欲滴的水晶虾仁，对着包括江水明在内的这群小辈谈笑风生："完美爱情和完美饮食也是一个道理，外貌相当、才学匹配、性情相近。最重要的是，和你谈情说爱的那个人对生活、对婚姻的认识与期望和你是否匹配。如果匹配，那是皆大欢喜。如果不匹配，那是孽缘一桩。"他细细品了品虾仁，继续说，"当然，时间可以衍生出的财富变化、性情变化都是不可预知的变量，所以，完美爱情比起完美饮食，缺乏稳定性啊！"

过了二十刚出头那段劲劲儿、事事儿的年龄段，谁都知道了变量的威力和危险，但托江爸的福，高三听过这段话后我就从来没让任何"变量”伤害过自己，一旦发现变量可能会出现——不管是我的变量还是对方的变量——就当机立断、提前走人。这就导致我所谓的恋爱，每每只是浅尝辄止。

摄入营养不全面，量又不足，当然会营养不良。爱情上形单影只不说，我还真的得了营养不良之症。

这是完美理论的强效副作用、致命的漏洞。

葛萧端着小白菜排骨汤和重新蒸过的包子豆浆走出厨房时，我已经梳洗打扮完毕，坐在餐桌旁边了。看见他在厨房和餐桌之间穿梭不停地往来，我忍俊不禁：“晓诗妹妹好福气哦，我都能看见日后你贤夫良父地床前屋后、种瓜种豆。”

谭晶晶的打趣和我的揶揄历来是让葛萧讷讷无言或转移话题的两大法宝。果然，葛萧立刻掏出烟点上，扑闪着大眼睛说：“快吃，你 9 点上班，没时间磨蹭了。”我这才笑着吃包子喝汤。

一贯早起的葛萧显然已经吃过了，他目不转睛地看着我狼吞虎咽，唉声叹气：“你怎么就这么不爱惜身体呢？每次来你家，冰箱里除了干巴巴的面包就是腻死人的蛋糕。”

我淡然：“别以为给我做了两顿饭就可以当我代理小妈，我爱吃什么就吃什么，冰箱里想放什么就放什么，行不行？”我突然想起来问他，“何晓诗呢？该不会她还没醒你就偷偷溜出来了吧？我可是特恨对小美女始乱终弃的主儿。”

葛萧拿起我刚打开的泡菜罐头，眯着眼睛看上面的说明书：“你看没看这上面都写了什么？要不我给你念念食品添加剂那一项吧……”

我一把夺过罐子：“这么多年你正牌女友的位置一直空缺，好不容易有个晓诗妹妹不嫌弃你，对你一往情深，你别不知道好歹行不行？”

葛萧没言语，嘴角叼着烟、一手拿了一罐泡菜直奔阳台，一拉窗户，左右开弓地一扬手，就看见那俩泡菜罐子“嗖嗖”地奔向小区旁边的建筑工地，然后他笑眯眯地拍拍手，心满意足地回来，坐在我对面微笑："嗯，快吃，然后我送你上班。"

我掐死他的心都有："那俩罐泡菜花了我二十多块呢！再说了，你还要去我单位？你还嫌给我惹的麻烦不够多啊？我同事都死盯着问我怎么勾引到你的呢！"

葛萧很严肃地说："你就说，我们青梅竹马，两小无猜，长干里结下的一段绝世姻缘。"

我险些噎住："爵士姻缘？我还摇滚姻缘呢！葛狗，你要这嘴皮子，是要向江水明同学学习靠拢啊？"

葛萧看了看墙上的钟："走吧。"

正是上班的高峰期，街上全是行色匆匆、低头赶路的人，但凡瞧见葛萧的男性都会自觉不自觉地挺胸抬头、女性都会露出国际标准的八颗牙微笑。快到单位门口时，我瞥了一眼泰然处之的葛萧，说："你就偷着乐吧，亏着这是现代社会，不然你要么是当人家男宠，要么是脸上贴两张符再拉出去剐了！"

葛萧也瞥了我一眼："我当你男宠嘛，要不要？"

我一阵反胃："我还是给你脸上贴两张符然后拉出去剐了吧。"

葛萧微笑着指了指前边，慢悠悠地说："我觉得，那是你的同事。"

我顺着他的手指往前一看，顿时傻眼，一干姐妹正坐在一个早餐铺前、集体笑眯眯地看着我们。主编诡秘地笑着和我打招呼，露出一口洁白璀璨的牙："来上班呀？"她又对葛萧说，"送女朋友上班啊？"

我瞬间抓狂，丝毫不顾高跟鞋在脚底下扭曲呻吟，连跳带蹦地朝她们扑过去，龇牙咧嘴地喊："这完全是个误会，他和我没关系。"

主编握住我挥舞的手，神色暧昧地说："一起吃的早餐吧？看，你男朋友笑得多开心。"

真是百口莫辩！我气愤无比地回头看葛萧，这家伙居然一脸纯洁无比的笑容，站在那里装聋作哑顺便扮无辜。

报社晨会上，主编坏笑着说："这期情感讨论版我们做个'帅哥的爱情靠不靠得住’吧。”

在心照不宣的哄堂大笑中，我“咚”的一声趴在会议室的长桌上。

下午葛萧给我发短信，说他晚上飞回大连，问我去不去送他。

我恶狠狠地回了一条中气十足的信息：“你对我来说，就是被扔出去的那俩罐泡菜，明知道你在哪儿，可就是没兴趣再看见你。”

那端沉默一会儿才回复：“泡菜的荣耀，不是被当做日常品消耗掉，而是安静地留在某个回忆的片段里，静寂成化石。最终，重见天日。你要记住作为帅哥级泡菜的葛萧的郑重宣言哦！”

我大笑，把葛萧的这条短信转发给谭晶晶。15 秒后，谭晶晶回了条短信：“葛狗真是一罐天上地下少有的绝品泡菜，顶级泡菜级帅哥。奶奶的，大意了，我们一不留神，就便宜了无知无畏的何晓诗了。”

一个人对待生活和情感的态度，在成长轨迹中是有据可查的。

在青涩无瑕的少年时代，江水明的吊儿郎当也是有口皆碑的，而且他还把这种本领发挥得相当不是地方。我记得最清楚的是高二那年元旦迎新年晚会上，新中国成立后曾留学苏联的退休老校长作为有杰出贡献的嘉宾被邀请出席。虽然退休多年，但老校长有着那一代人所特有的热情和激情，浑身都是不服老的劲头，而且思想开放活跃，须发皓白的他给大家带来的歌是当时挺流行的《路边的野花你不要采》。

学校大礼堂里的气氛空前热烈，全校师生都被老校长的洒脱感染得连连欢呼。谁知，就在老校长唱出那句经典的“路边的野花，你不要采”时，一个相当优美、相当有胸腔共鸣感觉的声音压住伴奏音乐炸响：“不采白不采，白采谁不采，采了也白采。”瞬间，全场人都被镇住了，然后，哄堂大笑。老校长拿着话筒站在舞台中央，满脸涨红，不知所措。

那句话就是江水明对着话筒唱出来的。他的独唱是下一个节目，他正在后台备着呢，听见老校长的歌声，一时心血来潮，就很急智地接龙了几句。据说事后他向学校校纪主任承认错误时，还爆出一句相当老实但听着相当不老实的话。

主任问他："你错在哪儿了？"江水明回答："我错就错在，应该先检查一下话筒开没开。"

本来他写个检讨、当面给老校长道个歉就行了，说完这句话以后，就变成了他写个检讨、在全校大会上声情并茂、声泪俱下地朗读一遍，然后江爸陪着他去给老校长道歉。结果，因缘际会的是，对唐宋字画颇有研究的老校长和江爸相当投缘，江爸还送给老爷子一张他当场绘就的《松鹤延年》。

第二天，我笑着问江水明："这事儿给你什么启发啊？"

江水明回答："惹祸不怕，有一技之长就很容易摆平。"

请注意并重读以上所提到的江水明的三句话。因为在那时，这三句话就注定了江水明对待情感或者说情感掩饰下的纠葛的态度。

不管在谁看来，江水明速战速决的床伴战略都是挺危险的，就像在刀丛上头的钢丝线上一边拿着大顶一边往前蹦跶，可他居然从来没遇过险翻过船。最主要的原因，是他从来不觉得自己在情感上亏欠任何女人。他一向认为，那些招惹女人怨恨的男人，多半是在分手这一点上磨磨叽叽、丢了爷们儿气。其实女人极其坚强，大多数都能撑得住分手的打击，但是被借口尤其是蹩脚的借口欺骗，这口气是咽不下的。因为，被伤了自尊，是另一回事儿。他还认为，让女人丢自尊的男人，是很失败的男人，相当让他不齿。正是由于他分手时那种坦荡诚实并坚决的态度，那些女人也别有一番滋味地把江水明当做她们生命中很重要的一个回忆点。

所以，和我和谭晶晶不一样的是，江水明和他的历任所谓女友都保持了良好的售后服务关系。他很有底气地教训我们，感情这回事儿，要么认准这潭水一头扎进去淹死拉倒，要么大家就不掺和一丁点儿感情，绝对不能有所保留又瞻前顾后。

他的确有资格教育我们。因为他不掺和任何感情地和女人们厮混到

29 岁，然后认准了杜宇这潭水一头扎进去淹死拉倒。

葛萧回大连那天晚上，江爸突然给我和谭晶晶分别打电话，喊我们到家里吃晚饭。

即使江水明不在南京，我和谭晶晶只要一想吃点儿大小馆子里吃不着珍馐美味，就会到江爸家蹭饭吃。通常是谭晶晶打电话过去，肉麻兮兮地喊江爸“江大画家”，并说“乔大记者”要采访“江大画家”，江爸就会在那头很受用地大笑：“孩子们，明天过来吧，江爸推了外头的事儿，给你们弄点儿好吃的。”可是江爸主动喊我们过去的机会却并不多——随着他作品的热卖、地位的升迁和职位的兼任，再加上学生里出了几个风头稳健的名家，他在家吃饭的时间已经少之又少了。

我和谭晶晶合计，估计是为了江水明江公子的事儿，谭晶晶就给江水明打电话问该怎么说他“勾搭有夫之妇”这件事儿，有什么要交代的。江水明按照一贯死猪不怕开水烫的光明磊落给了四个字，“实话实说”。

我俩就一边吸溜吸溜地喝着饭前半小时的开胃汤，一边竹筒倒豆子一样把前因后果都实话实说了。尤其强调了杜宇是有夫之妇这个事实。

江水明辞去上海的工作跑到抚顺画画这件事情，他是如实向家里报备的。但江爸总觉得这背后有什么特殊的原因，毕竟他从小就想把儿子培养成继承自己衣钵的开山大弟子或者关门小徒弟，这种努力一直是失效的。如今，江水明居然醍醐灌顶般辞了公职专心画画，他大喜之余其实是大惊的，否则他也不会不直接问江水明，而是反复想了几天才召我和谭晶晶前来问话。

听完我俩的话，江爸摸着下巴若有所思，从未见过的严肃表情让我俩不敢像刚才那样口无遮拦。好一会儿，江爸喝了口茶，特别认真地问我：“乔北，我只问一件特别重要的事……”

我和谭晶晶立刻附身过去，聚精会神。

江爸眉头紧锁，郑重其事地问：“杜宇漂亮不?”

“噗——”谭晶晶屏气凝神含在嘴里的一口汤喷了出去。

这句话充分证明了江水明不靠谱基因的来源，充分证明了江水明是江爸嫡亲的宝贝儿子。

正常的家长问话应该是，“杜宇和老公感情好不好啊？有没有离婚的迹象？江水明和她有没有发展的可能性”。正常的家长道德标准也应该是，“那不行，人家是毕竟是结过婚的人，宁拆十座庙、不破一桩婚”。但培养出江水明这样儿子的江爸，在得知杜宇乃天上人间少有之冰雪聪明、气质绝佳之绝代佳人之后，大笑三声，精神振奋地说：“得此儿媳，吾平生之愿足矣。走，吃饭去。”

我无限崇拜地看着江爸，深刻懂得了什么叫做高山仰止。

席间，情绪高涨的江爸妙语连珠，虽然说的都是些坊间趣闻、市井怪谈，但他眉宇之间的喜悦显然还是源自宝贝儿子的感情终于瓜熟蒂落。直到始终笑而不言的江妈拾掇碗筷进厨房，江爸才郑重其事地收了笑容，端着盖碗茶清了口，而后盯着谭晶晶说：“晶晶，其实你才是我心中儿媳妇第一人选啊，只可惜水明这小子没有他老子的好眼力，悟性也不济，这么多年硬是错过了！”说罢，他真心实意地长叹了一声。

我要是小柳，肯定会条件反射地告诉江爸，其实谭晶晶已经是他的后备儿媳妇了，可我从来就是很能守住秘密的人，不惯于抢在当事人之前公布消息，所以我只是斜了谭晶晶一眼，见她淡笑着用牙签专心致志地挑西瓜吃，并没有要说的意思，我就生生地咽下了话，又顺便拿起一块甜橙。

饭后，我们又陪江爸江妈天南海北地聊了很久才告辞。天色已近午夜，江家小楼这一片名流宅区的路灯恰到好处地昏黄，渲染出夜色阑珊下的一点儿趣味。谭晶晶的高跟鞋敲在路面上，节奏清晰，声音荡来荡去，越发衬托出夜的安静。我想，这倒是适合说出心里话的场景与场合。

果然，谭晶晶带着笑意说：“前天中午我和师伟一起吃午饭，他说看见你和葛萧也去那家了，不过没进去……”

怕什么来什么。我头皮一阵发紧，尽管早有准备，但真正涉及这个话题，聪明如谭晶晶，是不会听不出“不想妨碍你们”只是我事后绞尽脑汁才想出的苍白借口的。恐怕很多事情要水落石出了。我稍一停顿，正想硬着头皮来个急智闯关游戏，谭晶晶的手机忽然响了。

谢天谢地。

谭晶晶接了电话，声音乖巧甜美：“田阿姨好。”

只有在葛萧妈妈面前，谭晶晶才会这样声音嗲嗲、措辞温柔。因为对方实在是比她强势太多的女人。谭晶晶向来对业内业外这样的长辈和前辈保持着绝不造作、发自肺腑的毕恭毕敬，所以这些长辈愈发疼她爱她，肯不遗余力地提拔她。

葛萧的妈妈姓田，刚从某省厅高层领导的位置退下来，早在半辈子官场生涯里练就了声色不动而意图已然执行的本领，今天却在深夜时分拨打谭晶晶这个小辈的电话，显然是有什么让她无法等到明天的事情发生了。田阿姨也会沉不住气？这倒是蛮罕见的。

虽是葛萧的妈妈打来的电话，我还是快步走出小巷，留下谭晶晶站在路灯下说话。仿佛这样，我就把谭晶晶那个问题一并留在身后。

灯火辉煌、霓虹闪耀的夜，让南京沦落成现代都市样本群中的一个，毫无特点和韵味可言。白天的柔婉静美，全然不见。一如清水芙蓉的绝代美人，自甘堕落地披了一身的桃红柳绿。

我站在梧桐树下，用鞋尖一下一下地踢着水泥地面，琢磨谭晶晶若是再提那天的事情，该如何应付。

我的担心显然是多余的。过了好一会儿，谭晶晶才哈哈大笑着从小巷子里跑出来。她抱着我，笑得前仰后合，在过往行人诧异的目光中很努力地克制了半天，才乐不可支地喷出一句话：“刀枪不入的葛萧真的百分之百碰到克星了。”

事实证明，葛萧真的是个守身如玉的好孩子，纵然在大连和南京两地面临青春靓丽的何晓诗咄咄逼人的攻势，显露出无可奈何的劣势，也坚决保持了最彬彬有礼的距离；事实同时还证明，何晓诗真的不是一般知难而退安心吃素的小美女，就算葛萧两次金蝉脱壳，她也锲而不舍地要把唐僧哥哥的肉咬在嘴里、吞进肚中。

谭晶晶完全笑岔了气，上气不接下气地说：“今天下午葛萧回大连，小美女还完全不知情地在宾馆里等他‘参加完室内装饰展览会就回来找你’呢！不过何晓诗到底是何晓诗，知道自己被放了鸽子后，一分钟也不耽误，就摸到了葛萧家……”

我有点儿发愣：“葛萧总不至于傻到把自己家的地址告诉她吧？要不就是她跟踪他?”

谭晶晶抚掌大笑：“这就是我开始喜欢何晓诗这丫头的原因了……从你家出来后，葛萧就拿钱要何晓诗自己到宾馆去，并且明确表示自己还有其他事情。何晓诗居然不闹也不纠缠，乖乖地同意了，但是因为‘都说了我一到南京就在机场丢了钱包啊，当然就没有身份证啊’，葛萧就陪她去了宾馆，并且用自己的身份证登记……”

我也忍不住笑了。葛萧家从他外公那一辈就住在莫愁湖南侧的那个大院里，身份证上的地址当然就是他家的地址了。就算地址只是模糊地写了某某大街某某号，在那地方打听帅了二十几年的葛萧，也不是什么难事吧?!

葛萧妈妈理所当然地被寻上门来的小美女弄得丈二和尚摸不着头脑同时又惊又喜。葛萧事先没打招呼回大连当然是个疑点，但是何晓诗的落落大方和举止得体立刻赢得了葛萧妈妈的好感。葛萧妈妈一边吩咐保姆加菜，一边跑到客厅给葛萧打电话询问事情的来龙去脉。

葛萧当然被这个突发情况弄得一个头变成两个大，却偏偏又有嘴说不清，临了还被妈妈警告“咱家没出过生活作风有问题的人”。葛萧妈妈放下电话，已经认定这是小夫妻闹脾气、自己的儿子理屈词穷且不负责任地一走了之了。

葛萧妈妈认认真真、正面侧面地了解着何晓诗的家世身世。何晓诗也就面带微笑、老老实实说了个清清楚楚。一个门当户对、家教得当、温柔可人的准儿媳就在眼前，前任田副厅长心花怒放，当即为现任私立贵族学校及教育产业集团董事长的独生女儿安排了住宿。等到夜深人静，葛萧妈妈才回过味来，一向循规蹈矩又绅士风度十足的葛萧不可能做出这种男女之间“不负责任的事”，于是才想起给谭晶晶打电话，询问具体情况。

我一边招手拦出租车，一边笑着说：“你怎么和田阿姨说的?”

谭晶晶已经笑得蹲在地上：“哈哈，这是整个事件画龙点睛的地方，我特别体贴地说，田阿姨，放心吧，说不定明年这个时候你已经升级当奶奶啦!”

既没有承认何晓诗的准儿媳身份，也未明确否定。这真是典型的金牌经纪人谭晶晶式回答。避重就轻，含糊其辞，煞有介事，引人遐思。

我也忍不住笑：“要知道你这么说，葛萧准有掐死你的冲动。”我问，“何晓诗可是一直拿你当头号情敌仇恨着，你怎么反倒这么帮她?”

谭晶晶揉着眼睛笑：“葛萧在情感上一直一穷二白，需要一剂猛药辣药提神醒脑，不过，主要是何晓诗这丫头太有坚持到底的决心了，太像江水明的一根筋了，我不忍心不帮这丫头。”她意味深长地笑，“现在在情感上犹豫试探的人太多了，干脆坦白的有几个?”

我突然有些笑不出来了，急忙扭过头去：“今天空车怎么这么少?”

我站在飘舞的白窗纱后，指间夹着一支红焱星星点点的烟，打量着外面。

天空中有一轮明月。尽管此时的房间里照例没有灯光，月光还是洒不进来。城市里的光就像撕破的棉絮，飘得到处都是，飘得密不透风。

夜风有些凉，薄薄的真丝睡衣挡不住微微袭来的寒意，但沿着新浴过的肌肤轻轻滑动的衣襟，极像情人温柔的抚摸和温暖的轻吻，极像想象中师伟温柔的抚摸和温暖的轻吻。

又一阵风，我打了一个冷战，从胡思乱想中清醒过来，慌乱地在粉红色的水晶烟灰缸里按灭了香烟。凌晨两点半。突然想起一首老歌的歌词——凌晨两点半，你不在我身旁。我突然自嘲地笑了笑——不管几点，你又何尝在过我身旁？

我倒在柔软的床上，却闭不上眼睛。就在这时，已经静音的手机明明灭灭地闪起来，“嗡嗡”的震动声在夜里很响。我的心忽然有些上上下下的不规则跳动，盯着那光闪烁了许久，才猛地伸出手去抓。

我的手机，24 小时不关机，从来不会没电，从来不会不在服务区，从来不会转到语音信箱，从来不会无人接听。每位和我合作过的同事或是合作方，都对我的敬业精神赞不绝口，都对我的职业操守五体投地。我从来对此保持微笑。只有我自己明白，这条线路，是为一个人守候，一个几乎不会给我打电话的人守候。

想起来，我从来没有告诉过他我的电话号码，但我还是那么认真地守候。我相信他会打给我。不是吗？不久前，我等到了他的电话，晚上 7 点多，凌晨 4 点多，这次，是他？

我涩涩地说：“喂？”

那端，是轻轻的呼吸声，而后一个男中音响在我耳边：“这么晚还没睡？”

实在渴望他的声音太久了，实在是等待他的声音太久了。几乎是条件反射般，我喉头略带哽咽地说：“我……我在等你的电话。”可是话一出口，在半迷醉状态的我忽然清醒过来——那端的他，不是没有笑容的师伟；声音的主人，是始终带着若有若无笑意的葛萧。

这清醒更让我尴尬，不知该说什么，下意识地挂了电话。

其实，除了时常黑白颠倒的谭晶晶，我的死党们是不会在很晚的时候给我打电话的。葛萧这么晚打过来，应该是有什么事情的。可我盯着电话，没有勇气回拨。葛萧应该意识到，我把他误认成谁了。误认成一个深夜我也在等他电话的人。

过了大概三分钟，电话又振动了。这次我确认了，是葛萧的号码。我定了定神，接了。

葛萧不是江水明，对我意乱情迷的误认，他不会揶揄、不会调侃、不会取笑。好像刚才什么都没发生过，他的声音近在咫尺的熨帖：“那事情你知道了吧？明天我不得不回南京了，我想请你帮个忙。”

我等他说下去，他却欲言又止，几秒钟后，说：“算了，明天见面再说吧，我上午10点到南京，去报社找你。”

我应了一声，道了声“晚安”，正想收线，葛萧在那端唤了一声：“丫头。”我问：“怎么？”葛萧轻轻地说：“晚安。”

我不得不猜度，何晓诗的横空出世和神通广大，已经乱了葛萧的分寸。因为一向神采奕奕、周身不加任何装饰物的葛萧出现在我面前时，居然戴着一副特警才戴的大墨镜，引起一群大小美女压抑住或是没抑住的尖叫。然后，他在电梯里向我展示了墨镜后面通宵殚精竭虑后产生的两个黑眼圈。

何晓诗的进度让人瞠目结舌。葛萧说，早上8点登机前，他给家里打电话，保姆说葛萧妈妈带着何晓诗去家属大院旁边的粤式茶餐厅喝早茶去了。

喝早茶并不是什么大不了的事情，关键是看去哪里喝早茶。家属大院紧挨着机关大院，那家环境幽雅、少有生客的粤式茶餐厅根本就是省厅的大小领导解决早餐、联络感情的内部食堂。葛萧妈妈之意当然不在喝茶，而在借喝茶之机隆重推出准儿媳。

漂亮得体的何晓诗就这么在葛萧缺席的情况下，作为葛萧的准老婆，正式进入了葛家和田家的社交圈。

算起来，何晓诗和葛萧一共才见了三次面。

看着葛萧从未有过的烦闷表情，我觉得把谭晶晶火上浇油的所作所为向焦头烂额的葛萧汇报很不适合。也许葛萧真的会把谭晶晶掐死，搞不好还会虐尸。

从电梯口出来，葛萧说：“这次谭妖精真把我害死了。”

我险些被自己的口水呛着：“你怎么知道的？”我立刻意识到自己

失言，于是拙劣地掩饰："什么？"

葛萧轻轻地揪着我的耳朵说："还有你，知道我被她出卖了，竟然也不第一时间提醒我一声。"

看着他透着无辜的清澈大眼睛，我顿时愧疚得无地自容，试图放弃狡辩。

谭晶晶的车刚好开到报社大门口，远远地看见我俩走下大厅前的楼梯，就乐得趴在方向盘上花枝乱颤。我们一上车，她就笑嘻嘻地说："葛狗，恭喜恭喜。"

葛萧摘了墨镜，一字一顿："快开车，少说话。"

谭晶晶笑嘻嘻地把车驶上马路，一本正经地说："何晓诗这样执着的小妹妹很罕见，又难得田阿姨一眼就中意，我劝你还是半推半就地从了吧。"

葛萧摇头叹息："我是遇人不淑，交友不慎啊，没等到你雪中送炭，却等到你雪上加霜。"

谭晶晶说："雪也好，霜也罢，都能冻死害虫，对庄稼有好处。"

我忍不住说："谭晶晶，你有点儿生活常识好不好？雪能冻死害虫，霜可是会冻坏庄稼的。"

谭晶晶白了我一眼："注意谈话的重点。我在劝葛狗纳了这枝送上门的鲜花，怎么，你有反对意见？"

还没等我再次开口，就听见葛萧慢悠悠地说："丫头，现在试图表示你是站在我这边儿的已经晚了，你的知情不报已经害得我阵脚大乱了。"

谭晶晶"扑哧"一笑："要是放在战争年代，乔北就是敌对双方都恨得咬牙切齿的家伙。"刚好遇到一个红灯，她停车挤眉弄眼地回头看我，"你以为汉奸是人人都能当的吗？"

一般印象里，强势的母亲都会培养出唯唯诺诺、情商或自理能力相对低下的乖儿子，幸而凡事总会有例外。譬如说葛萧和他的妈妈。

从我们几个成为死党起，葛萧妈妈就和江爸一样，是我们梦寐以求的好家长。无论学业还是生活，葛萧妈妈对葛萧的成长采取了宽容的态度，不加以干涉，不唠唠叨叨，关于葛萧的一切，基本都是由他自己决定的。哪怕是三代单传的葛萧年近三十还孑然一身，她也隐忍地听之任之。

但这次情况显然没有那么乐观了。

我们进门时，葛萧妈妈正和何晓诗一边说笑，一边剥着毛豆——肯让何晓诗动手做这些琐碎的家务，说明老太太已经没有拿她当客人的意思了。

看见我们进来，何晓诗站起来，手里却捏着个豆荚，微笑里满溢分量得当的娇羞。

看到谭晶晶来了，葛萧妈妈很高兴，马上吩咐保姆去泡壶玫瑰养生茶。谭晶晶笑着说“我自己来吧”，就熟门熟路地往靠近小花园的起居室走去。待客周到的葛萧妈妈哪里肯让很少上门的小辈贵客自己动手，也跟了过去。

葛萧妈妈一离开，何晓诗的眼神就如遇了春风的野火般毕毕剥剥地烧起来。她调皮地歪着头看葛萧，有点儿撒娇又有点儿赌气地说：“谁叫你把我一个人丢在南京的？”一副小女儿的憨态，叫人气不得、恨不得。连我这个局外人都看得又怜又爱，何况是随和到从未发火或是失态的葛萧。

葛萧只好叹了口气，问：“弄成这样，你叫我怎么收拾场面？”

何晓诗瞥了我一眼。我识趣地说去看看谭晶晶，就往起居室走去，却听见何晓诗没等我走远就迫不及待、理直气壮地说：“我不管，我就要和你在一起。从现在开始，我就是你的女朋友，唯一的女朋友，一辈子的女朋友。”

谭晶晶没看错，何晓诗果然有勇气，她有吃定从没学会对人说不的葛萧的本钱。

起居室里，谭晶晶正和葛萧妈妈调配玫瑰养生茶。她见我进来，问：“他们聊得怎么样啊？”

我不知该怎么回答，就笑了笑，坐在一旁，没有说话。

葛萧妈妈端详了我一下，问："乔北的气色还是不太好，待会儿我给你抄几个花草茶的方子，坚持喝一段时间就好了。"

我笑着道了谢。

午饭时，一桌人笑语不断地吃着丰盛的饭菜，好像葛萧飞回南京就是为了吃这顿团圆饭。

本来谭晶晶陪葛萧回来，是为了消除她那句模棱两可的话产生的不良后果的，可她像没事儿人一样，陪着葛萧妈妈说话，间或打趣葛萧和何晓诗，丝毫没有要澄清的意思。

或许是猜出了谭晶晶从一开始就没打算配合，葛萧没给她什么暗示，认真吃饭。

既然当事人都保持平静，我也就自顾自心安理得地吃着葛萧妈妈最拿手的糖醋小排。

午饭后，葛萧说他订了下午的机票，要和何晓诗一起回去。葛萧妈妈拉着何晓诗的手惋惜了半天，又反复叮嘱葛萧不许再做这种"丢下我们晓诗乖囡一个人"的事，这才依依不舍地同意他们离开。我们四个就一起出门了。

何晓诗上了谭晶晶的车，我正想跟着她钻进车里，忽然想起昨天半夜葛萧给我打电话的事，就拍了拍他问："都忘了问你了，你说让我帮什么忙来着?"

拉着副驾车门的葛萧定定地看了我几秒钟，唇角忽地扯起一个淡淡的笑："算了。"

开往机场的途中，谭晶晶笑着说："晓诗妹妹，你如愿以偿，生拉硬拽地登堂入室成功，还要谢谢姐姐我呢。"

大概已经从葛萧妈妈那里听到了谭晶晶那句很经典的话，何晓诗当下笑逐颜开，甜嗲嗲地说："谢谢姐姐!"

葛萧丝毫没有质问谭晶晶和何晓诗的意思。从上车开始，他就一直侧头看着窗外，右手挡着眼睛，并不说话，不知他在想什么。

快到机场了，葛萧回过头来，微微皱眉地看着何晓诗："你让你们辖区派出所给机场发个身份证的传真件吧，不然买不了机票也登不了机。"

何晓诗狡黠地眨了眨大眼睛，忽地举起一个粉红色的小钱包，夸张地叫起来："哎呀，谭姐姐，我的钱包怎么会掉在你的车上呀？真是巧的来哉！"最后那句南京话让她模仿得惟妙惟肖，透出一股子造物神奇的钟灵毓秀。

谭晶晶大笑，拍了拍葛萧的肩膀，幸灾乐祸的表情让一切尽在不言中。

葛萧瞪着洋洋得意的何晓诗，不知在想些什么。好一会儿，我忽然看见他一直清澈也一直没什么表情的瞳仁里，泛起了一种柔和的光泽，好像晴朗夏夜星空下微风拂动的广阔水域上，涟漪反射出的点点光芒。

只是不等何晓诗发现，葛萧已经收了目光，扭头保持他之前的姿势。这瞬间实在短暂，以致我开始有些怀疑它是否真的出现过。

目送葛萧迈着两条长腿、何晓诗寸步不离地跟在他身后一同消失在登机口，谭晶晶搂着我的肩头感叹："从中学到现在，多少仰慕者都以为葛狗是座攻不下的嘉峪关，其实她们都没有认真地做一下阵地调查，都没有潜下心来拟一个作战计划。归根结底，错失良机还是因为没有全力投入啊！"

说者无意听者有心是惯例，我看着两个人越行越远的背影，无来由地一阵心虚。我对师伟的情感绵延多年却无法修成正果，就是因为当初在路灯下的略一试探就溃不成军吧！

这样想着，我的腿就有些发软，胸口有些缺氧似的憋闷。我靠在候机大厅的一根柱子上，对着一个鲜花摊位狠狠地喘了几口气。

谭晶晶关心而探究地看着我。

我微微笑了笑，狼狈地捂住乱发遮盖的额头："你以为营养不良是一天两天就能恢复的？"

谭晶晶眨了眨眼，一脸坏笑："该不会是在懊悔放过了葛萧这个上乘老公人选吧?”

对每个人而言，有的时候，别人的生活只是虚无缥缈的故事，自己的生活才是家长里短、柴米油盐的琐碎真实。而又有的时候，别人的生活则是那么的平淡无奇，自己的生活才具有震撼人心的跌宕起伏。

很幸运，我的工作和人生，就是随时在“别人”和“自己”之间切换角度和角色。

每次报社开晨会的时候，同事总能用最切中要害的词句把各行各业的大小事件快速地描述出来，不管会影响到很多人的职业变动，还是一个人为情或为钱的寻死觅活，都变成了一个人的一两句话，然后由更多的人讨论它是否能出现在报端、以多大篇幅出现。

前几天小明星跳出来勇揭娱乐圈内幕的事情还是娱乐版的最大话题，因为我做了前面的报道，也就一直和几个娱记跟着这条消息，炒陈年旧饭、想方设法联系当事人、做未来事情进展的最新预测，也是忙得风生水起。分析着那些事件的台前幕后，我有时会有一种恍如梦境的感觉，自己似乎是坐在戏台下的看客，任由舞台上锣鼓铿锵、罗衫广袖，在纷纭的京腔秦韵中，朦胧恍惚，暂时忘却自己的心事。

师伟是否还在南京、他和谭晶晶之间有什么进展，我刻意地回避这些事情。

这天中午，我懒得回家，就在办公室里和几个姐妹吃了便当。饭后，我正在茶水间清洗冲泡过咖啡的马克杯，揣在口袋里的手机忽然响了。我放下杯子，伸了两根湿漉漉的手指夹出手机，一看是谭晶晶的号码，因为手湿不方便，我索性把手机放在一旁的干燥台上，按了免提。

谭晶晶带着清脆笑声在那边大声说：“喂，我在你们单位楼下，你在不在办公室?”得到我肯定的答复后，她说，“哦，我说要给你一个关于那个小明星的爆炸性独家头条的，现在一个星期的时限到了，下来吧，我们去喝茶。”

谭晶晶就是谭晶晶，只要是她说过的话、许下的承诺，就算对方并没有提起，甚至像我一样已经忘得一干二净了，她也会言必信，行必果。或许这就是她能迅速在任何场合、任何群体里获得好感甚或是仰慕的重要原因。毕竟如你我这样的平常人，无法不对一个如此果敢而细心的美女动心动情。

还没等我说话，一直跟这件事的另一个娱记已经心急火燎地从茶水间外面冲进来："靠，刚才和你说话的人是谭晶晶吧？谁跟她打听这事儿的内幕她都是一问三不知，怎么今儿这么利索地想把这么震撼的消息透给你？该不是你借那个经典帅哥对她施了美人计吧？"

那端还没挂电话的谭晶晶听见了，大笑不止，但什么也没多说，就挂了电话。

我匆匆回到编辑部，把一干用品稀里哗啦地装进大背包里，和主编打个招呼就下去了。

青碧透明的上乘好茶在小巧玉润的玲珑茶盏中轻柔舞蹈，盘旋上升的雾气让谭晶晶耳边摇曳着的长钻耳饰璀璨闪烁。从等到我上车到此刻我们举起茶盏，她始终笑眯眯的，一副心情很好的样子。

消息果然是爆炸性的，不上娱乐版头条都对不起这条消息。

一众看客只看见小明星时而张牙舞爪时而梨花带雨地上蹿下跳，只怀疑一切都是这个羽翼渐丰、忘恩负义的小女人自导自演的一出丑剧闹剧，却没有料到，小明星只不过是被预先抛出来的一枚棋子，真正的大戏还没拉开帷幕。目前的进度，只是紧锣密鼓的暖场。

我捏着杯子两眼发直："这也太狠了吧？到底是谁拿这个小明星当牺牲品？又是为什么啊？"

谭晶晶吃了颗茶梅，唇角挂笑："在圈里圈外这么多老江湖的眼里，谁看不出她不是省油的灯？凡是心急的，都没有热豆腐吃。不懂内敛、自我膨胀的主儿，早晚要和公司、拍档、伴侣闹僵翻脸的。而这样的主儿，就和农民起义一样，千百年来能成事儿的也没几个，还不如趁她还有利用价值，大家聚而分食。"

我喝了一口茶，想了想，问："这次分食她的有几拨人?"

谭晶晶眼睛转了转："算下来应该有四拨人吧。她背后那个所谓的推手不算，技术太烂，级别太低，上不了这种台面。"

我深吸一口气："大家是怎么商量这种事情的?就直接攒个饭局明着商量?"

谭晶晶笑得前仰后合："谁会为了这点儿小事儿攒个饭局啊?都是蹚娱乐圈这池浑水的，只要一个人有动作，其他人就心照不宣了，从头到尾，闹得最欢的，肯定是牺牲品。这道理在哪行哪业都是同理可证。"

我说不出话来了。

事情开始按照谭晶晶给我的分析明晰起来。

放弃了为人豪爽、心思缜密、交游甚广、足够在惊涛骇浪前力挽狂澜的金牌经纪人谭晶晶，活该那个小明星气数将尽。拿谭晶晶的话说，算这个小明星命里该绝，居然选择在谭晶晶放假期间揭竿而起，她可能还在庆幸甩开了难缠的谭晶晶，却没考虑过，难缠的谭晶晶不站在她这边，她的胜算到底有几成。

一成都没有。

这出戏的确是由小明星和那个蹩脚推手开始唱的。但是一旦鸣锣，戏怎么演下去就已经由不得他们了。

恨不得平地三层浪又早就看不惯小明星剽悍作为的媒体当然是第一拨儿，第二拨儿就是TC娱乐。

TC娱乐向来喜欢把新人抓在手里，但这只是为了防止竞争对手捡了漏儿顺利上位。就算新人真的被对手挖过去，TC娱乐也可以得到一笔不菲的"转让费"。更多的情况是，一旦那个新人引起的热浪已经袭过，TC娱乐就会无期限地冷藏新人，而小明星居然还是个包藏二心的刺儿头，作为娱乐航母的TC娱乐岂会任她兴风作浪?落井下石自然是板上钉钉的事情，否则如何以儆效尤?

另外，小明星对娱乐圈人心的揣测倒是基本属实，吃吃豆腐、占占便宜的男人不乏其人，但她显然高估了自己的磁场。她所相中的猎物不是什么傻狍子、野草鸡，那是数一数二、风头正劲的都市言情剧的年轻导演，还需要对她区区一个选秀新人有所暗示吗？争着抢着想上位的一众美女都恨不得把他炖成滋养大补汤吃个一干二净。她以为自己是成功得手，却不想想，有哪个男人会傻到把圈里已经混出来的女人的旧照一直存在手机里，还向她炫耀？她只想着利用别人，却没想到，自己根本就是一只帮狐狸数钱的小芦花鸡，笨拙、愚蠢，同时还是可怜可悲而不自知的丑角儿。

这年代，大家看腻了飞扬跋扈的新人和恶势力做斗争的阶级战斗宣传片了，大家喜欢看扑朔迷离的推理侦探剧、华丽丽登场的缠绵情感剧和惨到骨子里的苦情戏。

于是手机照片涉及的主角儿就一个接一个地到台前来了。都是名声渐起的主儿，对待这事儿的态度也是挺默契的，先是都关机，谁也不说话，等报纸杂志网络苦的辣的一上来，经纪人们就出来打官腔了，发一些含糊其辞、让人反而怀疑的声明，媒体当然挺配合，大批的娱记奔赴各地，明星们导演们当然更配合，让娱记们在各种场合堵住，问一个个耐人寻味的问题，然后给出一个个引人遐想的回答或者干脆黑脸装酷，把浑水搅得更浑。最后还要扯上各地的鉴证机构，出示各种公信力不等的鉴证书，再找一群枪手网上报上一通“质疑”，闹得事情好像有多大。最终，会有一个大哥级的鉴证机关来证明，照片当然是无中生有的，当然是伪造的，当然是 PS 的。

照片真的是 PS 的。

谭晶晶笑得意味深长：“真正的猎手不是小明星，而是那个导演。”

导演有个传闻中当然也是现实中的妻子，也是演员，虽然导演百般调教并努力给她创造各种机会，但她始终是半红不紫的——有些名气，可观众记得住脸记不住名字。从这次小明星甩出“艳照”后的第一时间，姑且称之为 M 的女演员就是被媒体重点盯梢的人物。

随着形势的逐渐发展，M 就仿佛韩国的爱情剧一样，按照观众的收视习惯和收视反应，以一个试图低调、温柔贤惠而后被小明星的侮辱惹得忍无可忍的传统妻子形象出场了。楚楚可怜的外表，大方得体的言辞，柔韧坚毅的态度，义无反顾地对爱人的信任、对爱情的坚守……

谭晶晶看着瞪大眼睛的我，笑："精彩吧？在这个圈子里，背信弃义的下场就是这样。谁都恨不得踩上一脚，让自己增高一分。"

原来故事是如此峰回路转。高调张扬的不一定是占上风，委曲求全的可能赢全盘。

我正极其敬业地考虑这么引人入胜的幕后故事该怎么写、分成几个步骤写，忽然看见谭晶晶眨着一双瞳仁黑亮的眼睛靠近我的脸："我憋不住了，其实今天我是想找你聊师伟的。"

到底躲不开关于师伟的一切。我中了埋伏。

16 岁的谭晶晶从后面搂住乔北的肩膀，凑到她的左耳边说："喂，我发现师伟不会流汗。"

乔北转过头，取下塞在耳朵里的耳机，茫然地问："你说什么？"

一声哨响，篮球场上的角逐已经见了分晓。谭晶晶一手挥舞着湿毛巾、一手拎起脚下的大瓶矿泉水飞似的跑向了说远不远、说近不近的球场，毫不避讳正在那里观战的几个年轻老师，哩哩哇啦地大叫："师伟，你简直帅死了！"

乔北目送谭晶晶裙摆飞扬地跑到师伟身边，看着她像蝴蝶一样翩然飞舞笑逐颜开，看着师伟与她对视的目光……乔北紧紧地咬住了下唇。

耳机里是寂静的。想听到师伟指挥队友的声音而又不想承认的乔北，用耳机当掩体。

师伟不会流汗吗？

自从经历那个路灯下的夜晚之后，乔北的眼睛就丧失了对师伟的辨别力。她刻意地顺着自己矜持而执拗的本性，努力去忽视着班里还有这样一个男生存在。即使两个人擦肩而过，她也会目不斜视。

在乔北脑海中永远抹不掉的那部分记忆里，师伟始终穿着洁净整齐的衣服，夏天是T恤或衬衫，冬天是毛衣或羽绒服……奇怪的是，师伟没有味道。是的，没有任何味道，洗衣粉的味道、肥皂的味道、洗发水的味道……什么味道都没有，他一定是用大量的清水反复除掉了任何味道，更不用说汗的味道了。那么，他果真不会流汗吗？

或许冷漠如他，无论什么时候，都没有留住人间味道的欲望，都没有足以出汗的热情。

那么多关于师伟举手投足的细节，都是目光敏锐独到又忍不住想找人分享的谭晶晶无偿提供的，乔北渴望回避，也渴望倾听，这间接的观察，好像是一针针奇异的药水注射进乔北的心间，让她迷醉而痛苦……

“喂！”谭晶晶目光炯炯地盯着我，“你这丫头也太没良心了吧？我给你这么石破天惊的大新闻，你居然对我要求聊天的反应来个双眼放空！”

我一怔，旋即笑了：“我敬业嘛，在考虑这个新闻可以让我拿多少奖金呢！”

谭晶晶假装凶狠：“见利忘义，小心我把这条独家新闻甩给刚才那个‘靠’哦！”她忽然又靠近我一些，半真半假地说，“不过，刚才你的眼神分明是少女怀春哦！”

我刚想说笑几句掩饰刚才的走神，顺便岔开谭晶晶要谈的关于师伟的话题，手机忽然响了。是葛萧，总是在关键时刻救我于水火的葛萧。我急急忙忙按了接听键：“葛狗，你电话来得正好，谭妖精又要吃人了！”

那端静了一瞬间，一个娇柔慵懒的声音微微弱弱地传过来：“你是谁呀？”依稀还有丝绸细碎的声响，似乎是睡衣与锦被摩擦时那种若有若无的声响。

真是一个没料到的情况！不是葛萧的人用葛萧的电话打我的电话，还问我是谁。

我怔在当场，舌头有点儿打结："我是乔……你是谁啊？"

对方的声音立刻就活泼开朗外加甜美起来："乔北姐姐呀，我是晓诗呀！"

何晓诗。

我的舌头还没顺溜过来："那个……你有事儿吗？"

何晓诗乖巧无比地说："没有啊，我看葛萧的电话簿里，这个号码存的名字是'丫头'，我想这么暧昧的称呼，说不定是他的旧情人什么的，一时好奇就打过来试探啦！原来是乔北姐姐呀，你不会怪我唐突吧？如果是的话，你一定不要生我的气哦，不然的话，我哭给你看！"最后一句话，何晓诗的声音糯糯甜甜的，撒娇撒得憨态媚态定然动人心魄。

她一口一个"乔北姐姐"，我只得说："不会啊，怎么会呢！"

何晓诗忽然甜甜蜜蜜地说："呀，葛萧来了，我挂了。乔北姐姐再见！"

超级惹人联想的场景。

不该酣睡的下午时光，一个声音柔弱甜美的女孩穿着睡衣，缩在被子里，在等待他的时间里，用他的手机随随便便地打出一个质疑的电话。看来何晓诗真的已经如愿以偿了?!

谭晶晶疑惑地看着我，听我在余惊里结结巴巴地说完，大笑："这下不知道有多少人会接到她这种验明正身的电话了，好一出敲山震虎的大戏！"

眼看着谭晶晶又有了和我聊师伟的时间，我正不知该如何是好，总编打电话催我回去开一个挺重要的会议，我马上拎起包和谭晶晶告辞，随即几乎是夺路而逃。

晚上谭晶晶给我打电话，笑得连连咳嗽。她又给我带来一个幕后故事。

晚饭后没有应酬的谭晶晶闲得无聊，就给葛萧打电话就下午的事件想揶揄他一下，结果发现了一件让葛萧苦笑、让她爆笑的事情——下午时分，不请自来的何晓诗撒娇耍赖地要在葛萧家午睡，并以要当面换睡衣的手段逼迫葛萧自觉自动且极其主动地要求外出回避，然后何晓诗就顺手拿起葛萧正在充电的手机打出了不知多少个电话——用葛萧的话说："我充电时手机还剩两格电，我回来时只剩一格电了……充电器还是滚烫的，说明一直没拔！"

谭晶晶隔着电话在那边拍案叫绝："好聪明的小妮子，她肯定是想赖上葛萧的床，结果一看见手机，就随机应变改了策略。看来这个何晓诗不但有'小三'的外貌与性情，更有'正宫'的智慧与威慑力，完了完了，葛萧必然被她吃得死死的了！这小妮子的段数比我想象的高啊，看来我对师伟也该早点下手了，免得被另一个敢作敢为的'何晓诗'捷足先登。"

我一边往脚指甲上涂营养油，一边问："她也给你打试探的电话啦？"

谭晶晶笑："所以我说这小妮子是相当有智慧的，敲山震虎只能吓退那些有企图心但不一定有能力抗衡的，像我这样容貌和身材出众，在争夺男人的战斗中战斗力比较强悍的，她选择了最聪明的做法——小心提防，决不轻易招惹。"

我啐了她一口："大言不惭！言下之意你是在说我的容貌和身材不如你啦？"

谭晶晶坏笑："我是集万千宠爱于一身的红颜祸水，你是清茶一盏古书一卷的红颜知己，各有动人之处。"

我们正有一搭没一搭地说着闺中之话，我的手机里传来提示音，又有电话进来了。我看了一眼时间，正是晚班编辑开始准备报纸版面的时间，就和谭晶晶结束了通话。让我意外的是，那端并不是当班编辑，而是葛萧。

葛萧问："在家？"

他在那端吸烟，说话的声音很慢很疲惫，听上去让我觉得很有些担心。

我放弃了拿下午的事涮他的打算。看来，足智多谋、英勇善战的何晓诗的确开始撼动葛萧轻松洒脱的生活轨迹了。

葛萧又问："在干吗?"

我拧紧营养油的盖子放在一边，靠在床头竖起的枕头上："闲着呢，你呢?"

葛萧"哦"了一声，没再说话。

我们就这么在电话里静默着，听着对方的呼吸声，一句话都没有。很久很久之后，葛萧无声地挂了电话。

我很习惯于与葛萧这样通话，但在最开始的时候，是我打给他。

差不多是从高中那次从扬州回来开始，只要我心绪纠结而又不想说话时，临近放学，葛萧都会提醒我回家后打电话给他——我一直按照葛萧的吩咐给他打电话——说不清为什么，矜持如我会听从他的建议，又或者，是葛萧身上有种让人温暖的力量，让我静心安神。

记得小时候看过一个童话，讲的是一个发现皇上长着驴耳朵的理发师，为了保命不能向任何人透露这个秘密，憋闷到发疯，就跑到深山里挖了一个大洞，大喊"皇上长着驴耳朵"。喊过之后，他无限开怀地回家，却没想到，知道这个秘密的洞也憋闷到发疯，以至于迅速长出一棵树，每片树叶都会发出"皇上长着驴耳朵"的声响，然后全国人民都知道了这件事。

这个故事给我的教育意义相当深刻。首先，为别人保守秘密是件很苦恼的事情，所以只要谁和我说"这件事我只和你说"，我就神经绷紧、伺机而退；其次，要倾吐自己的秘密，一定要找个可靠的洞；最后，最安全的保守秘密的方法，就是什么都不说。

其实说起来，葛萧应该是个挺可靠的洞，但我还是选择了静默。

大约是从高中毕业开始，再没见到师伟的我渐渐学会埋葬心事，这种无声的电话便淡出了江湖。直到大二某天，葛萧突然在某个课间不请自来地出现在我们班级的门外。

当时兵荒马乱的场景迄今回想起来还是相当壮观。向来讲究逻辑、因果的客观冷静的数学系的师姐师妹们从同一走廊的各个门口蜂拥而至，或害羞或直爽地斜视、直视、凝视、瞄视葛萧的各个部位。一个师姐还在观察葛萧清俊面容的闲暇目测了一下他的臀部曲线，评价为“紧凑精致完美圆弧”。

这种混乱场面的直接结果是，我不得不把葛萧安排到体育系的男生宿舍，以免经济学院其他以女生为主的系别的女生会闻风而至，其实我更担心数学系的男生为了保留为数不多的女生的身和心群殴葛萧。

当天晚上，洗漱完毕正准备入睡的我接到了葛萧的电话，闲聊了几句，同在一个校园的我们就没什么话可说了。我只记得，葛萧平稳的呼吸声以唧唧的秋虫声和体育系男生标志性的粗犷玩闹声为背景，他显然是站在体育系男生宿舍楼后面那个小树林的旁边。

那是葛萧的无声电话的开端，原因不明，后续漫长。

我猜他那次的反常，可能是因为他失恋了。之所以是猜测，是因为葛萧从来不在我们面前谈及他的情感。总之，我无限崇拜我幻想中的那个可以对葛萧免疫的女生。至于此时我要做这样的默默地举着手机被别人疑惑地看来看去的苦差事。我很认命，谁叫当初是我先欠他的。就这样，一发不可收拾，直到现在。

不管怎么说，我总算逃过了谭晶晶对师伟迫不及待的讲述。于是我哼着小调儿敷着面膜，安心赶稿去了。

翌日清晨，主编捧着我连夜完成的稿件，喜上眉梢：“节奏堪比美剧，场面绝对日韩，够分量、有嚼头。”她对我又挤了挤眼睛，“有个帅哥在身边服务，果然气场和磁场都超强。”

我无言以对。反正从高中我们几个死党厮混在一起之后，这种玩笑也听了不少。好在主编的注意力立刻又回到稿件上。良久，她抬头说：“这个时代，家百合终于等到了春天。”

见我不明所以的表情，主编点破了她感叹的背景：“男人们终于明白了，与其浪费时间和精力去应付情人的索求与纠缠，尚不如花些心思把老婆培养成内外兼修、秀外慧中的绝顶美人。”接着，就在我一脸崇拜地看着总能升华事件主题思想的主编，等着她的下文时，她却发挥了她第二项本能暨总是能把看似不相干的两件事联系在一起，话题一岔又转到了我身上，“能尽快搞定就别松劲儿，知冷暖的绝版帅哥不是每天都能遇到的。”我像等待胡萝卜的天真小白兔脑袋上突然挨了一闷棍，转头就逃。

所谓独家头条，当然不仅仅是“独”这么简单，它还意味着轰动与炸响。

这种内容，是当事的一干人等不愿意看到、不愿意承认也不愿意辩解反驳的，因为这是最朴实的事实。做出的反应太多会显得心虚，都是出来混了很久的角儿，谁也不会屈尊跌份到做这种螳臂挡车的事情。

当然也不都是聪明人，或者说，也不是谁都能沉得住气。

小明星直接拨通我的手机，约我出去喝茶吃饭，从爆红开始就不可一世的姿态已经低得无法再低。估计智商如她，也从报道分析里琢磨出自己处境不妙了，想向我讨个主意、寻条出路。

我没有关二哥单刀赴会的气场，也没有祢正平击鼓骂曹的耐心，直接而诚恳地对她说：“谭晶晶是现在唯一能帮你的人，好自为之。”

20分钟后，谭晶晶在电话里笑着损我：“我给了你数值不菲的版面奖金，你却把我卖给那个扶不起的阿斗，你这个不叫等价交换吧？还有点儿人道精神、人类良心没有？”

我照例不理她这些无法解释的问题，把主编说的那段提神醒脑的话告诉了她。

谭晶晶大笑着在那边儿拍着桌子：“经典！精辟！我决定，要在最短的时间内变成师伟的家百合！我要我的……春天！”

第八章

一秒和一光年

江水明的一个大学女同学告诉我，大一开学的第二天，她就从几乎全部陌生的男生面孔里辨识出江水明的脸，是因为她去开水房洗杯子时，听见一个面对着门口斜靠在窗台上的男生拿着手机说出了一句话："一秒是时间，一光年是距离，我真的很想追你，你觉得我们之间差的是一秒还是一光年?"而让她印象深刻的，除了这句挺有哲理的话以外，还有当时江水明英俊脸上的表情——和那句温婉的话语很不相称的、漫不经心的坏笑。

这个女同学当然也是当年和江水明有过一段暧昧纠缠的，所以她和我在一个很不温馨的商业场合交谈，并无意中发现原来我们有江水明这个交集后，她面对并不熟悉的我，马上一脸茫然地问："你们怎么能做那么多年的朋友而没有发展出感情啊？能对他免疫的女孩子可不多啊!"

江水明由一个对周遭的青春爱情毫无觉察的毛头小子，无师自通地成为"桃李飞花丛中过，千片万片不沾身"的英俊小生，这中间几乎没有过渡期。

刚开始，在葛萧面前就显得没那么帅的江水明在这方面是不显山露水的。高中时期，谭晶晶、小柳和我都看惯了一个耍宝搞笑的江水明，从来没有意识到，离开拘谨狭小的高中校园并离开了葛萧身后的阴影保护地带后，焕发出风流倜傥的花花公子气质是多么招引渴望谈情说爱的女生——葛萧总让女生们觉得攻陷难度太大而没有信心主动靠近，而只要条件相当就来者不拒的江水明自然是最恰到好处的选择。

似乎是为了弥补高中时期的恋爱缺乏，江水明从不浪费任何一天地开始了他专一而又多变的爱情生活——短暂的专一，不变的多变。

在我的眼里，江水明一直是个很有趣的家伙，他有本事把一件枯燥乏味的事情变得充满乐趣。在无聊而漫长的人生中，这真是一项不可多得的技能。

可以说，我依靠葛萧耐心细腻的友情度过了思念近在咫尺的师伟的艰难时刻，而其他乏味的中学生活片段，完全是被江水明以他的聪明机智和傻气（关于这点，所有人都无法判断出当时的江水明是天真、真傻、装傻，还是大智若愚）调剂得值得回忆的。

我翻看着从小皮箱底下找出来的同学联谊簿，微笑着回想一段段过去的时光。

已经很多年没有翻看那本泛黄的册子了，塑料薄膜上似有似无地积了一些尘。

放肆大笑的谭晶晶、温文尔雅的葛萧、低眉顺眼的小柳、抱着篮球的江水明……眉宇间没有成熟，但有着隔着岁月也挡不住的、满溢的青春朝气。

一页一页地翻下去，尽管心里早有准备，我还是被联谊簿正中间的那页给击中了。关于师伟的一切，不管我觉得自己准备得多么充分，当真正面对时，我总有猝不及防的窒息感。

其实那时，临近高考的我们并没有时间去做什么毕业留言册之类的东西，但言语很有号召力、笑容很有感染力的谭晶晶把这本册子摊在任何一个人的桌子上时，对方都只能心甘情愿地贴上自己的照片，并尽自己最大的努力去填写星座、血型、寄语未来……这些现在看起来很无聊的东西。

轮到师伟时，谭晶晶把册子翻到了最中间的两页，她笑得璀璨：“这是你的位置。”

我以为师伟会拒绝，拒绝为这样无聊的事情浪费宝贵的时间，或是拒绝谭晶晶这样不容拒绝的安排。

但师伟没有。

他留下了一张自己刚刚走下球场的照片，是他的侧影。他没有像其他人那样与队友之间勾肩搭背或彼此交谈，微微侧头，皱眉，黑黑的眸子直视着镜头之外的某个地方。

看着师伟随意的动作和对镜头毫无觉察的眼神，我意识到，很明显，这是一张偷拍的照片。那时候没有拍照手机、数码相机之类的东西，那么近地拍摄他，只能是有目的性地这么去做的。

当时我就猜测这张照片是谭晶晶拍的，又偷偷塞在师伟的书包或是书桌里的。临近毕业，师伟不声不响、光明正大地把照片还回来。

直到很多年后，我在单位进行心理学方面的培训时才突然顿悟师伟这样做的含义——这就是师伟式的决绝，他从没打算有任何感情纠缠，那些或许是谁内心最甜蜜的青春期小动作，在他看来，只是可有可无的甚至有不如无的牵绊。

现在，我隔着时空凝视着他轮廓分明的五官，尤其是没有温度的眼睛，意识到自己心里依然涟漪起伏，于是，我有些紧张地关了眼前的灯。一切陷入黑暗，我闭上了眼睛。

但，师伟的样子，更加清晰。

隔天是周末，我和谭晶晶约好去逛街，可赶了一夜稿子的我睡过头了。睁开眼睛时，谭晶晶的脸近在咫尺，我吓得“啊”地大叫一声，才想起为了防止我不在南京期间住宅失火、漏水、遭小偷，在她那里放了一把备用钥匙。

谭晶晶笑：“我就知道你肯定又会迟到，一猜就能抓住你头没梳、脸没洗的现行，果然不出我所料嘛!”

我扯过被子盖住肩膀，睡眼蒙眬地说："又不是工作上的事情，那么准时干吗呀？"我忽然闻到一股让人精神一爽的香甜味道，翻身跪在床边，"哇，晶晶你给我买了楼下的八宝粥？"然后我就保持着那个姿势傻在那里——葛萧坐在门口的沙发上往一个碗里倒粥，旁边是两个搁着调羹的空碗。

幸好昨天太累了，没来得及洗澡后裸睡。意识到自己走光的危险系数不高但蓬头垢面的邋遢系数不低，我很镇定地缩回被子里，问："你们来多久了？"

谭晶晶坏笑："从你说梦话开始我们就来了。"

我心虚。我有进入深层睡眠偶尔说梦话的恶习，那他们岂不是来很久了？该不会听到什么不该听的话吧？

谭晶晶大笑："紧张什么呀，是不是担心自己说了不能让别人知道的话呀？骗你的，我们才来。"

说话总是一针见血的谭晶晶。尽管葛萧目不斜视地做着手头的事情，也没有发表任何不当言论，我还是有些窘迫："哦——"我突然找到了一个消除窘迫的话题，便和葛萧开玩笑，"葛萧，你家里的呢？"

这个玩笑一点都不好笑，因为葛萧抬起头不做声地看我，然后一个娇滴滴的声音说："乔北姐姐，我来了的呀！"何晓诗从葛萧身后探出头。原来娇小玲珑的她缩在那里。

我彻底没话说了，瞪了笑得前仰后合的谭晶晶一眼——这家伙，带葛萧进来也就算了，大不了他碎碎念一下我是如何不会安排自己的作息，居然把近似陌生人的何晓诗也带来看我一塌糊涂的样子，太过分了吧?!

葛萧站起来："你们吃早饭吧，我出去抽根烟。"

何晓诗撒娇地搂住他的腰，粉嫩妩媚的脸紧紧地贴在他背上："我要和你在一起。"

葛萧无奈地笑了笑："粥凉了，里面的花生就不好吃了，你先吃吧！"

何晓诗抱得更紧了，声音拖得长长的：“不嘛，我就是要和你一起吃嘛！”

谭晶晶脸上的笑要多坏就有多坏，在我耳边低声说：“看，葛狗果然有克星吧？看他怎么办。”而我则瞠目结舌地看着毫不避讳、大方地做着亲密动作的何晓诗。

葛萧从来不是能拉下脸的人，他只好无奈地笑了笑，把烟盒放在面前的桌子上，重新坐下去。

我不可遏止地想，如果是我，这样千娇百媚地抱住师伟，会不会如愿以偿？

当然不会。

师伟目光和话语中那种冷冷的温度，会足以冰封我一万年、一万次。

谭晶晶拍了拍我发愣的脸：“起来。”

葛萧离开南京还不到一个星期，就被田阿姨叫回来，因为何晓诗陪父亲到了南京——估计是她在正面战场上没有获得决定性的胜利，开始走后方路线了。

我向来觉得，女孩子的家长对待女儿的恋爱婚姻总会顾虑重重、态度复杂的，然而这次，我知道了何晓诗这种直来直去、对自己的感觉从不藏着掖着的原因——何爸是来见葛萧妈妈，似乎很有兴趣讨论一下他们情感的未来发展方向的——她显然得到了何爸大方、直接的真传。

趁着何晓诗兴高采烈地拉着一脸无奈的葛萧在七楼看衣服，谭晶晶背靠在商场的栏杆上，眯着眼睛说：“葛萧就这么被捕获了，也是件好事儿。”

我漫不经心：“理由？”

谭晶晶微笑：“这么多年了，你没发现葛萧从来没有谈过恋爱吗？”

我吓了一跳，回过神来：“他真的没有谈过恋爱吗？我以为只是他不愿意和我们谈论而已。”

谭晶晶摇摇头，转身趴在栏杆上看楼下熙来攘往的人群："说起来，我们几个死党里，你和葛萧走得最近，但你好像从来没有关心过他的事情。有时我觉得，在你眼里，葛萧是个透明人。"

我大呼冤枉："我很关心他啊，经常会问他的近况，是他自己从来都一笑而过，什么都不说。我还以为这是高干子弟的良好家教呢！"

谭晶晶没理我："葛萧的条件太好了，他一直是被动地接受着别人的示好，在别人对他的误读中采取对策。由于这种示好和误读太多，他无法一一回应。那些主动的人就又觉得自己无法打动他，也就知难而退。长此以往，恶性循环，上上品的婚恋对象其实没有恋爱可谈。何晓诗足够聪明，选择了锲而不舍，她一定是看出了这一点。那么，葛萧命里注定就是她的。"

放在收藏圈里，何晓诗的行为就叫"捡漏儿"，而且还是捡了一个"大漏儿"。

在我的印象中，葛萧始终是一个对南京割舍不下恋恋情结的人，不管他在上海读大学、在东京进修室内设计课程、在悉尼学习经营、在大连开创自己的事业……只要有假期、有机会，他都会赶回南京小住几天，吃鸭血粉丝，看秦淮夜景。

他在大连的公司有了起色之后，有次我们坐在夫子庙的小摊上吃口蘑小笼包时，谭晶晶笑葛萧："你是南京放出去的风筝，不管到哪儿，都得顺着线回来。"

江水明一边喝着豆浆一边开玩笑："干脆你把公司搬到南京算了，免得来回跑，节流开源是居家必备的致富良方啊。"

葛萧笑听他俩一唱一和、半真半假的调侃，也不说话，有条不紊地打开桌上的一溜儿可乐罐，逐一在底下垫上餐巾纸，又插上吸管。

小柳拿过可乐喝着，目不转睛地盯着葛萧："葛萧有时候挺像英国管家的，特别体贴周到。有他在，有时都有自己是什么贵宾的错觉。"

谭晶晶撇撇嘴："哪有帅成这样的管家？另外，你可得抓紧时间享受，一旦葛狗找到了心仪的人，恐怕会直接丢下我们不管了。”

小柳瞪谭晶晶：“我才不相信葛萧是那种重色轻友的人。”

谭晶晶回瞪小柳：“谁说他重色轻友了？他只是不懂得如何拒绝别人罢了。所以我担保，只要他中意的人有什么要求，他就算是粉身碎骨，也会满足她的。据我所知，绝大多数女人都很讨厌自己男友或者丈夫以前的死党。”

我想起谭晶晶这段话，也想起向来都会为我们下厨烹炒的葛萧这次并没有这样做，忍不住笑。谭晶晶看我，我就把她当初那段话重复给她听。之后，我笑着说：“看，你真是能未卜先知的女巫级人物，真的全被你说中了。”

一贯嘻嘻哈哈的谭晶晶却皱了皱眉，瞥了我一眼：“你还没意识到吗？如果我真的全说中了，就意味着葛萧从此要淡出我们的生活了。”

我愕然，亦默然。

这时，谭晶晶的手机响了，应该是比较重要的私人电话，她走到相对安静的电梯口接电话。

葛萧，要淡出我们的生活?!

一直以来，和其他几个人相比，葛萧始终是那个话并不太多的人，安静地坐在我们身边，不动声色地为我们做着分筷子、拿餐巾纸这样的事情。笑随着我们在笑，沉默也随着我们在沉默。有他在，场面并不会热闹几分，但没有他……

商场的空调冷气似乎开得有些大，我轻轻地抱住了肩头。

葛萧和何晓诗结束了购物，到栏杆边来与我们会合。还没到我们面前，何晓诗就对我淘气而可爱地吐了吐舌头，一蹦一跳地去卫生间了。葛萧拎着几个购物袋走过来，站到我的身侧：“冷吗?”

我勉强笑了笑，微微点了点头。

葛萧轻轻地叹了口气，从一个购物袋中拿出一件淡粉色的衬衫，披在我的肩上，揉了揉我的头：“常在有空调的地方来往，也不记得拿件开衫、披肩什么的……你真的没有谭晶晶那么聪明、那么让人放心啊!”

不知道为什么，他这种常有的、微微带着责备的关切语气，此刻让我很不愉快。我扯下衣服，塞回他的手中，表情古怪地笑了笑：“并没有人要求你的关心!”我转身踏上了向下的滚梯。

“丫头!”葛萧在我身后低低地叫了一声。

我扭头去看楼下熙熙攘攘的人群，并没有回应他。到达下一层的时候，谭晶晶的大叫声从商场播放的音乐背景中隐约传来：“乔北!”

我突然间泪流满面。

主编咬着阿尔卑斯牛奶棒棒糖，眯着眼睛观察我：“你又失恋了呀?看起来这次打击不轻啊!”

我撇了撇嘴，继续噼里啪啦地敲打着键盘，一会抬头看电脑屏幕，一会低头看采访笔记，一副全然没把她看在眼里、放在心上的表情。

主编也撇了撇嘴，伸出手来猛地一扯，把我的采访笔记举到了半空中：“装工作狂啊?少来!我认识你这么久了，你从来就不是一个积极向上、勤劳认真的主儿，不然也不会在责任编辑的位置上原地踏步多年!大周末的，跑来和我这样的加班癖患者做伴……说，到底怎么了?”

我无可奈何地停下来，最大限度地龇牙笑了笑：“我牙好，胃口也好，身体倍儿棒，吃嘛嘛香，就是有根筋没搭对，突然想做个模范标兵、工作狂人，不行吗?”

趴在我工作台隔板上的主编还没来得及说话，眼睛突然一亮，脸就转向了门口：“哎呀呀，你看那是谁?”

我下意识地扭头，透过编辑部全透明的玻璃墙，看见葛萧静静地站在那里。我忽然不知所措。

主编冲我挤了挤眼睛，诡异狡黠地一笑：“小两口闹矛盾呀?回头再盘问你细节，现在你吵架要紧!”她冲葛萧笑了笑，就回她的办公室了，还很有道德感地关上门、拉上百叶窗，完全没有了平时开会要求我们八卦八卦再八卦的八卦女王的恶习。

葛萧就那样自然无比地走进来，坐在报社前台的小妹和旁边站着的保安都盯着他，可是完全没有上前盘问、稍加阻挡的觉悟——长得帅就不是坏人吗？我有点儿气不打一处来，第一次看不惯他，看不惯他身上虽然没透出来但据我分析肯定存在的嚣张。

我低下头，假装没看见他。虽然我知道，他已经看见我看他了。

葛萧坐在我旁边同事的工作台前，好像也不知道该说什么。

就这么僵持了几秒钟，我已经受不了时间带给我的压抑感，忽地站起来走进主编办公室："人物纪实那个……对，就是你说的那个很有趣、很另类的人物采访，我想到了一个合适的人选，我可以出一篇很精彩的大稿子。不过，你得给我半个月的时间。"

主编狐狸一样眯着眼睛、身体后倾打量着我："半个月啊……这算是再次失恋的福利还是婚假啊？失恋福利的话这时间太长了，婚假的话还差5天。"

我扭头就要走："就当我没说过，你自己加班自己伤神自己苦恼吧！"

主编笑了："好嘛，半个月就半个月，你好歹先把假条填好给我嘛！"

我笑着纠正主编："是出差！是要公款报销的哦！"

葛萧看着我埋头写出差申请，说："丫头。"话音刚落，他的手机就响起来。他接听后，何晓诗娇嗲悠长的声音挡不住拦不住地传出来："乔北在不在？不在的话你就赶快下来呀。"葛萧默不做声地挂了电话。

我埋着头，可我知道他在看我。我笑了笑："你下去吧，就说我不在好了，我马上要出差了。"我看了看手机，"嗯，下午两点多的飞机，还来得及。"

葛萧问："去哪里？"

我看着他笑了笑："见一个我很想见的人。"

葛萧沉默了一下，重复着他的问题："去哪里？"

我耸耸肩，扯出办公桌底下永远准备好的轻便旅行袋，面带微笑：“你下去吧。”我站起来把工作用品往旅行袋里放，一件一件，有条不紊。这时，我的手机响了。

我兴高采烈：“江水明？你是不是在山里修炼成精了呀？你怎么知道我下午就要飞过去看你？”

江水明在那边哈哈大笑：“这叫心有灵犀、情投意合啊！”

我啐他：“少贫了！到底有事儿没事儿，抓紧说啊，我真的要赶飞机去你那儿！”于是江水明很有个人特质地完全不问我去他那里干什么，而是把他想吃的南京特产一样一样地说出来。他还理直气壮地说：“谭妖精完全没有贤妻良母的耐心潜质，又不好意思对葛萧表达自己唧唧歪歪的贪吃念头，跟父母说会让他们以为自己儿子受了多大苦挨了多大累，最后能选择的就是你了。这叫有比较，有鉴别。”

通话结束，我把采购清单放进随身的小包里，继续收拾东西。

葛萧说：“我陪你去！”

我说：“神经病！”

葛萧说：“我陪你去！”

沉闷的机舱里，我蒙着眼罩问：“田阿姨没发火啊？这么大的事情，你说走就走？”

看不见葛萧的表情，他没回答。

我从来不是刨根问底的人，自从多年前师伟那么直接地给出答案后。

有些真相，不知道会更好。

总是保存着一丝希望，要比陷入毫无退路的绝望对健康有益些。

下了飞机打开手机，就收到了谭晶晶的一条短信：“葛萧和你，是两只鸵鸟！”

我回了一条：“我早就是鸵鸟主义的支持者了。这么多年你又不是不知道，我就喜欢装着糊涂等顺其自然。为什么这么说葛萧？”

谭晶晶回：“哈哈哈！”

谭晶晶永远是个回避她不想给出答案的问题的高手，她话里的玄机，我一辈子也猜不透。我索性不猜，反正到江水明那里，还有好长一段路要赶。

江水明睡眼惺忪地唠唠叨叨：“我以为就你自己带一大堆零食来呢，那我就可以尽情地对你‘食色，性也’了。你拽他来干什么呀？破坏我和他的生死友谊还是怎么着？这么多年，我是第一次看见他就烦！”

我缩在他大得吓人的沙发上蔫蔫儿的：“我困了，要聊天等明天早上吧！快给我拿床被子！”

江水明做出要直接扑过来的样子：“我这床被子怎么样？真皮的！”

我斜着眼睛瞪了他一眼：“你以为我是小柳啊，让你一吓唬就吱哇乱叫？”

江水明自讨没趣地从旁边的柜子里给我翻出一薄一厚两条被子供我选择——情场阅历丰富的江水明最大的优点就是，永远给女人提供两种或两种以上的选择。这让爱他的那些女人心存感激，这让被他爱的那些女人挑不出毛病，这让和他没有情感关系的那些女人羡慕前两拨女人。

除了我。

第一，我觉得这是他理所应当且必须做的；第二，我觉得这些经验是他以放弃了很多好女人为代价换来的，不值得表彰和赞扬；第三……哦，好吧，我承认，我已经习惯了死党之间这种似乎天生就应该存在的、对彼此之间的好。

江水明拎着他早就准备好的啤酒，低声对葛萧说了几句，两个人就离开客房。葛萧随手轻轻地关门。听脚步声，他们应该是去了阁楼。

我好像很疲惫，倦倦的，很快就进入了梦乡。

意识沉沦在睡魔的压抑下之前，我忽然想到，我终于逃离了南京——此刻师伟所在的城市。有些庆幸，有些遗憾，有些五味杂陈的寂寞。

北方的阳光比南方的阳光要直率得多，直刺刺、热辣辣地把我从梦里唤醒。我大睁双眼，看着光影摇曳的天花板，有种在莫愁湖畔醒来的时空错乱感。半晌，我才想起趴到窗口看楼下——江水明果然是享受生活的天才，他居然在北方又北方的城市里找到了一个屋后有一洼荷塘的地方。

我穿好衣服，有些雀跃地打开客房门跑下楼去，冲出后门就笑着说："江水明，你真的是继承了江爸的优良传统呀!"

江水明并不在。

葛萧穿着一件泛着淡淡粉色的宽松衬衫，站在荷塘边看那些花蕊怒放的玉白色荷花。听见我的声音，他转过头来，轻轻浅浅的一个微笑："起来了?"

这个季节的北方清晨，总是有一种似雾非雾的水气低低地弥漫着，加上那池冰清玉洁的花蕊，再配上身材玉立的葛萧此时的笑容，我唯一能有的形容就是——被小学生作文里用烂了的那句——好像一幅画。

我有一个瞬间的分神。

葛萧大而明亮的眼睛就弯出一个柔和的弧度："饿不饿?"

言谈举止一贯保持含蓄风格的我，也忍不住呆呆地脱口而出："你好帅啊!"

话一出口，我就脸红了又红，顺便把自己痛恨得体无完肤。像话吗？这像是一个发小儿、一个死党该说的话吗？怎么这么透着小家子气，外带透着居心不良！我应该对他帅不帅之类的事情熟视无睹才对啊!

或许是我的声音不够大，或许是葛萧的注意力都放在荷花啊饿不饿啊之类的事情上了，他只是保持着那样的笑容转回头看荷花，没接我的话茬儿。实际上，是知礼如他、绅士如他，即使听见了，为了避免我的尴尬、为了避免彼此的尴尬，也会假装没听见的。

这绝对是不可多得的优良品质。

江水明在荷塘边搭了一个遮阳的棚子，应该是画画时用的吧，里面放着一个高脚的板凳。我走进棚子，坐在凳子上，也去看在朝阳的光晕中沾染了一点儿水粉色的花。

不久，太阳迅速爬升，那团水非水、雾非雾的水气就无声无息地散去了，荷塘春色还在，韵味却大打了折扣。我看得索然无味，就问葛萧："江水明还没起来呀？"

葛萧笑了笑，还没来得及说话，江水明的声音就从阁楼传出来："我都勤奋工作一早上了，倒是你们两个，无所事事地站在那里，半天都不吭一声儿，跟俩日游鬼似的。"他一边说，一边探出身子趴在阁楼的窗沿上，"你们俩不饿啊？也对，秀色可餐。对吧，葛萧？"

我撇嘴："一池荷花而已，什么秀色不秀色的。你还真以为养了一池塘的国色天香啊？"

江水明似乎想说什么，可想了想笑了笑，什么都没说，离开窗口。不一会儿，就听见他趿拉着大拖鞋噼里啪啦地从楼梯上走下来，然后很有艺术青年气质地往我前面一站："早饭想吃点儿什么？"

我笑："你和葛萧一样，就不会玩点儿高雅装点儿气质，开口就是您吃了吗？您想吃点儿嘛啊？"

江水明一边把沾满油彩的手套往下扯，一边带着坏坏的笑容说："为大事者不拘小节，斤斤计较的人肯定成不了大业。你都说了，那叫玩高雅装气质，只有底气不足自信不够的人才那么干呢。像我和葛萧这种人中龙，像正常人一样说话做事就已经足够迷人了！"

洗漱完毕，恰好外卖送到，我们就在荷塘边就着脉脉荷香吃早饭。早饭照例是江爸教导给江水明的那种风格——不管什么情况、什么心情，你必须让自己吃一顿荤素搭配合理、营养分布均衡、有干有稀有蛋有肉的早餐，除了提供身体必需的能量之外，它还可以让你在享受美味的同时感悟人生。

看着江水明津津有味地吃着我从南京带来的酱鸭掌，我忍不住问："你怎么不问问我来找你干什么呀？"

江水明笑："总之是有事儿，该说的时候，你自己会说的，我问你干吗啊？"

我对主编说，我是要帮她完成那个对"鲜活而另类的人"的采访，事实上，正如主编所明了的那样，这只是一个借口、一个托词。我一向自诩为半个心理专家，但此刻我对我的情感产生了一种无力感、迷茫感。我不清楚我到底该怎样面对对师伟的这段纠缠已久的情感，是该勇往直前、还是该当机立断，抑或是，还是应该像现在这样任它自由蔓延生长。

当我需要一个军师而又需要回避号称爱着师伟的谭晶晶时，擅长情场出奇招、出险招的江水明当然就是我的第一选择。

可葛萧的同行并不在我的预料之内。

我看了看葛萧，他并没有看我，却好像感觉到了什么，说："我去把垃圾丢了。"说着，他把桌子简单收拾一下，就拎着塑料袋出去了。

那扇雕琢着龙凤呈祥图案的白铁院门一关上，我还在想该怎么开口呢，江水明就擦了擦手，笑眯眯地看着我："我想，你大概是遇到感情上的什么问题了吧？"

我梗了一下，看着他："你怎么知道？"

江水明笑着指着我的脸说："你左边脸上写着'怀春'，右边脸上写着'怨妇'。"看我脸上积起薄嗔，他又笑着说，"好了好了，时间宝贵，有话快说。葛萧腿太长了，往返时间要减半的。"

我想了想，说："我喜欢一个人，你也认识的，很多年了……"

江水明打断我："喜欢他一定要让他知道。情感这东西，最让人接受不了的就是两相情愿却死不开口，然后遗憾终生。"

我有些哑然于他的回答迅速，稳了一稳才说："可是，不开口就始终有希望在，开口……我担心会被他拒绝，我担心这段我赖以生存的情感会灰飞烟灭、一去不返。"

江水明忽然笑了，意味深长地拍着我的胳膊说：“相信我，他不会的！”

我盯着他：“你的自信从哪里来？”

江水明笑得又得意又诡异：“总之你相信我就行了，因为……”恰在这时，江水明的手机响了，他就又拍了拍我的胳膊，接通电话，然后嬉笑的表情马上变得正经起来，“田阿姨！”

我这才意识到，从昨天晚上到现在，最该响个不停的葛萧的手机，一直没有响过。

也就是说，从下飞机后，葛萧一直是关机的。这很不像他一贯的作风。

江水明语气时而严肃时而轻松地说：“是的，葛萧在我这里……关机啊？可能是没带充电器，没电了吧？啊？这种事他都做得出来啊？太没礼貌了，太不像话了！早知道他这么让您生气，昨天晚上我肯定让他睡大街！私奔啊？谁啊？啊？”江水明忽然提高了声音的分贝，“葛萧和乔北啊？”

我一口茶都喷在一个大荷叶上。私奔？葛萧和我？这个年代？我们俩？葛萧妈妈的想象力很丰富，但逻辑推理能力实在太吓人了！我瞪着江水明。

江水明的表情并不比我优雅多少，笑忍都忍不住了：“田阿姨，我觉得吧，你想得太严重了。哈哈，葛萧和乔北用得着私奔吗？都这么多年了，要好不早好了吗？还用得着现在私奔啊？”

那边江水明和葛萧妈妈聊着家常，我这边思绪万千。

智者千虑，必有一失。我只想到葛萧的不辞而别会引起轩然大波，却没想到我会引火烧身。联想到从报社大楼下来后，葛萧坚持要走后门，直接避开坐在谭晶晶的车里等他的何晓诗，我突然觉得葛萧的出逃不是一时冲动，绝对是早有计划、蓄谋已久的。而且就像从高中毕业以后那样，每当有人对他想入非非、近在咫尺的时候，他就会拉我当挡箭牌。

只是这次闹到被人怀疑“私奔”的地步，实在是太过分了。何况怀疑者还是葛萧的妈妈。

我正恨得牙痒痒，院门一开，葛萧回来了。江水明一边给他做手势示意他噤声，一边举着手机嗯嗯啊啊、溜溜达达地往屋里走去。葛萧大概猜到电话那端是谁了，静静地站在那里，目送着江水明的背影。

我站在葛萧面前咬牙。

葛萧看着我：“干吗?”

我伸出手：“什么都不许问，什么都不许说。把手机给我!”

于是葛萧就什么也没问，什么也没说，平静地把手机从口袋里掏出来递给我。这就是所谓的死党之间，绝少反抗。

我扫了一眼屏幕，果然是黑屏。我按开机键，屏幕就亮了。根本就不是什么没带充电器、手机没电之类的问题！我举着手机瞪了一眼葛萧，又瞪着手机屏幕。

没几秒钟。未接来电的提示音就叮叮当当地到达了，此起彼伏，连绵不休。

从昨天上午 11 点到现在，不过二十个小时，葛萧的手机上有 76 个来电未接。这些来电未接，有葛萧家的座机号码，有葛萧妈妈的手机号码，有何晓诗的手机号码，还有大连的座机号码。

我把手机塞在葛萧手里：“你怎么解释?你应该还记得，我告诉过你，要好好地对何晓诗。为什么会做出这种类似逃婚的幼稚闹剧?还把我连累其中?”

葛萧看着我，忽然说：“你没注意到吗?这件事，从头到尾都没有人问一问，我心里是怎么想的。”

我有些没听懂，愣愣地看着他。

葛萧苦笑着说：“这件事，大家都忙忙碌碌地调侃着、拥护着、督促着，可是没有一个人问问我是不是愿意。”

我一字一顿：“可是从一开始，你就没有拒绝，所以所有人只能认为你是……乐在其中!”

葛萧苦笑：“我真的没有拒绝过吗?”

我开始回想，我无话可说。是的，葛萧是拒绝的，每时每刻都在拒绝，用各种各样委婉的方式拒绝着。只是，在何晓诗排山倒海、炽热如火的追求面前，这种拒绝就像投入火焰的纸屑，只来得及红光一闪，就死无对证了。

是何晓诗那种无敌的勇气和毅力，让我们在整个事件中陷入了观赏一场好戏的兴奋中，却忽略了一贯有礼有节、不会伤人情感的葛萧处在怎样的境地。

我看着脸上挂满无奈的葛萧，轻轻地说：“对不起，是我们太想促成一段佳话了。”不过，职业敏感性还是让我问出这样一句话，“为什么现在你才选择这样决绝的、任性的拒绝方式?”

葛萧看着我，清澈的眼睛里映着我的倒影。

我正等着他开口说话，江水明已经接完电话走回来，他的表情是那种试图很严肃，但又绷不住，露出一点含义不明的笑嘻嘻：“葛萧，你应该马上走人。我觉得不管是你妈妈还是何晓诗，今天很可能会出现在这里。”

葛萧看了看江水明，又看了看我。

江水明对他挤了挤眼睛：“放心，没问题的，有些话我已经帮你说得很明白了。”

葛萧仿佛下定某种决心一样，点了点头：“那好，我给她们打电话，有些话，我回南京会告诉她们的。”

一念之间，我也下定了某种决心一样，对江水明说：“嗯，我也回南京了，有些话，我也想当面告诉那个人，我只希望他还在南京。”

江水明显得有些吃惊，挠了挠头：“啊?”

我用力地点了点头：“你的话对我很有启发。”我笑着拍了拍他的肩膀，“我就知道，遇到情感上的问题，就应该来咨询你这样的资深情感专家，你肯定会给我力量赐我勇气的。”

江水明有些口吃："我我我……那个那个那个……你就不想想我也可能会摆一个大乌龙啊？"他的目光有些飘忽、视线有些躲闪。我笑："才不会呢，我觉得你是一盏明灯，会给我想要的爱情。"

一直站在旁边静静地看着我们的葛萧忽然说："走吧，现在出发，也许还能赶上中午那班飞机。"

在去机场的大巴上，靠窗而坐的葛萧始终看着外面，那些背道而驰的车辆、那些擦肩而过的树木、那些停滞在远方几乎从来没有移动过的云层和地平线好像对他有着特殊的吸引力，可以让他那样一动不动地凝视。

我递上巴士站赠送的矿泉水，葛萧低低地说了声"谢谢"，但并没有转回过头来。他屏气凝神的状态，一直持续到飞机起飞。之后，他像我来时途中那样，戴上眼罩，陷入安静，睡眠，或是沉思。

一旦下了决心，时间的流逝就让人有一种夹杂着百无聊赖的焦急感。我翻着飞机上读物，那些文字和图片经过我的眼睛，却和我的大脑无缘。我保持着这种无厘头的亢奋感。直到飞机快降落时，我忽然发现刚才发生的事情里有三个不寻常的疑点。

第一，那些来电未接中没有谭晶晶的手机号码。谭晶晶居然对这件事置之不理，这和她之前力挺何晓诗俘获葛萧的态度是多么的违和；

第二，葛萧妈妈都认为葛萧和我私奔了，可他们居然都没有给我打电话，包括处事嚣张且行事主动的何晓诗。是因为已经笃定我就是拐带葛萧的不良少女，还是因为查无实据、不便打草惊蛇？居然没有人找我对口供，真是让人愤然。我这一不小心就"被私奔"了。

第三个问题最为严重，那就是葛萧手机上第一个未接来电出现的时间。那个时间让我想到，葛萧居然不是昨天下午上飞机时才关机的，而是在我们离开报社大楼时。葛萧的逃离果然不是随性而为，果然是早有预谋！

我思绪万千地看了看一动不动的葛萧，想着我这次又和高中时一样，莫名其妙地就被葛萧当成了吸引“敌方”注意力的靶子，于是继续牙痒。

下了飞机，我忽然想起江水明说过的那句“一秒和一光年，时间和距离”的话，觉得此刻想起来更是回味悠长，于是忍不住给他发了一条短信，旧事重提，表扬他的话有种醍醐灌顶的效果。没想到一向容易洋洋自得、看起来一点都不深沉的江水明，回了一句既不是自我膨胀、也不是自我调侃的话：有时候，错过一秒，距离幸福就有一光年那么远！

这个江水明，从来都不会干干脆脆地给别人一个祝福。不过我相信，他不是居心险恶，也不是故弄玄虚，只是信奉节外会生枝、好景不长在。

我笑着回了一条短信：“所以我现在决定，抓住那一秒！”

江水明回短信：“好自为之！”

葛萧打开出租车车门，静静地站在那里看我，就像这么多年的那样。

南京，我回来了！请你告诉我，我和师伟的那一秒在哪里？我觉得我们之间已经相隔的一光年，必须在一秒钟走完！

第九章

爱是一个人的，爱情是两个人的

前段时间有个朋友给我推荐一本书，讲述一个精神病医生记录下他和病人的对话，没有华丽的辞藻，没有繁复的修辞，就是那种一问一答、原汁原味的对话。但读起来很震撼，因为大家都想不到那些被大家认为精神不正常的人，往往会说出一些连自认为精神正常的人都说不出的话，很有哲理、很有智慧。

我也遇到过这种情况，就是在大家印象中本该是弱势群体的人，说出了很切中要害的话。

那是一个婚外情中的女孩子，传统称谓叫插足婚姻的第三者，现在流行的叫法叫小三。

那时候，她身上被泼满了翠绿色的油漆，头发上还挂着丝丝片片的鸡蛋清，却冷静地坐在那里接受电视台记者的采访，旁边是畏畏缩缩的偷腥男人和声嘶力竭的原配。记不清记者问了什么，这女孩子突然看着镜头一字一顿地说："我还是爱这个男人，但我们之间的爱情已经没有了。"说完，她转身冷静地离开了。转身前居然还带一丝笑。

电视台记者很给力地给了她一个远去并淡出画面的长镜头。这算是很华丽、很有尊严的离场了。

那档茶余饭后的节目收视率很高，而这期节目播出时，我正好和差不多整个编辑部的同事坐在大巴里，堵在去江西三清山的路上。同事们多半在叽叽喳喳地愤慨时下人们面对婚姻情感的潦草态度或是指责该小三的嚣张行为，并没有去想那个女孩子所言到底是什么。

我想我听懂了。

她说的是，爱一个人只是自己作出的决定，而两个人之间能不能建立有呼应的情感，是两个人的事情。

那么多年来，我对师伟始终是“爱”，现在，我要问一问，我们之间会不会有“爱情”。

我对着镜子打量自己许久，然后在指尖上点了一点香水，轻轻抚在耳后。

师伟坐在咖啡厅靠窗的位置，手里的一本财经杂志已经翻了一大半，面前的咖啡也已经是续杯。光线虽然不甚明亮，但还是可以看清他微皱的眉、漆黑的眼。

我之所以这样清楚，是因为我站在对面的梧桐树下，一动不动地观察着他。他下了出租车、在厚厚的玻璃楼梯上拾阶而上、选择了靠窗的那个座位、看了看腕上的表、点了一杯咖啡、让服务生取来一本杂志……我什么都看见了，可我不敢过去。

是真的不敢。

有句诗叫“近乡情更怯”，那弥漫在字里行间的“情”与“怯”，那身欲前却担心时过境迁、沧海桑田的心态，那猜测万千却生怕上前验证了最坏的结果的频频蹙眉，绝不是为赋新词就能强说出的愁。

就像此刻。

我的长发柔顺地垂在肩头，穿着那条只为师伟一人准备的绿色小礼服裙，周身漾着那款无数熟女倾情推荐的香氛。我拎着精致可爱的名牌小坤包——包不是重点，重点是包里除了手机、钱包、钥匙和香水口红之外，它的夹层袋里有一个“杜蕾斯”——我认真仔细地打量了一下自己，觉得自己已经全副武装，于是最后数了三个数：“3——2——1！”

然后我钻进一辆路过的出租车，落荒而逃。

谭晶晶穿着真丝睡裙，靠在一大堆枕头上，漫不经心地用指甲锉锉着尖尖的指甲，大大的眼睛时不时瞟一眼缩在沙发里、双手抱紧膝盖、一脸沮丧的我，有一搭没一搭地调侃我："稀客啊，自从你和葛萧私奔以后……"

我没好气地顺手就把坤包砸过去，谭晶晶灵敏地躲开，哈哈大笑着说："不至于嘛！作为闺蜜，开个玩笑，你该不会就想杀人灭口吧？难不成你想谋财害命？"看我继续瞪她，一点儿笑的意思都没有，她才强忍住笑，"到底怎么了？晚上你可是很少去别人家的！"

我哀叹一声，把头深深地埋在膝盖上："别问了，我觉得我好失败啊！"

谭晶晶把指甲锉丢到我身上："我最恨婆婆妈妈、欲盖弥彰的人。别让我问第二次，想说什么就说！不说的话就熄灯睡觉，明天我还要主持一个重要的发布会呢！"

我抬起头，还没来得及说话，就看见谭晶晶拿起我的小坤包往外倒东西。她边倒边说："反正主人的秘密包包是最清楚的，你不说，我问它就是了！"我连反对的声音都来不及发出，包里的东西就一样接一样地掉在她的床上。

名牌包的夹袋也是靠不住的。那薄薄的小包装袋儿瞬间就点亮了谭晶晶眼睛。

"哈！"谭晶晶指着我，"从实招来！"

我还没来得及说话，手机忽然响了，我的心差点儿跳出来。师伟！谭晶晶也喜欢师伟！用不着我说什么，心思敏捷、聪颖且狡黠的谭晶晶，只要看到手机上显示的名字，一切就都明了了。

来不及了！来不及阻挡了！谭晶晶拿起手机，看着屏幕上显示的名字，然后按了接听键："喂？"我的心，瞬间如石沉大海，该怎么解释，我对同样爱着师伟的闺蜜谭晶晶，隐瞒了十几年的情敌身份！

我紧盯着谭晶晶的嘴唇，大脑已经一片空白。幸好她叫出的是另一个名字：“何晓诗！”我才放松下来。

何晓诗当然是无事不登三宝殿，更不是深夜无事打我的电话消遣，她说的事当然和葛萧有关。

不过因为是谭晶晶接了电话，这种情况显然出乎何晓诗的意料、乱了何晓诗的阵脚。她随便支吾几句就挂了电话。

谭晶晶挂了电话，说：“何晓诗在你家楼下呢！”她把我的手机丢在床上那堆东西里，重新懒洋洋地陷在枕头堆里，开始笑着例行调侃，“本来是大婆来找外室的麻烦，可刚才电话里一听那种措辞，倒像不懂事儿的小三上门骚扰呢！”

我的心思全在“暗恋师伟的事没有穿帮”上，根本没注意到当前的形势，也没听清谭晶晶在说什么，自顾自地悠长地舒了一口气：“还好，还好。”

谭晶晶猛然从枕头堆里弹射出来，凑近我的脸：“你是庆幸此刻没有被何晓诗逮个正着，还是庆幸何晓诗段位不高、你还有希望把葛萧抢回来？要是后面那一条，我帮你灭了那个小妖精。”

我还是没反应过来，没有明确回答她的问题，反倒阴差阳错地问了一句：“你不是一直力挺何晓诗俘获葛萧吗？”

谭晶晶坏笑：“居然没有反驳我的问题，看来你果然对葛萧暗涌春潮了。”她摸出一支烟，慢悠悠地翻看手机通讯簿，“唔，我想想该用怎样的语气通知葛萧……”

我扑上去，谭晶晶边躲边笑：“呵呵，姑奶奶最喜欢看气急败坏、又羞又恼的女孩子了。”

我啐她：“呸，死变态。”

谭晶晶这才大笑着放下电话：“好了，好了，我道歉，你和葛萧没有奸情！睡吧，睡吧！”

谭晶晶早起外出时，她以为我还没醒，轻手轻脚地洗漱完，然后拎着高跟鞋出去了。

我安静地躺在清晨淡淡的光晕里，闭着眼睛，一动不动，呼吸平缓。

爱一个人是怎样难抑的敏感和隐秘的细腻，爱过的人都知道。他的一个眼神可以定格成最隽永的画面，他的一个笑容可以篆刻为最震撼的雕塑，他的呼吸、他的味道……都可以珍藏于时间的壁龛，伴随到生命衰退的最后一刻。

爱是人类最普遍的情感，它对任何人都毫无神秘可言。

而爱情，我从不相信有太多的人了解爱情。

是的，你爱过，你和爱你的人、你和你爱的人、你和与你相爱的人都曾经爱过，可是，爱情并不是谁付出了、谁得到了这么简单的过程。它是一种平衡，是一种付出与得到的平衡，是一种两份爱同时产生在各自内心、同时到达彼此面前、同时决定与时光相抗衡的许诺。

我瞬间想到，也许是我把爱情定义得遥不可及，所以注定我对师伟的爱无处安身。

这种想法让我浑身没有力气，在濒临迟到的边缘，我才摇晃着走出电梯，出现在报社的门口。前台的小妹妹笑容甜甜地说："乔姐，会客厅有客人等你。"哦？我下意识地笑了笑，边往办公室一角的会客厅走边掏出手机查备忘录，发现今天没有预约。

我推开门，微笑："你好，我是乔北。"门口正对着阳光透进的窗子，我睁不开眼睛。

几乎就在那一瞬间，我渴望师伟就那样站在我的面前，叫我"乔北"。那两个被那么多人叫惯了的字，就会如同天籁响在我的耳侧，扑簌簌地旋转出无数粉晶色的樱花，我的世界从此色彩斑斓、香花宝烛。

当然没有，当然不是。高傲如师伟，冷酷如师伟，他连一个询问的电话也不肯打。他终究是彼岸的玉树，碰触不得。

乏善可陈的清晨，突如其来的访客，效率低下的一天毫无悬念，我失神、发呆，漫不经心地出错，然后更加漫不经心地纠正错误。还有一分钟到下班时，手机响起，我懒懒地将电话举在耳边："喂？"

"你欠我一个解释。"那个男中音淡淡地响在我的耳畔。不容我惊喜、不容我热泪盈眶，师伟在那侧淡淡地说，"我在你单位楼下。"

我愣愣地坐在那里，克制了许久，才慢慢地收拾东西，慢慢地走进电梯。

师伟静静地站在那棵茂盛得枝丫低垂的梧桐树下，漆黑的眼睛望向我。他的声音平静，如初秋的天空："乔北，昨天我等了你 4 个小时。"

我也静静地看着他，并没有解释。可我知道，他知道我想说什么。

"师伟，半生我等了你 12 年。"

很沉默的晚餐时光。好在寿司的味道相当正宗。

喜欢吃日式料理的男人并不多，然而师伟选择来吃日式料理，我并不感到意外——没有杯盘交错的热闹，没有酒肉杂陈的繁复，彼此分明，简单克制，这就是师伟一贯的作风。这也符合江爸"从饮食之道读人读心"的理论。

师伟盘腿坐在我的对面，看着我。他的瞳仁如幽深的湖水，我的倒影清清楚楚，就像他不问问题，也洞悉我的内心。他了解我约他的冲动，了解我最终没去的胆怯——没有我的一字解释，却一览无余。

侍应生撤走杯盘，换上新冲泡的大麦茶，退出去，轻轻地关上绘满浮世绘的拉门。

这个空间只剩下我和他。我小心地压制着自己的情绪，连呼吸都变得轻轻重重、断断续续。

"乔北。"师伟低低地唤了一声。

我的手微微地抖了一下，把目光从掌心的茶杯上挪开，猝然撞上了他的视线。

"乔北，"师伟平静地问，"你能不能告诉我，什么是爱？"

其实，师伟并不是没有恋爱过。

师伟以为恋爱会像很多人形容的那样，时时刻刻、激情四溢，可是没有。

谭晶晶曾在樱花树下见过的那个女孩，是师伟的初恋女友，但也是他迄今为止唯一一个女友。他们离校、创业、布置新房，就像大多情侣一样，直到那个女孩流着泪和他分手。她的泪奔流而下，声音却异常清冷："师伟，你没有爱过我，从来没有！"

师伟以为失恋会像很多人形容的那样，寝食难安、肝肠寸断，可是也没有。

他只是在处理公司事务时，不再习惯地说"这件事去问华小姐"，晚饭时独自一个人。他觉得生活缺少了什么，但那种缺少并无不可。

再之后，就是稳定的性伴侣，对方无意于女友或是妻子的身份，师伟也无意于给。

然而在这么多年后，师伟忽然想知道，什么是爱。

我看着朝思暮想的师伟缓缓地说出很多过往，就像这些过往与他毫无关系。虽然他态度平和、坦然，可我突然有些心疼。

我压抑着，带着最后一丝理智，清醒地问他："可是，你为什么要对我说这些？"

师伟说："我想让你教给我，什么是爱。"

最后一丝理智，轰然倒地。

喜悦来得太快太多，我反而不知道怎样表达，反而会异常平静。

就像无数次想象过的那样，师伟在背后拥着我，下颌放在我的肩上，鼻息轻柔地触碰在我的耳后。他低低地说"乔北，乔北"。

正是雷雨酝酿的深夜，江边的风滚滚而过，我的长发丝丝缕缕地在风中飞舞，婉转如歌。

深爱的、从未遗忘过的那个男子，在我的身后，拥着我。

一遇周郎，再无东吴。

我转身，埋进师伟的怀中，脸贴着他的胸膛，数着他的心跳。

许久许久，师伟说："那天晚上第一次给你打电话时，我就想问你可不可以教我。你说，你就要结婚了。"

他说的是我们在抚顺与杜宇吃饭的那次。我抬头看着他的眼睛："我骗你的。"

师伟并没有问"为什么"，他早就知道我在骗他，也早就知道了为什么，否则，他不会再打电话给我。他继续说："那个凌晨打电话告诉你我回到南京，就是想让你回来，想当面说出这件事。"

我看着他挺拔的鼻梁轮廓："可是，你并没有说。"

师伟的眉头微微皱了一下，似乎并不愿提及。我旋即想到，那天返回南京的葛萧给我打了个电话，师伟的话头就此岔过。

"是因为葛……"

下面的话再无法说出，师伟的唇已然印在我的唇上。

我以为我会矜持地与师伟保持距离，不会对师伟渴望纠葛……可那只是因为我暗下决心时，师伟都不在身侧。当他的唇、他的齿、他的舌，开始霸道地攻城略地，我唯有柔软如五月的蒲草，簌簌恓恓，唯唯诺诺。

师伟忽然停下来，托着我的脸，凝视我泛着泪水的眼睛："乔北，你爱我？"

我神情迷离，视线朦胧，胸脯起伏："是的。"是，一直都是。抵抗什么？执拗什么？让我就此沉沦下去好了。

然而师伟皱起眉："我不要这些生理上的反应，教我爱，什么是爱、该怎么表达。"

我怔怔地看着他，不明白能给出那样炽热如火的吻的师伟，为什么会说出冰冷如斯的话。可我来不及思考，也不想分辨，我只看到我痴心所爱的人，不快乐。

纵使扑进漫天烽火，飞蛾也有飞蛾的快乐。

我说："好。"

随时注意我的情绪与需求、有求必应……其实师伟的细节无可挑剔，绅士而体贴，从容而得体，一切都是最佳男友或是最佳老公的表现。

可是，没有温度。

就算是痴迷于他的每一个动作、每一个表情的我，也能感觉到那种冰冷的距离感。

但，管它呢。他在身边，睁眼可见、触手可及，足够了。

我迷恋地看着他漆黑的眼睛，正想说话，门铃忽然响了。

如此夜半，不期而至，只能是谭晶晶。醉酒或是想念我。

我心里一紧，条件反射般地推开师伟。虽然我们只是拥吻，我们衣冠楚楚，可我有种被捉奸在床的惶惑。我甚至看了一眼衣橱的门。

师伟看着我惴惴躲闪的眼神，眸子里冷冷地问："是……他?"

他？他是谁?

来不及想了，门铃顽固地响着。

我咬着唇，咬到没了血色，才挪到门口，也没问是谁，就拉开了门。

浑身酒气的何晓诗靠在门上，门一开她就跌进我的怀里。

不是那个笑靥如花的何晓诗了。她软软的身体偎在我怀中，抱着我的脖子啜泣："乔北姐姐，你帮帮我呀，我找不到葛萧了，他也不接我的电话，我联系不到他了。"她穿着一件水粉色的短旗袍，衬得一身肌肤胜似新雪。那双水汪汪的眼睛泛着微微的红，惹人怜爱。

我愣了："葛萧啊？前天从江水明那里回来我就没见过他……"

何晓诗憨态可掬地娇嗔薄怒："我不管……他和你在一起以后，就不理我了……你要把他还给我！"这时，她才隔着飞舞的窗纱，看到师伟站在阳台上看下面夜景的背影。她跌跌撞撞地跑过去，"葛萧，你不要不理我！"她扑过去抱住师伟，"葛萧哥哥……"

师伟淡淡地看着何晓诗，直到她缓缓地放手，退却，不知所措。

何晓诗躲在我的背后，偷偷地看着师伟，泪水和嗔怪一起不知所踪，她低低地说："我，我，我只是想找葛萧……"

我无奈地说："我真的不知道葛萧在哪里，他没有联系我。"

师伟走到沙发前，拿起我的手机，按了几个键，似乎在查询号码，而后，他按了免提键。张信哲缓慢清亮的声线水样流淌："总是在这样的夜晚，陪你散步到天亮……"是葛萧手机里多少年未曾变过的彩铃音。

歌声唱了一个段落又一个段落，最后变成"滴滴"的无人应答。

师伟看着我，再次拨出。

这一次，葛萧低沉而疲惫的声音传出："丫头……"

师伟把免提模式转换成手机通话，将手机放在我的耳边。我不明白他的意思，却看见何晓诗半是欣喜半是哀求地看着我，亮晶晶的眼睛可怜巴巴地盯着我。我何曾有过这样对爱情的执着和勇气呢？我突然就心软了。

我问："你在南京吗？"

葛萧犹豫一下，才轻轻地说："在。"

我说："现在来我家一趟，好吗？"

葛萧没有声响，然后轻轻地说："好。"

何晓诗见我挂了电话，不喜反嗔："葛萧不接我的电话，却接你的电话；他不肯见我，却愿意半夜跑到你家来……你怎么解释？乔北姐姐，你要给我一个合理的解释。"

师伟看着何晓诗，说："适可而止。"说完，他对我说，"我明天早上给你打电话。"不等我同意或是挽留，他已经开门出去了。

待我梦醒般意识到一个浪漫开端、惊喜连连的夜晚就这样夭折时，何晓诗已经乖乖地坐在沙发上了，她的眼神清澈极了，黑白分明的眼睛眨呀眨，甜甜的笑脸又回来了："乔北姐姐，谢谢你帮我找到他。"

她何曾醉过？那不过是消除与我这个"私奔的情敌"之间的尴尬的最佳掩饰。狡黠可爱的何晓诗，真的醉了，恐怕也比寻常女子多几个心眼儿。

我手扶着额头，轻叹一声。眼明心亮的何晓诗就抱着我的胳膊开始娇憨地讨巧：“对不起啦，乔北姐姐，是我打扰你和他……”她忽又轻吐一下舌尖，“感觉他好冷啊，从骨子里透出来的冷。”

师伟是冷的。再没有人能比我更深地体会到这一点。师伟的冷是有震慑力的，他多年前就用只言片语瓦解了我的坚韧，让我更换着男友，却在情感上行尸走肉。

何晓诗没有打扰犹自沉思的我，自顾自地玩着手机里的游戏。她这样初春绽放的年纪，对太多的事情都有着以静制动的自信和底气。

没过太久，门上传来轻轻的敲门声。我刚要起身，何晓诗已经翩然蝶迁地飞到门前，手起门开，粉红色的一团影雪样水样、紧紧地黏在来人的身上，又喜又泣、婉转可人：“葛萧哥哥……”

我略微踌躇，不知该不该走过去。许久没有听见葛萧的声音，我才站起来走过去。

葛萧脸色略有苍白地僵硬在门廊，一向明亮的大眼睛里居然有丝缕落寞的灰，他好像完全没有看到何晓诗，而是怔怔地看着我，不发一词。

不知为什么，我有些心虚，尴尬地笑了笑：“晓诗要找你，所以……”

葛萧的嗓音微微有些沙哑：“你还有事情对我说吗？”

我莫名其妙地看着他，想了想，肯定地说，“没有了。”

葛萧嘴角轻轻牵扯，呈现出似笑非笑的表情，而后，他轻轻地把何晓诗从怀中推出来，盯着她，温和地问：“你真的准备好了，和我在一起吗？”在看到何晓诗急切而坚定地点头后，他漆黑如星的眸子里闪过一丝温柔，说，“你等等。”

葛萧走到我的身边，看着我，然后轻轻地抱住我。许久，他低低地说：“再见，乔北。”说完，他松开手臂，再没有看我，走到何晓诗身旁，牵起她的手，“走吧。”

何晓诗疑惑地看着葛萧，又回头看看有些惊讶的我，脸上忽然浮现出轻松而欢喜的笑："嗯。"

我关门时，他们已经进入电梯。走廊里空无一人，仿佛没人来过。

我正在愣神，眼前一黑——感应灯灭了。

第二天，到了报社门口，师伟说："晚上我来接你下班。"说完，他转身离开，很快消失在梧桐树的延伸线上。

有他陪在我身侧，哪怕只是沿着梧桐树的树荫一路默默走着，我的心里也透着阳光斑驳的闪亮。我看着他离去的方向，微笑了一会儿，转身要进院子，却被身后的人吓了一跳。

主编拿着一盒牛奶眯起眼睛看我："你明明知道他不爱你，还在这里傻笑?"

是的，师伟没有像葛萧一样站在那里目送我走进办公楼，没有像"历任男友"那样频频回头。他并不爱我。可这不正是他要我教给他的吗？我送给主编一个璀璨的笑容："他会爱我的。"

主编撇了撇嘴："放弃了前面那个堪称顶级精品的帅哥，是因为自己不自信吗?"

我学着她的样子也撇了撇嘴："从来没有拥有过，谈什么放弃?"

主编笑了："那个帅哥是你盘子里再可口不过的菜。"

我也笑了，指着师伟消失的方向说："他才是我的菜。"

主编意味深长："小心食物中毒。"

日子如行云流水，梧桐枝繁叶茂，我心里爱情生机勃勃。

否极泰来是生命轮回的规律，正如我这么多年的饱受煎熬峰回路转成此刻的尽情舒展。

小柳在电话里唠叨着诧异："谭晶晶繁忙季不联络我纯属正常，你最近怎么也不打电话不上网?"

彼时，我正带着一脸满足的笑容，靠在厨房的门上看师伟切着菜蔬，于是漫不经心地笑着说：“嗯。”

小柳笑起来，大叫：“乔北，你恋爱了。”

只要有幸福的感觉，甜蜜可以随处蔓延。我忍不住笑了：“嗯。”

师伟并没有回头，一边整理着西兰花一边问：“小柳吧？”

那端的小柳忽然压低嗓音，却仍然失声而出：“师伟？”那一把悦耳的男中音辨识度实在太高了，哪怕是过了这么多年。不等我说话，小柳已经提高声音，“你在和师伟谈恋爱?！乔北，你有没有想过谭晶晶有什么感受?！”

我的心沉入海水，腥咸、冰冷，泡沫翻腾。我对大家、对谭晶晶隐瞒了我对师伟的暗恋，却没意识到，在师伟从天而降时，该去隐瞒我的幸福。

我不知该如何是好。

小柳愤愤然：“乔北，请你马上给谭晶晶打电话，把这件事告诉她，否则你这就是对友谊的背叛。”

我试图解释：“可是……”

小柳叫：“没有可是，你别无选择。”电话就此挂断。

否极泰来的泰能持续多久呢？我已然乐极生悲。我捏着手机不知所措，不知怎样告诉谭晶晶。她一直矢志不渝地思念着此时在我身侧的师伟。

师伟放下薄长的日式菜刀，依然没有转过头来。他一边慢慢地用毛巾擦着手，一边说：“小柳说得对，如果你还把谭晶晶当做朋友，应该给她打电话。只是——”说着，他才缓缓转身，平静地说，“其实打不打这个电话，对谭晶晶都没有什么效果。”

师伟是在说，我注定要失去谭晶晶这个朋友？这个认识我十几年、几乎是长在生命中的朋友？我的视线瞬间就漂移失焦，握着手机的手哆里哆嗦。

师伟看着我手足无措的狼狈相，慢慢地说：“放松，乔北，不是你想的那样。”他继续说，“你应该还记得，有一天中午你和葛萧去一家西餐厅，你们在窗外看到我和谭晶晶在一起，然后你立刻逃之夭夭。对吧？”

我当然记得那天。

我还记得我拉着葛萧一路狂奔，伤心地蹲坐在街边哭泣，葛萧耐心地陪伴我，我的许多同事对葛萧露出了倾慕的眼神，葛萧拎着东西在我家楼下等我，目光温柔。

师伟说：“那天，是我主动约谭晶晶出来吃饭，我和她说了同样的事情，她拒绝了。”

同样的事情？

师伟看着我疑惑的表情，平静地说：“教我学习爱，她拒绝了。”

这句话让我忘了时下的情形，陷入更无边界的迷惑。

谭晶晶喜欢师伟，这是印在无数同学校友甚至老师脑海中的事实，真理一般的存在。从豆蔻年华到青春飞扬，从懵懂少女到耀眼女神，谭晶晶无时无刻不在宣扬“我爱师伟，我要把师伟搞到手”。这种表达是纯粹发自内心和出于本能的，她的真挚炽热不容怀疑，可越是这样就越是让人不解，她为什么要拒绝师伟？

职业敏感性迅速将我抽离迷惑，盯着师伟的眼睛：“她拒绝的理由是什么？”

师伟说：“谭晶晶说，她只是‘准备去爱’，这种状态很狂热，但绝对还不到达‘去爱’的燃点。她拒绝得干脆利落、不容置疑，就像她一贯的风格，就像高三的那个夜里，我在路灯下对你说的那样，她不是喜欢一个人，她只是喜欢‘喜欢一个人’的感觉。”

是的，17 岁的师伟曾经在 16 岁的乔北面前说过。岁月兜兜转转，预言终于兑现。

“不过——”师伟嘴角轻轻地扯了个几乎看不见的幅度，仿佛在微笑，但瞬间就消失了，“就是因为预料到她肯定会拒绝，我才会对她说。”他看着我，“虽然你和谭晶晶是十几年的死党，但是，我比你更了解她。她的占有欲和征服欲强大到可怕，就算她不会去做的事情，你也必须把选择权给她。只有她拒绝了，才不会燃起征服的火焰。”

我很不适应有人在我面前说谭晶晶的负面，哪怕这个人是师伟。我正想为谭晶晶辩解几句，师伟便说：“更重要的是，只有她拒绝了，才不会让你为难。”

师伟是在为我着想吗？

这是我这辈子听过的最动听的情话。

是的，它告诉我，一个人的爱，因为坚持得够久，就有可能会变成两个人的爱情。

我是幸运儿，我等到了。

我在师伟的视线中瑟瑟发抖，慢慢地走近他，眼神模糊、嘴唇干涩。我想把自己融化在他的怀抱中，彻底地。可就在这时，师伟转身，继续切着那些清洁整齐的蔬菜，只留给我一个背影。

就像之前那么多次一样，他不动声色地回避了我的沾火即燃。

我真的是幸运儿？我真的等到了吗？

第十章

如果是真的

10 月 20 日深夜，一个从读者变成朋友的女孩子泪流满面地给我打电话，说她刚才梦见了一个曾经短暂爱过的少年。她的记忆还停留在许多年前，个子高高的他素描画得很棒，笑起来会露出洁白整齐的牙齿，右嘴角有一个浅浅的酒窝。他叫小白。她梦见有人告诉她，小白已经成为插画家，就住在南京近郊的镇子里。她得到了小白的手机号码打过去，的确是他的声音。她问他为什么来南京却不联系她，他闪烁其词，对自己是否真的在南京绝口不提。

她哭着问我，她是不是应该联络小白，他是不是出了意外。

我没有回答，单刀直入地问她："你最近是不是过得不好?"

她短暂地沉默了一下，忽然大哭起来。

如果一个人是幸福的、满足的，哪会有时间惦念旧情人?

与其说那是怀旧或者怀念，还不如说在追忆往昔的情绪中，为今时的自己感伤。

不知道她会不会去找小白，我希望不会。

我很担心那个与我素昧平生的小白为她而感动，甚至为她改变已经安定的生活。

最不值得的，就是为旧情人的眼泪而感动。因为，那种眼泪分明是为她自己流的。

并不是每个人都知道这个道理。很多人不懂那种眼泪背后的自私。

就像她这样。

他曾经活在你的生命里，那就让他留在过去的时光里，任由岁月将他封印成册。

这才是对一段情感最真挚的缅怀。

挂了电话，我也没了睡意。我披上衣衫，蜷坐在沙发上，端着一杯红酒，神情恍惚，想起她提到的那个镇子。我曾去过那里，那个粉墙黛瓦、溪水环绕、每到春天就姹紫嫣红成人间仙境的镇子。

那里是杜宇的老家。

江南小镇那种恬静的好，不是走马观花就能体会的。

桃红柳绿，这看似最普通最俗气的两种颜色，只有身在江南，才能领略其中魔幻的美，才会知道那是怎样的层次分明、千变万化。从初春的鲜嫩到暮春的风情，单是红绿两色已经是炫目迷人，单是看桃和水柳就已经引人流连，何况，五光十色、花团锦簇？

高二那年春天，原本我们是随着学校的春游队伍一起到这里的，可一天玩下来，湖光山色看不足，谭晶晶就起了留宿的心。于是，她谎称要去走亲戚，带队老师见是我们一干人，其中又有最让老师放心的优等生葛萧，也就同意了。

历代先贤最钟爱的居住环境，大概就是住在山下池塘边，傍几丛幽深竹林，门前三两株桃杏，房前篱外点点菊花，周遭稻田声声蛙鸣，自家廊上卧一条忠心耿耿的黄狗，再加上一群肥硕贪食的鸡鸭。

这里便是如此。

我们着迷般地沿着青苔湿滑的石阶路四处游走，时不时与插秧归来的农夫擦肩而过。清新的泥土芳香铺天盖地，醉人的景色此起彼伏。我们完全忽略了天近黄昏。

等到晚饭时分，家家燃起稻草木柴，我们才从迷醉的恍惚中清醒过来。

江水明翻着书包说：“糟了，连个咸鸭蛋都没剩，待会儿我们非要饿肚子不可。”

谭晶晶瞪着他说：“比起吃饭，我们还是先想想住在哪里好了。”

江水明张大嘴巴，傻傻地看着谭晶晶：“不是住你亲戚家吗？”

我们都被他的话震住了。小柳说：“带队老师都没信，你还信了啊？在这里谭晶晶要真有亲戚，还会对这里这么着迷吗？”

葛萧站在一旁，边听小柳和谭晶晶取笑江水明，边打量着周遭，然后指着远处说：“那个人，是不是杜宇？”

昏暗的光线中，只有视力超群的葛萧，才能看清远处的人影。

我们只能看到遮蔽着一层雾气的附近，而黑暗正茫茫漠漠地从田野上升腾。过了一会儿，借着朦胧的天霭，我们才看到，白墙高耸的狭窄弄堂中，一个女孩子正从远远的影影绰绰变成清晰的近像。

谭晶晶说：“哇，好像女鬼或是灵狐现身。”

明媚如春天的眉眼，恬淡如春风的神情，柔润如春雨般的微笑。

杜宇。

当时杜宇请假给父亲料理丧事，已经在镇子里住了很多天，应该不知道学校安排的春游计划。可她看见我们，并没有一丝一毫的惊讶，脸上带着与她年龄、当时的情境很不相符的淡然——看破一切的淡然。

她带我们去她家。

一路上，村民看见杜宇，都先是吓一跳，似乎想躲开，然后飞快地想一想，脸上忽然就堆起虚假却浓烈的笑，进而殷切地招呼她：“到我家吃饭去吧？”接着，他们目光就翻来覆去地打量江水明和葛萧，又问，“雪峰回北京了？”

那时我们并不知道杜宇的青梅竹马——冯雪峰的存在，只觉得他们对杜宇的态度很奇特，忌讳，回避，巴结，又有种不怀好意的试探。

杜宇只对他们微笑，却一言不发。

杜家的院子干净整洁，空无一人——父亲去世后，她的兄嫂已经搬到新宅居住了。偌大的旧居，只剩下杜宇自己。

她微笑淡然地准备晚饭，一个房间一个房间地给我们准备寝具，看不出任何丧父的悲伤。以至于我们忘记问，她刚刚经历了什么。

吃饭很慢的我喝鱼汤时，他们的晚餐已经结束了。江水明和葛萧开始整理厨房，谭晶晶对小柳绘声绘色地讲了她约师伟看电影、被班主任截获纸条的故事，又说师伟考了第一名、校长带他去南方旅行了。我无意中一瞥，就看见杜宇安静地坐在江水明制造的阴影里，收敛了笑容。

那一刻的她，脸上有淡淡的哀伤。那时我就觉得，那才是她最真实的表情。

可是江水明走开时，杜宇的脸上，再次挂上平和的微笑。

当时的我，并没有意识到，我错过了怎样的秘密。

对我而言，那只是一次完美的友谊之旅。

10 月 22 日，在报社的临时宿舍午睡时，我复制了那个女孩的梦，梦见属于我自己的梦。

梦中的场景是高中校园，我变成了一个画漫画的女孩。师伟握着我的手，手心温暖，我的心就有了鹿撞的雀跃和欣喜。我在教室的黑板上画满了各种各样的人物，还有密密麻麻的分镜头。我突然对其中一个形象着了迷，说要记录她。师伟高高地抱起我，让端着相机的我可以平视那个形象。我和他都笑着，可等我拍完照要下来的时候，忽然发现，抱着我的不是师伟，是葛萧。

我疯了一样挣脱他的怀抱，哭着问："师伟呢？师伟到哪里去了？你还我师伟！"

葛萧就那样一言不发地站在那里，好像感觉不到我的存在。

在哭泣中，我醒了。我摸一摸湿透的枕头，觉得莫名其妙，也觉得有点好笑。

以前，被暗恋师伟折磨得身心俱伤的我，这样哭醒是再正常不过的事情，可现在，师伟已经是我的男友，我还哭什么呢？

看看时间，距离我上床还不到半个小时。可能最近太累了吧。我这样解释着，准备重新入睡。

可我突然想起，自从那次葛萧带着何晓诗离开我家，已经很久没有死党们的消息了。

在那次责问的电话后不久，小柳又给我打了一次电话。她没有说她是不是给谭晶晶打电话了，也没有问我是不是给谭晶晶打电话了。她没有提和师伟有关的事，只是告诉我，她已经怀孕很久了，准备安心养胎，可能最近一段时间不会和我们联系了。

我恭喜她，她并没有很兴奋，大概是没有等到我的坦白，还在生我的气，匆匆忙忙就挂了电话。

谭晶晶大概是在忙。另外，我想，就算她自己拒绝了师伟，可我还是猜不到当她发现我和师伟在一起时会是什么样的态度。在这种矛盾心理中，她不联络我，我也没有底气联络她。

江水明应该还在埋头作画，就像当时坚决不跟江爸画画、非要学广告不可，他一贯认准一条路就会走到黑的性格，肯定已经让他人在天上，不知人间几何。

葛萧。

我彻底不想睡了，索性翻身坐起，看着窗外初秋微黄的银杏叶，开始发呆。

真的就像谭晶晶预言的那样，当他有了何晓诗后，就会远离我们这些朋友吗？

其实，一切是早有征兆的。

从一开始，何晓诗就把谭晶晶当成了她的假想敌，跟着又把我当成了和葛萧私奔的对象。这样想来，她不喜欢我们，也在情理之中。我们总不能让葛萧左右为难。

我劝慰了自己几句，就整理好衣服，到楼上上班去了。

昏天黑地地赶稿，临到下班，我走出报社大楼，才发现大雨倾盆。

师伟没来接我，我以为他有事外出了。好在离家不远，我就不管不顾地一路狂奔。等我浑身湿透推开家门时，却看见师伟正坐在沙发上吃外卖。看到我的狼狈相，他走到我的旁边：“雨这么大，我以为你不会回来吃晚饭。”他没有任何要帮我打理的意思。

我一动不动地愣在门口，眼圈有些微红。

他说：“如果你不想吃外卖的话，我可以下厨。”

我扯过一条毛巾擦着头发，委屈地说：“不是吃什么的问题……这么大的雨，你为什么不去接我？”

师伟看着我，语调平稳：“你并没有给我打电话。”

我说：“为什么看见我淋雨，你也没有感觉？”

师伟皱了皱眉，说：“这就是我觉得不可思议的地方。你为什么要把自己弄得这么狼狈？你可以打车，或者，你还可以去超市买把伞，再走路回来。”

从头到尾，师伟的表情理智而平静——他根本不知道我的委屈从何而来。

看着他对我的委屈无知无觉的目光，我忽然意识到，他之所以和我在一起，就是因为他对这一切没有基本的感知。

我停下擦拭头发的手，捧着他的脸，就像过去那么多天一样，我的目光充满了温柔。

我说：“师伟，爱的学习第十七课。”

繁体字变成简体字，对很多人来说，都使书写和阅读更加便利流畅。

但只有一个字，我始终无法理解它为什么要使用简体字版，这个字就是爱。

比起淡薄的“爱”，繁体的“愛”显得那样内容丰富，寓意深刻。

爱，是不能被简化的。

而且，爱，是要始终放一颗“心”在中央的。

在爱中，一个人是不是用心，另一个人能感觉出来的。

他（她）可能说不出她（他）有什么事情做错了，但总会感觉得到，对方是诚心实意，还是漫不经心。

师伟若有所悟："也就是说，为了让对方感觉到爱，就需要去做一些本来可以不做的事情？"

我轻轻摇了摇头，咬了咬指尖："哦，应该是，你根本没有'可以不做'的想法，你必须把和对方有关的所有事情，都天经地义地认为，那是你命里注定必须要做的事情。"

师伟的眉头忽然舒展开来，陷入了某种回忆："是的，我曾经有过这种感觉。"

他喃喃地说："原来，那的确是爱。"

曾经有过？

我的心刺痛了一下，整个人清醒过来。

师伟是来学习爱的，他早就开宗明义，没有常驻的打算，可我在转眼间就物我两忘，沉迷其中。

曾看过一个访谈节目，一个烟视媚行的大明星，这样描述她刚入行时拍戏后的心情："杀青了，剧组的人相互告别，大家都说彼此以后多联络。然后呢？"她回忆般地思考着，笑容清冷无奈，"再没有一个电话。"

年轻时，她看到的是人情冷暖。很多年后，却在一个华人影帝那里得到了答案。

风靡一个时代的大哥说："在剧里，他们是你的朋友、你的家人、你的爱人，要放下，好难。可是要放下啊，自己还有生活的。你问怎么办？只有不联络！"

入戏太深，一旦曲终人散，才明了万般情思皆付东流水，也就只有疯魔才能成活了。

正是"做戏认不得真"的大忌。

人生如是。浮生如斯。

沐浴时，我把水流放得大大的。在轰隆的水声中，我坐在浴缸边上小声地哭泣。

直到这时，我才清醒地意识到，此刻的我，在与师伟的关系中所扮演的角色。

就算是爱的练习，也有很多种练习的结果。最让我期待的，就是师伟在练习中真的爱上了我，最后留下来。然而，今天他脱口而出的话，扼死了包括这种可能在内的无数种可能，只留下了一个真相，那就是，他是在为他爱上的某个女人，做着这种练习。他绝无留在我身边的可能。

师伟除了询问有关爱的种种之外，仅有克制的拥吻，一切终于有了答案。

心累最伤人。可能只有几分钟，我已经哭得很累。我无助地抬起头，想看看自己的模样。可腾起的蒸汽把镜子遮得严严实实，我伸出手，清理出一小块空间，与自己对视着。

眼睛有点红，神情有些委顿，但，这些小细节，就算师伟看到了，也不会问及。以前，或许我还会以为这种不问及只是因为他不够细心，现在我已经知道，那不是不够细心，只是不够在乎。

我问自己，乔北，师伟只是为了另一个女人而在你身边短暂驻足，你会不会介意呢？

乔北轻轻整理一下耳边的碎发，笑了笑，眼睛里充满了平静。她摇了摇头。

只要师伟的呼吸和气息在身边在耳侧，还奢求什么呢？

于是，我揉了一下脸颊放松表情，然后面带微笑地打开浴室的门：“师伟。”

房间里无人来过般的整洁，安静到听得见窗外雨打梧桐的节奏。

师伟已经走了。

连克制的拥吻和礼貌的告别也没有。

真的，我连实习女友都算不上。我真的只是教授他爱的课程的老师。

我抱着柔弱的肩，慢慢地走到白纱遮蔽的阳台上，拉开窗。带着台风尾声、夹着凉意的狂虐秋雨溅在我的脸上，就像我已经流不出来的眼泪。

对面那个停工很久的工地已经重新开工了，曾经堆满建筑垃圾的地面变成了深陷进去的大洞，像一张惊讶的“O”形大嘴。

就那样，我像伏在窗台上等候妈妈的小女孩一样，痴痴地看着眼前能够看清的风景，虽然它破烂不堪，虽然工地上的灯只能勉强照清它正下方的一团。

我逼迫自己想点其他的事情，来忘记刚才明白的一切时，忽然想到，葛萧曾经丢到那堆垃圾里两罐泡菜。我抓住救命稻草般地向那个角落望去，就在这时，我看见梧桐半遮半蔽的灰暗街角，隐约站着一个高高瘦瘦的男子。这般大的雨，他竟然没撑伞也没有穿雨衣，就那样站在那里。

就算看不清楚，我也觉得那身影有七分与葛萧相似。于是，我罔顾危险，探出大半个上身，拼命喊：“葛萧?!”

一阵疾风吹过，被雨点砸得噼啪作响的梧桐叶子又哗啦啦地翻卷起来，钱塘潮般汹涌怒滚。等风微微停住，叶子回过神般地回复原位时，我擦了擦被雨水模糊的双眼，却看见那里已经空无一人。一辆出租车疾驰而过。

原来只是一个打车的路人。

我双手撑着湿漉漉的窗框，任由越来越有力的雨水扑簌击打在我的脸上。

我冒雨跑回，又苦修者般淋了前半夜的雨，没有洗热水澡也没有吃药，简单擦擦头发换好衣服就躺到床上。虽然倦意四合，但我竭力大睁着眼睛，不肯睡去。我以为这样就会凭空发一场高烧，说不清想得病的目的，是想再用恹恹的病容再试探一次师伟的关心程度吗？我又不觉得已经明了的我还有这样的侥幸。

或许，我只是需要一场病，让衰弱的身体痛苦，来解救痛不堪言的精神。

可是第二天一早，虽然我头昏脑涨、神情憔悴，可居然连得病的征兆都没有，只好没精打采地起床上班。

到了报社，稍微有一点点晚。我在电梯里，碰见边喝星巴克咖啡边看八卦杂志的主编。她看了看我，漫不经心地说："只有跟错男人，才会有你这副衰相。"见我只是苦笑一下，她合上杂志，稍有点认真地说，"要不要出去聊聊?"

我无力地摆摆手，电梯恰好"叮"的一声到了我办公室所在的楼层。我怕听主编多说什么，抢先一步迈出电梯，主编的声音还是不疾不缓地从后面传出来："流水不腐，户枢不蠹，心里憋的事情说出来，才不会腐烂变质，沼泽密布。"

整整一个上午我都在想主编那句话，我总算明白了理发师为什么要嚷出"皇上长着驴耳朵"那句话，他是渴求解脱的，不想让与自己生活无关的秘密侵占自己的内心空间。这说明他心态乐观积极，努力地追求着自己的心理健康。

整整一个上午，我还想明白另一件事。那就是，我找不到人倾诉关于师伟的秘密，我也不想这样做。因为在某种程度上，这个秘密是属于我和师伟的。

在情感上，我和师伟没有过去的交集，没有现在的情意，也没有将来的美好。那么，这个秘密，也就是我和他之间，唯一一个可以去回忆的秘密。

就算它酸楚苦涩，在我的眼里，也有不足与他人道的甜蜜。

想到这里，我总算打起精神来，给师伟打电话。师伟的手机却是关机。

等我下班回家时，师伟已经做好了晚饭，房间里满是饭菜的香味。其实，只要忽略他毫无笑容的脸，只要不在意他惜字如金的态度，我还是可以告诉自己，他是一个很好的男友。

吃饭时，我不经意地问及他中午为什么关机，他皱了皱眉。

我越线了。我明白师伟的潜台词是在说，这是他个人的隐私，没有向我交代的必要。

我低头吃饭，师伟却回答了我的问题。他说他整天都在高中的校园里。他并没有说他做什么。这次，我也识趣地没有问。

不过，我觉得我大概能猜中几分他在那里的原因。

这些年，在其他同学口中零星的消息里，师伟都是事业至上的人。只是说这消息的人，都带着几分不满。这大概是源于大学刚毕业时，有高中同学出差去深圳，顺便拜访他，他只会在办公室里和同学谈几分钟，从不会出席任何饭局或是活动。即使对方邀约，他也会断然拒绝。

那时，我对他的印象，带着偏好式的片面，全然看不见讲述者脸上的愤懑。我一厢情愿地把他看成是艰难创业、发奋图强的事业狂。

然而这次师伟回南京之前，却放弃了自己在深圳的公司。虽然卖价不菲，但对于一个已经走上正轨的物流公司来说，这样一口价地处理掉，无疑是放弃了稳定而持久的经济来源。

这不像是事业第一的师伟能做出的选择，可他偏偏这样做了。而且回到南京之后，他也没有做事的打算。他还卖掉了父母留给他的几处房子，却没有买新房子，而是住在一个僻静的宾馆里。

我把师伟这些怪异的表现，都归为他的继父刚刚去世。

继父是他在这个世上唯一的亲人。

晚饭后，如果师伟不提议出去散步，也没有什么爱的基础课程，我们就会坐在沙发上看乏味的电视，默默无言地各占一隅，然后等到9点整，师伟就会告别离开，有时给我一个或轻或重的吻。想一想，那吻大概就是我最渴望得到的学费吧。

这天晚上，我有点心不在焉。我知道有些禁地触碰不得，可总有些不甘心。我几次想压下话头，最后却还是问了：“你爱的那个女人……知道你爱她吗?”

在我的印象中，师伟是寡言的，他对诉说和解释缺乏兴趣。我问出问题，并没有期望能得到答案。可是，这次他却把视线从电视上转开，看着我说：“她知道的，一直都知道。”

我忍不住问了另一个问题：“那——她——爱你吗?”一问出来，我就觉得自己有点傻。如果她也爱着师伟，他们不早就在一起了吗？师伟哪里还有必要做什么爱的练习。

师伟再次给了我一个意外。他皱起眉头，似乎在思考，然后把电视关了，郑重其事地对我说：“乔北，这就是我从第一次给你打电话时就没想明白的地方。直到现在我也认为，她也是爱着我的，正如我一直爱着她，可她却拒绝了我。没错，我问了你同样的问题，你也拒绝了我，可是你的拒绝虚弱如深秋的落叶，轻飘飘的毫无底气，而她的拒绝，是毫无回旋余地的斩钉截铁。”

一个人，怎么可能拒绝自己深爱的人的示爱?

除非，她有着不得已的缘由。

比如父母的反对，比如身患重疾，比如已婚。

在师伟面前，我没有秘密可言。他一眼就能看穿我的想法，说：“她绝不是出于任何外界的原因拒绝了我。我能感觉到，那是她自己最真实的决定，毫无思考过的痕迹。”

我第三次问出了一个傻问题：“既然她已经拒绝，你为什么还要做爱的练习?”

在师伟的视线里，我开始慢慢脸红。

明知不可为而为之。这不正是爱情最让人着迷的部分吗？爱情就是人类生生世世戒不掉的毒瘾，总会有那么一个人，让人牵肠挂肚，放心不下。我对师伟，不正是如此吗?

师伟看着我娇羞绯红的脸颊和傻傻的表情，一贯冰冷的眼神忽然有了一丝难得的柔软。他抚摩着我的头发，说：“不懂计较，毫无心机，这样的你，满是家的味道。如果——如果没有她，说不定我——真的会爱上你。”

对于这世上再无一个亲人的师伟来说，“家的味道”有多重要，我再清楚不过。这是他能给出的最高的赞美。我感激又感动地看着他。

相处那么多天也无法缩短的距离感，在瞬间烟云般消散。

师伟慢慢搂住我的肩，吻上我的唇。这个吻，不再是最初霸道的吻，不再是后来礼节的吻，而是细腻柔和的，真正属于情人之间的吻。

我在他炽热的唇下水般柔软，他的气息让我迷醉，渐渐地，躺在他的臂弯上，躺在他的怀里，我躺在了他的身下。在他的引导下，我微微喘息，颤抖着闭上了眼睛。就在他解我睡衣的纽扣时，我忽然感觉他的手僵硬了一下，随后迅速地放开了我，甚至从沙发上站起来。

我不知所以地睁开眼睛，茫然地看着站在我面前的师伟。

就像什么都没发生过一样，师伟整理一下衣服，看都不看我一眼，说：“我该走了。”说完，他便大步离开了房间。

等到门“嗒”的一声关上，我才回过神来，从沙发上坐起来，侧过头去看旁边的小几——那是师伟伏在我身上时，脸正对着的地方。小几上除了造型可爱的兔子闹钟，还有一样东西。

那张我们五个人的合影。

那张搞砸了我几段恋情的合影。

师伟是因为它而停止吗？

不管历任男友如何生气或生闷气，我从来都没有产生收起那张照片或用其他照片替代的念头。生命里那么重要的几个人，不就应该放在这样的位置吗？并没有登堂入室成为老公的男友，有什么资格对它说三道四！可是今天，我后悔没有早点儿收起它。

它搞砸一百段恋情我都觉得值得，可是搞砸了这个晚上，我真的很心痛。

也不管是不是因为它，我顺手扯出床下的一个整理箱，把相框放了进去。

我想再给自己一个机会。我豁出去了。

第二天晚上，我早早下班，刚换好睡衣师伟就来了。等他在沙发上坐下，我依靠在他的胸前，指尖轻轻地抚摸着他的脸颊，靠近他的耳边，柔软地说：“我想穿你的衬衣。”

一个男人刚脱下的衬衣，沾染着他的真实体味，一个女人要用这样的衬衫裹身，无疑就是在索取一个最亲密的拥抱。何况，要他的衬衣，就是裸了他的身体。任何不笨的男人，都应该知道这句话的含义是什么。

师伟看着我，平静得就像初春的莫愁湖。他说：“哦，我们身高差很多，你穿不会合身的。”说完，他自然而然地转了话题，“晚上需要我做饭吗?”

师伟心思缜密，绝对在江水明和葛萧之上，他不可能听不懂的。

那么，只可能是，巫女有情，襄王无意。巫女还没大胆到再做什么，于是巫女只好选择让襄王去做晚饭。

错过的，很难再回来了。接下来的日子，师伟和我，又回到了最初的状态，相敬如宾，或者说形同陌路，再无法亲密一步。

当然，他没有提及那张照片，甚至都不曾向小几上再看一眼。正因为这样，我才更确信，他真的在介意着什么。其他还能介意什么呢？不就是站得和我最近的葛萧吗？找不到其他原因，我只能把一切都归咎到葛萧的身上。

又一天，师伟再次礼节性地告别之后，失望的我拉出整理箱，端详着那张照片。

葛萧无辜地保持着青春年少时的英俊笑脸。

我恨得牙痒痒，在他脸上压了一双袜子。

刚入大学的时候，谭晶晶就和我说过，葛萧是我们三个女孩的护身符。只要他在，一切妖魔鬼怪、牛鬼蛇神都不敢对我们有非分之想。彼时，谭晶晶被大学里的男生们追得心烦时，就会一本正经地亮出她和葛萧的合影。要是对方再锲而不舍，她就会说："他妈妈是某某省厅的副厅长。"听过这句话的男生，基本上都憋着内伤撤退了。

大三那年，谭晶晶被一个刚入学的小学弟猛追，她又祭起了葛萧这面大旗，不料对方也是省委子弟，所以依然觉得追求谭晶晶是探囊取物。谭晶晶以一种很幽默也很残忍的方式伤了这个戴眼镜的小男孩的心。她把葛萧的照片放大成十寸的，放在他的面前说："要不你再仔细看看他的脸?"

小柳坚决不同意谭晶晶对葛萧的大力赞扬，气鼓鼓地说，就因为她入学时炫耀了一下葛萧的照片，虚荣地宣称他是她甩掉的初恋男友，结果害得她整个大学时代都没有人追求。小柳结婚很久以后，谭晶晶忽然想起这事儿来，怪笑着说："怪不得要嫁得这么远，还要趁葛萧在悉尼的时候回南京办喜事，原来是怕你老公看见葛萧胡思乱想地吃醋啊。"小柳就不置可否地哈哈大笑。

或许是因为读大学时，我还过分沉溺在对师伟一言一行的深深眷恋中，并没有留意到葛萧是不是破坏了我有可能的恋情萌芽，但确实是在葛萧来学校找我之后，喜欢帮我打饭或是排队买电影票的师兄师弟们都忙起来，而且很快都纷纷成双入对。

随后就是一个又一个气急败坏要分手的男友。葛萧的巨大破坏力有目共睹。

直到这次。

葛萧是谭晶晶的护身符，却是我的催命丹。

第十一章

音乐盒

高中毕业那年的暑假，我和谭晶晶一起迷上了音乐盒。

那么一个形状简单的盒子，不管装饰得多么华丽都显得笨笨重重。那时，电子贺卡大行其道，一翻开就有廉价嘈杂的音符翻滚而出，而音乐盒，几乎清一色的手工发条，没有一点快捷便利的迹象。

江水明时常陪我们去各种礼品商店挑选音乐盒，他天生敏感的听力能分辨出每一个音符的准确程度。他对造型和颜色苛求的审美观又来源于江爸，所以他挑选音乐盒常常是百里挑一。他也是我和谭晶晶争抢讨好的对象。

江水明作为最睿智的挑选者，却对音乐盒毫无好感。他时常用夸张而调侃的语气批评我和谭晶晶："听这种东西是享受还是自虐啊？只能演奏出一种音乐，一种啊，到死都不会改变一点旋律。我一想到这个，马上就恶心得不行。"他性格里的放荡不羁，在未来生活的离经叛道，那时就已注定。

我最喜欢的音乐盒，是那种有跳芭蕾舞的小人儿和镜子的。拧紧发条之后，翘着脚尖的塑料小人儿就会在《天鹅湖》的音乐中不停地转圈，白色蕾丝的花冠和精致的裙摆在镜子里显得更加超凡出尘。在无风的午后，把它放在阳光下的桌子上，镜子还会闪闪放光，像舞台上的射灯。我可以一下午一下午地对着它发呆，连水也不喝一口。

崇尚极简主义风格的谭晶晶，笑我怀揣着不切实际的公主梦，总梦想自己是那个穿着华丽舞装的小人儿。

小柳也说，那小人儿始终只有一条腿站在地上，太累，总是让人担心她随时会摔倒。

我说她们太浅薄，根本看不懂设计者的初衷。

不过谭晶晶有一点没说错，因为我看到这个音乐盒时，的确产生过我就是那个小人儿的联想，但不是希望成为引人瞩目的公主，而是因为我和这小人儿一样，在追逐着镜子里不可靠近的人。

师伟就是镜子里那个人。相距咫尺，也是天涯。

小柳说得也没错，她说中了我多年以后与师伟在一起时的状态与心态。

对死党们的所有行为都少不了深深包容的葛萧，从来只是温和的旁观者，不评论、不阻挠、不批评。可我记得，在“音乐盒时期”，他曾有过两次不甚明确含义的参与。

第一次。有一天，他陪我在我家阳台上晒太阳，看着我全神贯注地看着阳光下的音乐盒，他说：“你有没有拆开过音乐盒?”

音乐盒并不便宜，何况是江水明精挑细选的绝品音乐盒，葛萧有这样的想法真的很败家子儿。我瞪了他一眼。葛萧就微笑着说：“我拆开看过……”不等他说完，我就打断他的话：“以后你不要的，可以直接送给我，不要这么挥霍无度行不行?”

第二次。大学开学的第一天晚上，葛萧从上海给我打电话，临近挂断时，他问：“丫头，你拆开过音乐盒吗?”

那时，谭晶晶正站在我旁边催我去看电影，我只回答了一句“没有”，谭晶晶就强行挂了电话，拉着我出了寝室。在走廊里奔跑时，我还听见电话铃声在响，那应该是葛萧再次打过来的，只是，我无法“忤逆”谭晶晶再去接听。

就这样，关于拆开的音乐盒以及葛萧始终没说完的话，就成了一个小小的谜团。

我趴在枕头上，朦朦胧胧地睁开眼睛，然后撑着床沿坐起来，有点发呆。

哪怕是葛萧在国外时，我们也从未断了联系，所以他不说的内容，我也就当成是他认为不重要所以没说。可是在这段日子，这个理应被我淡忘的小小谜团却悄悄破冰破茧地蓬勃长大，直到在这个周末的早晨，突然跳出我的脑海。

让我发呆的，其实并不是谜团本身的答案，而是这个谜团为什么会重见天日。

或者，诚实一点地说，我也知道这个谜团重见天日的理由，只是在疑惑为什么是这个理由。

——太久没有葛萧的消息了。

常在身边出现的人，是看不清他的细节的。他的言谈举止都是生活的一部分，只有当他淡出生活之后，才会留恋曾经的点滴片段。

这个理由很直白很浅显，看起来，这种感觉也很平常。问题是，只有在恋爱和分手的爱人之间，这种感觉才很平常。

我和身为死党的葛萧恋的哪门子爱、分的哪门子手啊?!

我只好痛心疾首地谴责自己，都怪自己自私地沉浸在与师伟的世界里，完全忽略了重要的朋友，完全忘记了关心大家，尤其是不知与何晓诗是否修成正果的葛萧。我甚至连他在南京还是在大连都不知道。于是，在自责中，我以狗急跳墙的姿态连滚带爬地下了床，直奔客厅正在充电的手机。

我的手指距离手机还有几厘米时，那劳什子忽然“嗷”的一嗓子唱起来，吓得我一哆嗦。一看，是谭晶晶打来的。

谭晶晶懒洋洋地说：“晚上滚出来吃饭。”

谭晶晶在平时或许会和我通宵达旦地唱歌聊天，周末则是雷打不动地消失不见——周末是各种聚会和活动扎堆儿的时间段，也是她带的大小明星或艺人疯狂捞金的黄金档期，她今天怎么舍得用来挥霍?

我还没来得及问，谭晶晶还是懒洋洋地说：“哦，我辞职了。”

我瞬间就有点儿时空错乱的崩溃感。在这个日进斗金也是风口浪尖的经纪人职位上，谭晶晶已经做到顺风顺水、呼风唤雨，也一直是以越战越勇的姿态连连取胜，怎么会一点迹象也没有，说辞职就辞职呢？

谭晶晶根本不需要我问，就继续慵懒地说："看够了人情冷暖，也攒够了脂粉嫁妆，打算嫁人了。"

这次她说完之后有了足够长的时间停顿，不过这次我的确没办法问下去。嫁人——嫁谁啊——师伟呗——哦，师伟啊，他现在在我这里做爱的练习呢。这种一问一答，就算谭晶晶听了不暴跳如雷，我也没脸说。

口口声声是死党是闺蜜，却直接把人家的意中人搂进怀里，还时不时地色诱一下，这像话吗？而且还是背地里进行的，一个招呼都不打，一个照会都没有。这算不算是吃里爬外？

幸而谭晶晶似乎对这个话题没有进行下去的意思。她顿了顿，说："最近……你有葛萧的消息吗？"

如果刚才不是谭晶晶打来电话，我大概现在就在和葛萧通话，那样，我就有葛萧的消息了。我说："没有啊，最近，我，哦，有点忙，一直没有联系他。"

谭晶晶说："哦……我有他的最新消息，你想知道不？"从她的口气来看，这个"最新消息"应该是个很大的消息。

等等，谭晶晶的意思是，葛萧和她联系过，而葛萧没有和我联系过。我得罪葛萧了吗？我马上就忘了还要找葛萧问音乐盒的事情，有些生气，说："是订婚还是结婚？他没告诉我就算了，我也不想知道。"

大概是脱离了唇枪舌剑的工作环境，我觉得谭晶晶今天说话有点吞吞吐吐，不痛快、不犀利。她又沉吟了一下，说："哦，你不想知道就算了。对了，江水明今天回南京，晚上吃饭就是给他接风洗尘。"

从江水明失心疯地跑到抚顺画画，已经有小半年了，一直没有回过南京。在这期间，爱子心切又不想给江水明压力的江爸时不时拎我或者谭晶晶问话。

江爸一方面对江水明继承他的衣钵表现出宽慰之情，另一方面又牵挂着江水明对杜宇的情感是否有着陆的可能。

只不过，他的欣慰和焦虑都有奇怪的地方。他的欣慰不是因为培养出了一个画家儿子，而是因为他的儿子终于搞艺术了，有了精神上的真正自由，不必整天对着一群猪脑的外行客户降低审美理念；他的焦虑也不是儿子为什么爱上了一个拒他于千里之外的有夫之妇，而是杜宇到底为什么看不出江水明是多么难得的老公人选。江爸说：“你们念书的时候，杜宇是不是语文成绩很差，不懂什么叫归纳总结，也不懂什么叫中心思想?”

在师伟出现之前，我还和谭晶晶联系时，谭晶晶曾说：“江爸真是太前卫太可爱了，他怎么不是我爸呢？能当他的儿女真是太幸福了!”

我笑着说：“你不是他的预备儿媳妇吗？也能幸福一半呢!”

谭晶晶就哈哈大笑：“对啊，对啊，我差点儿都忘了这事儿了。有一个江水明这样风流倜傥的预备老公，还搭配江爸这样超级好玩的预备老爸，真是赚到了。”

江水明那种不撞南墙不回头、不见黄河不死心的性格，注定他在达成心愿之前是没有打道回府的可能的，那么，这次他回来，是牵稳了杜宇的手，还是彻底死了心呢?

我问谭晶晶，谭晶晶说她也不知道。她说江水明刚才的电话吵了她的瞌睡，江水明也只是没头没脑地说他要回南京，晚上我们几个一起吃饭。

远在大连、又怀孕的小柳显然不在“我们几个”的行列中，那么，“我们几个”包不包括葛萧和何晓诗呢？谭晶晶没有说明，呵欠连天地说：“江水明指定在老地方见面，别迟到。好啦，我要补觉了。”

放下电话，我想给师伟打个电话，可又不知是不是应该实话实说晚上的聚会——不管是因为谭晶晶，还是因为他很不喜欢的葛萧，他都不该出现。可是，作为我的男友，哪怕是名义上的男友，他还是有权选择是否去参加。师伟也不是我能猜透的人，万一他选择去，那么晚上这个聚会该“热闹”成什么样呢?

我踌躇着拨通了电话，还没来得及说什么，师伟便告诉我，他刚接到一个远方亲戚的电话，要去无锡处理一处娘舅家出国前留给他的宅子，晚上可能不会回来了。

担心再没必要。我松了口气。

江水明口中的“老地方”是秦淮河边的一家私房菜。这家私房菜以淮扬菜为主，其实味道相当一般，只是广告牛人江水明、室内设计师葛萧和见多识广的金牌经纪谭晶晶都对它的装修风格赞不绝口，我们才把这里作为聚会的据点。

我迈进那个朱红雕花的大门，隐约听见谭晶晶爽朗的笑声，才恍然间意识到，我和她居然已经大半个夏天加一个初秋未曾见面。

和师伟在一起，即使最亲密不过拥吻，也明知绝大多数的拥吻只是爱的练习，但仍足以让时间如不存在一般飞速流逝。

终于到了面对谭晶晶的时候了。我才开始有些担心，因为早上的电话太短，我听不出谭晶晶的情绪——我真的不知道小柳是否和她说过什么，心里难免忐忑。

走到包间门外，我微微停了一下，才撩开素花蓝门帘走进去。江水明和谭晶晶坐在大蒲团上喝地道的绍兴黄酒，一副兴致盎然、相谈甚欢的模样。以往葛萧坐的那个蒲团，空空如也，不知是他回大连了，还是要晚一会儿才到。从那天晚上以后，他没有给我打电话，现在，我猜是何晓诗没有给他任何空闲。正如我与师伟在一起，再无闲暇顾及其他。

我竭力装出若无其事的样子，和他们打了个招呼，脱下鞋子，坐在蒲团上：“说什么呢，这么高兴?”

谭晶晶笑着说：“江水明要回南京做一个个展，我刚退休就上任，给他当策展人。”

她的眼睛明亮、笑容由衷，看着我没有丝毫的做作或不自然，那么，小柳是守口如瓶了。谭晶晶对我与师伟的恋情，应该不知端倪。但这并未让我轻松。我宁愿她用锋利的眼神、犀利的言辞刺痛我，那样才能真正让我释怀。我强打着精神说："是吗？太好了。"

谭晶晶就转过头和江水明继续嘀咕展览的细节，我给自己倒了一杯黄酒，自饮自酌。

这时，头上裹着布帕的服务员开始往桌上端菜，我下意识地说："等一下吧，还有一个人。"

江水明和谭晶晶一起刹住话头，转过脸看着我。我不明所以："怎么了？葛萧回大连了？"

江水明眼神飘忽，与谭晶晶交换了一个眼神后才笑嘻嘻地说："他呀，他还在南京，不过他说他有事，今天就不过来了。"话音刚落，门帘忽然被掀开，一个人摇晃着走进来，又摇晃着坐在那个空蒲团上。他正是葛萧。

江水明和谭晶晶再次交换了眼神。谭晶晶笑着说："葛狗，你陪客户陪得好快啊！还能赶得上这边的局。"

葛萧脸色苍白，身上满是浓重的酒气，身体摇摇晃晃，神态却清醒无比，微微一笑说："这里的黄酒很地道，而且大家难得一聚，再聚，又不知道是什么时候了。"他举起杯子，笑着说，"来，祝我们的友谊地久天长。"说完，他一饮而尽。

我想去拿杯子，却发现江水明和谭晶晶脸上都很不自然，谁也没有响应葛萧的意思。

我这时才觉得不对。的确，葛萧完全是在说胡话，这些听着都让人浑身不舒服的客套话，在我们之间是不用说的。

葛萧也不理会我们，自顾自地又倒满一杯，举了一举，薄唇一抿，又尽一杯。

这真的全然不是举止得体从容的葛萧的作风。

江水明和谭晶晶一动不动，不举杯也不说话，这又何尝是言语麻辣生香的他们的作风？

我稀里糊涂地看着同样异常的他们，终于忍不住问："怎么回事？

发生了什么事情吗?”

江水明这才笑嘻嘻地说：“葛萧，我最后一批画打算回南京赶，有没有兴趣看我画画?”

谭晶晶也挽住了葛萧的胳膊，从他手里夺过酒杯：“葛狗，你别急着喝酒，刚才我们点了几道新菜，都是这家店年底打算推出的招牌菜，尝一尝味道嘛。”

葛萧笑了笑，眼神忽然散了，就像一个勉强支撑到终点的马拉松赛运动员，歪倒在一旁，半靠在墙壁上。我们从未见他醉过，十几年来的每个酒局，他一直是脸上挂着温暖的微笑、体贴入微地照顾每个人、清醒地买单并送喝醉的人回家的那个人。

可是今天他却醉了，醉得不省人事。

我有些紧张，急忙过去扶他，却扶不动身材颀长的他。江水明和谭晶晶居然坐着没动，丝毫没有想帮我一把的意思。江水明说：“乔北，你送葛萧回去吧，我和谭晶晶还有点儿事情要谈。”谭晶晶表情复杂地看着我，还是笑嘻嘻的，只是没有说话的意思，就好像葛萧是他们不认识的人一样。

我有些恨他们置身事外的冷淡，不想再多说什么，就喊来两个男服务员，把葛萧搀出去。由始至终，江水明和谭晶晶不问一声、不置一词。

我打了辆车，葛萧就躺在出租车的后座上。我在副驾的位置回头看去，只看见他安静地睡在那里，英俊的脸上苍白一片，交替映射着车窗外的红绿霓虹。

车刚启动不久，葛萧忽然歪着头，呓语般低声说：“不要……送我……回家。”

我知道田阿姨的家教严格，葛萧这样回去，恐怕是逃不过一番严厉的叱责。略一掂对，我让出租车往我家的方向去了。葛萧静静地躺在那里，只有胸脯一起一伏。

靠着小区保安的帮忙，我才把葛萧放到我家的沙发上。道过谢、关上门，我疲倦地靠坐在沙发旁，忧伤地看着葛萧。我不知这忧伤是因为心疼一反常态的葛萧，还是因为难过江水明和谭晶晶对某些事情的守口如瓶——从刚才的种种迹象，显然他们是知道什么的，只是对我隐瞒。

突然，我联想到早上谭晶晶所说的“最新消息”，我以为是葛萧和何晓诗准备订婚或是结婚，可我单单没有想到，“最新消息”也可能会是分手或失恋。难道何晓诗在获得了葛萧的接纳之后，又以逃离的方式伤了葛萧的心吗？否则，葛萧怎会如此反常、怎会醉倒？

正是夜灯初绽的夜晚，清风飞舞卷起洁白的窗纱。在仅有的昏黄门灯的光线中，窗纱飘动的层面给出变幻莫测的阴影，我盯着那些忽大忽小的阴影，神情一片恍惚。耳边葛萧均匀的呼吸声，近在咫尺。

这场景，怎么那样的熟悉？

高中毕业那年，我们陆续拿到了大学录取通知书，每日里呼朋唤友，徜徉在紫金山巅、莫愁湖畔，青春和夏日一样嚣张。

葛萧考取了一家重量级美术学院的装潢系，主修室内设计，有个大画家爸爸的江水明，却考取了一家百年名校增设的广告专业。于是江爸半开玩笑半认真的，非要认葛萧当干儿子。

第一时间从口无遮拦的谭晶晶那里，我知道师伟去了武汉，心里有些小小的疼痛。纵使南京那么大，只要师伟和我在同一座城市里，我就觉得连呼吸都有更深的意义，甚至带着隐秘的生命喜悦。然而他却离开了南京，留下我一个人艰难呼吸。

只有我们这一群死党聚在一起的时候，我才能暂时忘却这些若隐若现的疼痛。

母校的背后有一座小山，每到六七月间，浓密的槐树树荫里就开始隐藏了无数鸣蝉，到了空气都近似停滞的夏日午后，只有那些“知了知了”的声音，才给绿的叶、白的花点缀出尚在人间的生机。那时的我们，总喜欢沿着某条小径漫无目的地穿行在林间。雨后的一丛蘑菇、草里萌出的一朵雏菊、甚至一只匆忙飞过的蜻蜓都会引起小小的惊喜或欢呼。

在只容一人通过的地方，插科打诨的江水明总会走在最前面，负责讲解目所能及的每一处生动细节，活泼爱笑的谭晶晶和认真过度的小柳则紧随其后，负责揶揄调侃他，之后是含笑不语的我，以及永远走在最后面的葛萧。

在那么一个天高云白的午后微风中，我和葛萧坐在一团树荫下的草地上。远处，江水明正忙着把谭晶晶和小柳送上一棵枝条虬髯的粗壮槐树，三个人嘻嘻哈哈地笑做一团，笑声传到这边，音波减弱了很多，只有那种肆无忌惮的质感毫无改变。

葛萧原本懒洋洋地背靠着凸凹不平的树干，乌黑的眸子盯着远处的他们，忽然说："丫头，我睡一会儿。"接着，他就仰面躺倒在草坪上，闭上眼睛酣然入睡。

我蔚蓝的帆布长裙铺在草地上，沙沙作响的树叶东摇西晃地洒下细碎的阳光，使裙摆褶皱形成的阴影变幻莫测，有着催眠一样的魔幻效果。而葛萧均匀的呼吸声，就响在我的身侧，轻微得若有若无。

后来呢？

后来。

我在十几年后的这个夜晚，并不是不记得后来的情景，只是我想强迫自己停止那段回忆。然而，思绪翩然，又岂是一个"不肯"就能停止得了的？

也许是因为百无聊赖，我盯着一群蚂蚁排着整齐的队伍急匆匆地由远及近，而后，视线就无知无觉地落在了葛萧的脸上。

穿越整个情窦初开的年纪，葛萧都是我们那届很多女生瑰丽的梦境之一。师伟是另一个。

葛萧的温暖和师伟的冰冷，就像是太极图案一样鲜明对比，却又和谐地并存于那些花季雨季少女的心中。只是，死党葛萧距离我太近，像阳光或是空气，随时触碰，而且出现时又总是一群人在一起，以致我时常会忽略他的存在。

在那个人声遥远而虫声寂寂的午后，我终于因为无聊，仔细地端详了葛萧。

饱满的额头下，是线条分明的漆黑的眉，因着双眼紧闭，看不见那双清澈的眸，但依然存在的双眼皮和舒展浓密的长睫毛，无不在昭示着那双眼睁开时，是怎样的明亮迷人。挺拔的鼻梁、清楚的唇线、微翘的下颌……这一切再配上黑浓的短发、白皙的皮肤、修长的身材，难怪会有那么多脸色绯红的女孩子偷偷在我们班门口张望。

在那一刻，我才知道，葛萧的英俊是惊心动魄的，是有杀伤力的。

就在我目不转睛、暗自惊叹时，葛萧忽然睁开眼睛，静止的英俊瞬间就有了要命的魅力。

我吓了一跳，立刻移开视线。可是移开视线时，我分明感觉心在不规则地乱跳，越来越快。再转眼去看时，却见葛萧紧闭着双眼，睡意正酣，让我疑心刚才的对视，只是我一时的错觉。

我双手拢住膝盖，仰头看着头顶广阔的蓝天，忍不住偷偷笑自己的花痴失态。

十几年后，我再次忍不住偷偷地笑出来。那是自然坦荡、恬淡如水的我，唯一一件做得鬼鬼祟祟的事情。小心翼翼，又笨拙异常。

这样偷笑了一下，我的心情突然好起来。哦，那么等他醒来，就问音乐盒的事情吧。于是，我微笑着侧过脸去，端详葛萧。

葛萧侧躺在沙发上，俊朗的脸比青春年少时多了阅历多了成熟，可那份帅气漠视了岁月，精致留存，只是此刻他眉间微微地皱着，仿佛在思考什么。

一眼发觉葛萧的帅并不需要什么好眼力，因为那种帅有目共睹，可是想霸占葛萧的帅，却需要震天撼地的自信和勇气，无数女孩和女人知难而退，唯独何晓诗锲而不舍。从这一点上说，何晓诗是绝对的楷模，她值得那些主动放弃者顶礼膜拜。莫非，现在她也知难而退了吗？

不知过了多久，也许只有一瞬，我正细细地看着想着，葛萧突然睁开眼睛。我猝不及防，来不及躲开视线，就那样和他僵持般地对视了。我以为又是多年前的那种错觉，结果不是，葛萧就那样不动声色地看着我。

好一会儿，我才微笑着给自己解围："醒了？要不要喝点水？"我起身想去拿杯水，葛萧伸手扯住我的胳膊："别走。"他的声音很低，带着犹豫，全然没有往日的洒脱。

真的被何晓诗伤到了吗？

我有感同身受般的疼痛，再也笑不出来。我重新坐回地上，呆呆地看着他，一时辨别不清是否应该询问他到底怎么了。

这些年的工作中，我询问和倾听了那么多人阴暗或潮湿的心事，可面对我最在乎的死党，却问不出任何切中要害的问题。我担心那些冰冷直接的问题，会刺痛了他。

葛萧慢慢缩回手，就那样侧躺在那里，大眼睛眨都不眨地看着我，满腹心事的样子。终于，他狠狠地闭了闭眼睛，又睁开，表情舒缓了一些，似乎要说些什么。

就在这时，钥匙"哗啦"一响，门被打开了，师伟拎着一个大纸袋走进来。

室内光线很暗，而且就算屋里没人，那盏小门灯也是经常开着的，所以师伟并没意识到我在，直到他取下钥匙，借着走廊里明亮的灯光看见我的鞋子，这才转身看进来，于是看见躺在沙发上的葛萧和坐在地上的我。

门灯和走廊的灯都在他的背后，我看不清他的表情，不知他在想什么。我站起来，多少有点不知所措："师伟……"

师伟伸手，"啪"的一声打开大灯，雪白的灯光直勾勾地照亮了整个房间。他没有表情地看了看我，又看了看已经微微摇晃着站起来的葛萧，很平静地说："葛萧。"

葛萧在刺眼的灯光里眨了眨眼睛，脸上还带着酒醉未醒的苍白，有气无力地说："师伟。"

这不是久别多年的高中同学重逢时该有的场面，他们应该大笑，应该惊呼，应该拥抱对方或是捶着对方的胸膛，甚至应该笑骂着问一问对方的近况。可是没有。

就算葛萧在很多年前就已经说过他很不喜欢师伟，可礼貌如他，也不应该如此冷淡。

现在，他们只是远距离地对视着，没有温度地叫了一声对方的名字。

师伟很快解释了我的疑问。他看着葛萧，淡淡地说："上次我碰见你时，已经告诉过你，希望你不要再来找乔北。"

原来他们曾经见面过，但是，我的心里冒出一个新的疑问，师伟也好、葛萧也好，为什么从来没和我提到过上次的碰面？而且看起来，谈话内容与我有关。

葛萧说："我想了一下，她是我的死党，我并不觉得我必须按照你的希望去做。"

师伟冷冷地说："乔北是我的女朋友。"

葛萧看着，我默许般地垂下眼帘。其实，师伟有我家的钥匙，就足以说明一切。聪明如葛萧，又何须言语印证呢？

葛萧苍白着脸笑了笑，点点头："嗯，这个理由很充分。"他点燃一支烟，衔在唇上，笑着说，"好吧，就这样吧。"他对我笑了笑，摇晃着向门口走去，带上门。

我想跟过去，却被师伟抓住胳膊。我着急地小声说："他可能失恋了，喝了很多酒……"

师伟盯着我，死死地盯着我，然后一字一顿地说："我不喜欢葛萧，我不允许你再见他。"

我愕然地看着他，不是因为他的要求，不是因为他语气里的霸道——这种要求和这种语气，历任男友在看到葛萧的照片后都曾经做过同样的事。我愕然，只是因为他是师伟，在任何情况下都毫无情绪流露的师伟。

就算我曾经猜测过他对葛萧的介意，但也同样愕然。

在愕然之中，我惯性般地继续辩解：“可是，他喝了很多酒……他醉得厉害。”

师伟说：“他在装醉。”

葛萧装醉?!

这简直是我听过的最好笑也最可气的话。为人善良真诚、心思纯净简单的葛萧，装醉?!我脱口而出：“绝不可能，葛萧绝对没有装的必要!”

师伟表情平静、目光清冷，他的手却忽然托住我的下颌，说：“你说得这样肯定，你对葛萧有多了解、多亲近?”他的手，捏得我下颌上的骨头都有些疼痛。

我没有想到，师伟对这句话的反应会这样大。我对他的介意有些惊慌，试图解释：“我们做了很多年的朋友，我想……”

师伟的手，用了力气，让我的头高高昂起、动弹不得。他冷冷地说：“乔北，我再重复一次，我不喜欢葛萧，我不允许你再见他。”

不知是下颌在痛还是心在痛，我痛得流出了眼泪。不许再见葛萧，不许再见这个陪伴了我十几年的死党，这是何等痛楚的事情？可是，提出这个要求的人，又是师伟。我闭上泪眼，不知如何是好。

师伟的声音依然冷冷地传来：“说好。”

我缄口不语，我真的说不出那个字。

师伟提高了音量：“说!”

我睁开眼睛，泪水模糊地看着师伟，目光倔强：“他是长在我生命里的人。”

师伟的脸上充满了嘲弄：“可你的生命里只能长一个人。”

我颤抖一下，明白了他话里的意思。我哭出声来，抽泣很久，才从齿缝里挤出那个字：“好。”

师伟慢慢地放开手，说：“乔北，哪怕只是陪我练习，你也是我的女友。请你记得，我允许你的身边可以有任何男人——除了葛萧。”说完，他抱住我，在我耳边说，“接下来，请你遵守你的诺言，从此再也不见——那个人。”

其实，师伟是有理由不喜欢葛萧的，因为在很久以前，葛萧就说过，他很不喜欢师伟。这话还曾惹得谭晶晶大发雷霆。

抛开我和谭晶晶对师伟的感情，师伟和葛萧互相厌恶，无论在谁看来，都是很好理解的事情。

师伟是高一时才转到我们学校的。那时，他是他们学校初中三年中的考试永远第一名，而在他转学前，我们学校的永远第一名，是葛萧。

整个高中三年，师伟和葛萧始终都是各种考试或比赛的直接对手。交替第一名的成绩、不分伯仲的受欢迎度，即使当事人是沉默的师伟和随和的葛萧，也不可能一点不受周围议论者的影响——别说偷偷争论不休的女生，就连任课老师，也会毫不避讳地站在师伟或葛萧的一边，力捧他或他的优秀。

在这样的背景和氛围下，有多少人还能对对方产生好感呢？

我惦念着醉酒到走路都跌跌撞撞的葛萧是否安全，却没机会到阳台张望一下，也没有机会给他打电话。

因为那夜，师伟没有走。

他并没有做什么，只是安静地睡在我的身旁，抱着我，似乎在安抚受到惊吓的我。他的气息，就在我的耳畔。那气息，曾让我目眩神迷、求之不得，可是现在，我的内心，有种慢慢滋生的害怕——师伟的气息，除了多年前就有的莫名的阴郁，今夜，还开始多出一些微神秘的邪。

我从来就没有看透过师伟，连谭晶晶也不能。

和一个捉摸不透的人相处，到底是绮丽的梦境，还是危险的旅程？

第十二章

躲得过的是运，躲不过的是劫

江爸是个典型的乐观主义者，但他对老天爷或者上帝，却有一颗不宽容的猜测之心。他说，老天爷的心胸是很狭窄的，它给予人类幸福和快乐从来都是点到为止的，却对降临灾祸一直毫不留情。尤其对于那些自以为揣摩透天机的人，他更是下手狠毒。

江爸说，历来如此，你看周易八卦里的否极泰来好了，要否多少卦才来一个泰啊？反过来再看乐极生悲，大多数时候是还没到乐极呢，刚高兴起来，就一不留神地悲了。而且在数量上，老天爷更是对悲苦与喜乐厚此薄彼，所以古人才感叹福无双至、祸不单行。

那年刚满十岁的江水明就露出了很绝望的神情，放下弹弓说："爹，那我怎么办？"

江爸一拍他的肩膀，很帅气、很镇定地说："逮到好感觉、好时候就要尽情享受，永远别他妈的去担心之后要来的乌七八糟。"

就这样，豁达开朗的江爸，成功地培养出江水明后来借此纵横情场的一根筋。

一根筋绝对是世界上最招人羡慕的品格，它最容易使人快乐，也最容易使人成功。江水明作为一根筋界的杰出代表，笑嘻嘻地度过了情窦不开的十几年，笑嘻嘻地度过了情思泛滥的二十几岁，就连恋上杜宇、情何以堪的二十岁尽头，都保持了笑嘻嘻的姿态。

没有人再能拥有他的这份从容。

在情场上大刀阔斧、斩猛男帅哥于马下的谭晶晶没得到师伟都有时不时地沮丧，更何况是其实并没有什么恋爱经验的葛萧？

我对葛萧的担心，铺天盖地。

我犹豫再三，还是拨通了谭晶晶的电话，约她见面。

谭晶晶在一片乒乒乓乓的嘈杂声中笑嘻嘻地说："江水明的画都运回来了，放在江爸原来的画室，你过来吧。"她没有问及昨夜葛萧的情况，我既对她的漠不关心不满，也庆幸她让我避免了很多无法解释的尴尬。

名声数十年如日中天的江爸，早在几所大学设有专门的工作室。他原来的画室一直空着，就是那个二楼能看见玉兰树的小院。在那一带，这样周围遍植梧桐树、墙上爬着常春藤的院子，到处都是，多半住着德高望重的部队离退休老干部。等这些老人百年之后，院子就会由市政府修缮后，重新分配给新的离退休老干部。

住在江爸画室周围的几个老将军，几乎都参加过解放战争。他们不喜欢那种唱歌跳舞的吵闹晚年，喜欢下围棋、写书法和画几笔海棠牡丹，所以和"小青年"江爸都相交甚笃。这天几个老爷子路过江爸的画室，见有载货的卡车停在院门口，都吓了一跳——他们以为江爸已经去世了，这里换了新的住客。

待到得知江爸还安然健在、江水明子承父业地画画后，他们都是一副欣欣然的表情，安然地抄着手在旁边闲聊，等着看江水明的画。等到江水明的画拆开专门的搬用箱、露出庐山真面目时，戎马大半生、经历过大江大浪的老将军们，震惊得眼珠子都差点儿掉出来。

江水明画的是油画，是古典技法的。虽然这种画法在油画画法中的地位日渐式微，但这没什么本质问题。

问题是，他们所看到的画上，是一张全裸的女人。

艺术是允许裸露的，但在庄严肃穆了大半辈子的老将军们的眼里，裸露的艺术就是耍流氓。可身份和素养又让他们不能就此翻脸或不置一词地转身离开。所以我走进院子时，他们宛如看到从天而降的救星，从面面相觑中清醒过来，一哄而散。

谭晶晶出于礼貌一直憋着的笑，终于倾巢出动。她拍着江水明的肩膀，幸灾乐祸地说："江爸的名声算是毁在你手里了——差点儿剿了一堆共军高干——你这个臭不要脸的，是国军派来报仇的吧？"

江水明呵呵傻笑几声，正想说什么，看看脸色暗沉、神情不安的我，就住了嘴。他说："哦，我去付车费。"说完，他走出院子，又反带上院门。其实，我来的时候，货车早就走了。这样随时善解人意的男人，怎能不让女人感动或痴狂？

谭晶晶一边研究靠近她的一幅画，一边说："你这个天生的美术白痴，肯定不是来看画的。神神秘秘的，在电话里都不提前知会。说吧，什么事？"

我支吾两句，才小心翼翼地说："葛萧他……你说的葛萧的最新消息——是什么？"

谭晶晶"嗖"地扭过头来，明亮的大眼睛盯着我："葛萧没和你说？"她的眼睛亮得让我心里发慌，我差点儿就要说出"因为师伟，葛萧没机会说"的话了。幸好谭晶晶马上就收回目光，继续研究那幅画。她说，"葛萧啊，他和何晓诗分手了。"

果然如此。

我心里一沉，有些语无伦次："可是，他拉着何晓诗的手啊，上次离开我家时，他是拉着何晓诗的手走的，他那么认真的人，牵了女人的手就会负责到底的啊……"

谭晶晶笑嘻嘻地说："他从小就牵你的手呢。"

我有些急了："你能不能严肃点儿？"

谭晶晶收敛了笑容说："乔北，你用用大脑行不行，你都知道葛萧是认真的人，他怎么会对何晓诗不负责？"

那么，真的就是何晓诗了？在千方百计地得到葛萧之后，还给他当初她曾承受过的痛苦？何晓诗是对自己没信心了，还是作为任性骄纵的富家女，得到就是为了抛弃？

谭晶晶瞥了我一眼说：“写字儿的，不要偷偷编故事。何晓诗那副恨不得生吞活剥葛萧的猴急样儿，能是收手放口的人吗？”

谁都没有主动放手，那么，两个人怎么会分手？搭着伙儿的失忆？这情节太哈韩了吧！

谭晶晶说：“嗯，你来问我是对的，因为事发当时，我是在场的目击证人之一。”她调皮地拖着长音说，“可是我不能告诉你。”

我真的有掐死她的心。葛萧那副样子，她居然还能一直笑嘻嘻地和我开玩笑。我急了：“你是不是人？葛萧那么痛苦，你居然坐视不理?!”

谭晶晶还是笑嘻嘻的，言语上却有了看不见的锋利：“你还能感觉出葛萧痛苦啊？我以为你没心没肺感觉不出来呢，说到对葛萧坐视不理，谁比得上稳如泰山的乔大小姐呢？”

谭晶晶是在影射我这么久的毫无音讯吗？我理屈词穷，嗫嗫地说：“那——有没有办法让葛萧不那么难受呢？”

谭晶晶漫不经心地说：“没办法。要不，你一刀捅了他算了，给他一个痛快的。”她那看似玩笑、实则咄咄逼人的话，让我无力招架。我无所适从，哀叹了一声。看到我委实伤感的样子，谭晶晶似乎动了恻隐之心。她想了想，说：“原本昨天早上我想和你说的，可你又说不想听。昨夜葛萧没和你说什么，我想，他总有他的理由，那么，我就不能越俎代庖。”

我说：“可是，看着葛萧昨天醉倒的样子，我真的很难受。”

谭晶晶好像有些不死心，看着我说：“他离开之后，真的什么都没和你说？”

我有些不耐烦了：“和我说了我还用跑过来问你吗？”

谭晶晶自言自语地说：“那是为什么呢？难道……”瞥见我疑惑的眼神，她眼珠转了两转，忽然笑了，“好吧，我告诉你，你不用担心葛萧，他是装醉的。”

冬瓜和西瓜，什么和什么啊?!

这世界怎么前因后果反差那么大?

看着我满脑子糨糊的模样，谭晶晶慢吞吞地说：“我就说到这儿，这是葛萧自己的主意。”然后她忽然笑起来，“乔北，你真的很好骗啊，葛萧的酒量，是随随便便就会喝醉的吗?”

怪不得谭晶晶和江水明会奇怪地交换眼神，怪不得他们理都不理会“不省人事”的葛萧。

葛萧是装醉的。

原来，这个莫名其妙的局，充满了知情者，只骗到了我一个人。

原来，师伟说的是真的。我立刻对师伟内疚无比。

可是，葛萧为什么装醉吗?

谭晶晶再次想了想，随后她轻松地耸了耸肩：“初次失恋嘛，总得有点儿异常吧。以后有经验了，就没这么变态了。”

这是很有力的说辞。于是，我轻而易举地相信了谭晶晶，也轻而易举地原谅了葛萧。

看到我情绪转好，谭晶晶就把注意力重新放在那幅画上。那幅画似乎只画了一面朦胧的白纱。她打量着那张画，亮晶晶的眼睛里闪着疑惑的光：“你觉不觉得，画里的这个女子，像某一个人?比如，杜宇?”

我眨了眨眼睛去看，真真儿地看见那个在白纱背后站立着的影影绰绰的女子，神情间有几分杜宇的明媚和温婉。我深以为然地挑了挑眉，说：“江水明果然是走火入魔了，只怕眼里心间、笔下眉头，都只挂念着杜宇了。”

谭晶晶摇了摇头：“不是，我看了很久了，还有旁边这张全裸的……我觉得这不是凭空臆想出来的画面，不面对着本人，不可能有这样激情澎湃的神来之笔。”

我忍不住笑了：“江水明倒想，只怕杜宇不会给他这个惹人遐想的机会。”

谭晶晶也跟着笑了："的确，我相信就算江水明有这样的请求，杜宇也会淡然回避。"正聊着，江水明很小心地推开院门，探头探脑地看谭晶晶："谈完了吧？我可以进来了吧？隔壁几个爷爷都在二楼窗口观察我，目光很吓人，我压力很大。"接着，他就和谭晶晶说起展览的事情。

已经释然了疑团，他们也没时间陪我聊天，我就和他们告别，心情良好，直至回到家。

师伟不在。可面对着没有师伟的房间，我还是无法放松。昨夜，他捏着我下颌的举动，和他说的那些话，吓到了我。

不管葛萧是真的喝醉还是假的喝醉，师伟对他的厌恶都是真的，师伟对我的警告也是真的，我依然不能见葛萧。我也没有胆量去钻他的空子——不见葛萧而是打电话给葛萧。我不知道这会不会再次激怒师伟，我真的怕他会在我的生活里消失。

我没有选择。

我甚至祈求上苍，葛萧不要给我打电话。

上苍难得地听到了我的祈求，葛萧果然没给我打电话，也再没有人和我提到他。就像我的世界，没有出现过一个叫做葛萧的人。

银杏满树金黄的时候，梧桐的叶缘也泛起精致的黄。看着窗外，我简直不敢相信。一度，我以为我和师伟之间那可怜到都不足以被称为情感的小东西，会随时在须臾间夭折。却没料到，它竟然可以存活了整个夏天，又存活了大半个秋天。

师伟从来没有问过我，学习爱的课程到底有多少节、他什么时候可以毕业。这是我的幸运，我又怎么会提醒他呢？

其间，师伟对我，偶尔有细微的好，这足以让我欢欣鼓舞，甚至在加班时面带微笑。

主编看得到我的笑容，可她依然唱衰我和师伟的未来。可是，有很多事情是无法对外人说明的，就像她曾经莫名其妙地看好我和葛萧的未来。现在我和葛萧，在很长一段时间里，再未相见，音讯全无。未来，谁能料到未来会有怎样的节外生枝呢？

这天加班时，主编哗啦哗啦地翻了翻笔记本，说："乔北，你好像还差我一篇什么有趣人物的采访。"那次我去抚顺找江水明时，曾用过采访的借口，但因为次日就返回销假、也没报销任何费用，所以采访稿子自然不了了之。当时主编没说什么，我以为她就此放过我了，却没料到几个月之后，她翻了旧账。

我瞪着主编："不是吧？最近不缺稿子啊！"

主编一本正经地瞪我："我不喜欢你男朋友，我在找你茬儿你没发现啊？"

我说："你只看见过他一次好不好？还是背影。"

主编说："但是我看见过你以前的男朋友，不止一次。重点是，还是正面。"

我说："我再告诉你一次，那个不是我以前的男朋友，我和他一点关系都没有。"

主编说："那我也再告诉你一次，如果你真的和他一点关系都没有，他就不会完全淡出你的生活，你害得我看不见这个赏心悦目的美男子，我报复你是应该的。你看着办。"

我立刻高举双手，弃械投降——反正江水明已经回南京了，采访他也不用舟车劳顿。

电话里，连日赶画的江水明有点儿疲惫："等画展结束了行吗？"

我看了一眼虎视眈眈的主编，她已经放话给我了，要么当晚拿出采访稿，要么就把葛萧叫到报社来供她观赏。后者我做不到，我只有走采访江水明这条路。

我不动声色地学主编威胁性的谈判："江水明，我认识你 17 年了，你看着办吧！"

我走进江水明的画室，一边打量凌乱摆放的画框，一边喊：“江水明。”

江水明的声音从遥远的地方传过来：“我在这儿。”

空旷的画室里回荡着我们的声音，可我还是辨别不清他的方位：“哪里？”

在一堆堆一沓沓的画框画布后面，是一条帆布帷幔，拎着油画刷的江水明揭开一角探出头来：“过来吧。我在赶最后一张画，就快完了。”

我应声走过去，低头弯腰地笑着钻到帆布的后面：“画画扯条布干吗？难道有什么画法需要保密？”我刚直起身来，笑容就僵在脸上。

一个全身赤裸的女人，正慵懒地枕着自己的手臂，安静地斜躺在一块蒙了白布的沙发上。暮夏傍晚最后的霞光中，她微微地眯着眼睛，睫毛的尖端点缀了天光的粉红金黄，鼻尖下面，娇艳欲滴的唇微微开启，柔润的身体曲线精致到完美，洁白细腻的肌肤流光溢彩。

杜宇。

谭晶晶猜得没错，画里的那个女子，就是杜宇。

我只是没料到，会在这样的情形下，遇见许久不曾谋面也不曾想起的她。

江水明再也没有和我们提起她。

可她居然出现在这里。

我怔住了。

江水明全神贯注地画了最后几笔，然后放下工具，拿起旁边一件淡橙色长款衬衫，走近已经坐起来的杜宇，轻轻地把衬衫披在她的肩上。

杜宇对我微微笑了笑，站起来，缓慢而仔细地扣着纽扣，衬衫下摆外，裸露着毫无瑕疵的修长大腿。

从头到尾，他们彼此间不曾有半点儿尴尬和戒备，神情和动作随意自然、大方得体，全不见有任何暧昧，偶尔的眼神交流也干净至极，甚至有种超凡脱俗的圣洁。

尴尬的人反而是我。

我试图给自己解围，于是对江水明说："你可以告诉我现在不方便，我改天过来就是了。"

江水明说："我一再告诉过你等画展结束后啊，可你说认识我17年了，你让我看着办。"

杜宇微笑着说："没有什么不方便的。乔北，这些画，或早或晚，你都会看见的，你不可能认不出我。那么，或早或晚，或画或我，又有什么区别呢？"

杜宇坦然美好的笑容让我暂时镇定下来。我很有职业道德和职业素养地采访着江水明，全神贯注地写采访笔记，彬彬有礼地跟杜宇和江水明道别，然后，打一辆车回报社。

一关上车门，我就对着刚接通的手机、用变了调的声音大喊："谭晶晶，江水明和杜宇在一起了？"大概因为我憋了太长的时间了，骤然炸响的奇怪声调把司机都吓了一跳，因为车身忽然抖了两下。谭晶晶在那端带着笑音说："没有啊，杜宇只是做了江水明的模特。"

原来又是只有我不知道。

我有点伤心，说："你为什么不告诉我呢？"

谭晶晶说："这是江水明自己的事情啊，他不告诉你，肯定有他的理由。我……"

我伤心地打断她："那么多年，你什么都会告诉我的，可是，你现在什么都不告诉我，葛萧的事情是这样，江水明的事情也是这样，他们并不是外人啊，我们是死党……我好怀念以前我们彼此之间无话不谈的日子。"

谭晶晶沉默了一会，由衷地说："是的，乔北，你说得对，我们是死党。不过，现在我在外面谈江水明画展的事情，稍晚一点我给你电话好不好？"

我心情愉悦地说："好。"

回到报社赶完稿子，我跑去交稿，顺便对主编做了个鬼脸。她回赠了我一个白眼，但并没有为难我，扫了几眼稿子，就对我做出放行的手势。

我刚收拾好背包，师伟的电话来了。

他的声音依然没有太大的起伏："加班完了吗？带你去吃夜宵。"这足以让我心花怒放，笑逐颜开——他已经懂得，在我加班的夜晚，守在我回家的路上。

曾有两性节目的主持人调侃说，培养伴侣是世界上最划算的买卖，只要你舍得花时间，对方就一定会给予热情。看来果然如此，我不遗余力地让师伟学会爱，我也是他学会爱之后的第一个受益者。

师伟也懂得了给我制造惊喜。他带我去最新开的一家港式夜宵店，还提前预订了座位。我一直觉得，老天让我明白了什么叫天堂，可江爸的理论是对的，天堂很短暂，地狱才是永恒。

我和师伟还没来得及到达那个临窗的座位，一个原本悦耳的声音带着怒意低沉地传来："乔北。"

谭晶晶。

谭晶晶的眼睛冷得可怕。她慢慢地从座席边站起来，看着挽着师伟手臂的我，目不转睛，直到我心虚地放开师伟，她才冰冷地说："给我一个解释。"

师伟说："谭晶晶——"

谭晶晶看都不看师伟，只盯着我："乔小姐，这就是死党之间的无话不讲吗？我拜托你，请你认真地把这一切解释给我听，请你不要有任何遗漏。"她已经恢复了常态，声音依然清脆悦耳，脸上又挂上了笑容，可她的眼睛变得很深很亮。

谭晶晶真的生气了，气到根本不想用发怒宣泄。

有过死党的人都知道，死党之间根本没有那么多礼节。

所以，越客气，就是越冷漠。

看我无话可说，谭晶晶的笑容得体而温暖："我现在很忙，乔小姐看起来也没想好该怎么向我解释，那么，不妨请两位先吃夜宵，我们稍后联系?”

我还站在原地试图寻找什么话说，谭晶晶已经坐下，继续和同桌几个人谈笑风生。已经木然的我，被师伟拉着，一步三挪地来到最里面的位置。那里看不见谭晶晶的眼睛，也听不见谭晶晶的笑声，可我觉得谭晶晶的目光和嘲讽无处不在。

纵使师伟坐在我的对面，我也如坐麦芒。

谭晶晶什么都不知道?

谭晶晶怎么可能什么都不知道?

谭晶晶为什么会什么都不知道?!

师伟不是告诉过我，是谭晶晶拒绝了他的“练习爱”的请求吗?因为她只是“准备去爱”而不是“准备好了，去爱”，那么谭晶晶对师伟，不是不应该再有任何瓜葛了吗?

我并非百思不得其解。我能想到唯一的一种可能，一种我不愿意去相信的可能。

我坐在师伟的对面，狼狈地流着泪说：“师伟，我知道你没有向我解释的义务，可是，谭晶晶对我真的太重要了。你能不能告诉我，谭晶晶这样介意，到底为什么?”

师伟平静地吩咐服务员上菜，然后，他看着我。

就是那唯一的一种可能。

师伟骗了我。

我和葛萧碰见他们那次，只是谭晶晶约师伟一起吃饭，没有什么“爱的练习被拒绝”，师伟根本什么都没说。甚至，是谭晶晶热情如火地邀请师伟去她家过夜，师伟拒绝了。

我的胸口，有成分复杂的巨大伤痛。我痛苦地问师伟：“你为什么要骗我说，是谭晶晶拒绝了你?”

师伟端着红酒杯，并不看我，表情坦然，很平静地说：“因为只有那样，你才不会纠结，同意教我爱。”

我和善良的小柳、豪爽的谭晶晶、一根筋的江水明、没有小我的葛萧相处太久了，我已经习惯了对人不用分辨，不用设防。我从来没有想过，师伟不是他们。

师伟没有紧张，没有辩解，没有道歉。

因为他从来就不觉得他做错了什么。

谎言，对他来说，只不过是一句话，一句和其他话并没有什么不同的话。既然可以省去很多的唇舌和步骤，直接达到目的，为什么不呢？

看一个人，无需了解他内心的跌宕起伏，只需看他做一件错事，然后看他对这件错事的态度，他的为人处世之法、他的生存发展之道，就昭然若揭。

葛萧曾说江水明所追求的，不是杜宇，而是杜宇停留在高中时代的印象。那么我所牵肠挂肚的，又何尝不是我一厢情愿的记忆？

时光荏苒，岁月蹉跎。

如果说，上次师伟对我动粗，我还能勉强用他在乎我来搪塞，那么这次，他的谎言，我又该如何替他圆场？总不能骗自己说，是他为了尽快得到我吧？我无法自圆其说。

我吃不下精致的菜肴，也喝不下芳香的红酒，我的内心百味杂陈。

就在这时，我看见谭晶晶出现在窗外，她得体地和其他几个人道别，面带微笑。等那几个人开车离开后，她忽然收敛了笑容，目光狠狠地投射过来。她的目光，直直地剜在我的心头上。

我看见她扭过头去，招手打车，忽然就产生了要永远失去她的恐慌。我抓起手包，奋不顾身地向门外冲去。由始至终，师伟表情淡淡地细嚼慢咽，丝毫没有理会我们的意思——就算我教会了他几种爱的表现，却始终无法让他懂得，到底什么是爱。

有条件的，绝对不会是爱。

有谎言的，绝对不会是爱。

我乘坐的出租车抢在谭晶晶乘坐的出租车之前到达她家的小区，所以她一下车，我就拉住她的手臂："晶晶，你听我解释。"

谭晶晶站下，看着我，瞳仁黑亮："好啊，你解释。"

可我该从哪里解释？我真的要揭穿一切都是师伟的谎言造成的吗？我真的要揭穿这个我们都深爱的男人，居然卑劣地撒了一个并不高明的谎吗？

看着我说不出话的样子，谭晶晶冷笑着说："看来乔小姐还需要更多的时间，请恕我不奉陪。"说完，她拔腿就走。

我追上去拉她，她厌恶地挣开我的手，就像我是再恶心不过的垃圾。可除了跟着她，我不知道还能做什么。就这样，我固执地跟着她进入小区、进入单元门口、进入电梯。她掏出钥匙开门时，愤愤地警告我："我不能阻止你去公共领域，但是，如果你试图走进我的私人空间，我会毫不犹豫地打你。"

说完，谭晶晶闪身就进了门。不知哪来的勇气，我的手迅速地抓住了门框。谭晶晶做了几下关门的动作，但始终没有狠狠压碎我的指骨，这让我看到了希望。我叫她："晶晶，师伟只是一个男人。"说着，我用力推门，试图进屋。

谭晶晶一边阻挡我进屋，一边试图关门。她生气地喊道："乔北，这不是什么男人不男人的问题，这是你对我的欺骗，死党对死党不可饶恕的背叛。"

我做不到立刻说出艰难的真相，可说不出真相，又让我背负巨大的委屈。我终于忍不住了，用力推开门："为什么我和他在一起，就是对你的背叛？师伟一直在拒绝你，他从来就没说过要和你在一起！就因为你喜欢师伟很多年吗？那我告诉你，我也喜欢师伟很多年。"话一出口，我就知道自己在又气又急之下失言了。

谭晶晶的动作一下子就停住了，盯着我："'喜欢师伟这么多年'？"她努力平缓语气，"原来，你也一直喜欢着师伟？你就那么堂而皇之地探知着我的心事，却对自己的心事只字不提？"她再次喊起来，"我以为你只欺骗了我这一次，原来你欺骗了我这么多年!”

门“砰”的一声关上了，只隔着一层门板，可谭晶晶愤怒的声音却仿佛从很远的地方传来：“乔北，我们彻底结束了。”

我无力地坐在走廊的地上，开始大声哭泣。我知道，刚才我的叫声、现在的哭声已经让谭晶晶睡或没睡的邻居们都挪到了门前，向外窥视，可这种被暗地围观的羞耻感比起即将失去谭晶晶的恐惧感，显得那么微不足道。

我来不及描述那些绵延了多年的暗恋，我只来得及一边哭，一边从师伟在暮春的凌晨给我打来的电话说起。我想把掩盖在内心的一切，一切的一切，都对谭晶晶说出来。我说了师伟的探询电话，说了师伟的出现和消失，说了我和葛萧看见师伟和谭晶晶在餐馆见面，说了我偷窥师伟之后跳上出租车落荒而逃，说了关于爱的练习，说了小柳逼我对谭晶晶坦白甚至不惜对我的翻脸……

我知道谭晶晶就在门内听着，我也知道在夜里这样在走廊里砸门叫喊是多么的失礼和讨厌，可我控制不住我的音量，像发疯的理发师，要不顾死活地喊出所有的秘密，不管那个洞是不是可靠，也不管天亮后还有没有命在。

在我诉说完我所知道的一切后，我一直敲不开的门忽然开了。

满脸泪痕的谭晶晶用力抓住我的肩膀，把我从地上拎起来，咬牙切齿地说：“你没有撒谎?”

我虚弱地摇着头，声泪俱下：“我不敢，我不敢再对你隐瞒，也不敢再对你撒谎，我怕失去你，失去你这个亲如手足的姐妹。”

谭晶晶哽咽着，连拖带拉地把我弄进屋去，然后“砰”的一声关上门。她蹲下来很仔细地擦我的眼泪，接着劈头盖脸地打我，边打边哭。打着打着，她的动作就越来越轻、越来越慢，最后，她无力地靠在我身上，与我抱头痛哭。

谭晶晶披头散发地靠在沙发上，抱着膝盖，精疲力竭地点燃了一支烟夹在指间，然后，她咬着拿烟那只手的大拇指，皱着眉头，陷入了沉思。

我揉着被她抓得生疼的肩膀，眼泪汪汪地说："小柳真是守口如瓶，我原以为她放下电话就会打给你……"

"嘘！"谭晶晶竖起食指，做了个噤声的手势，眉头依然皱着。

没有人能猜中谭晶晶的心思。我只好选择沉默，坐在对面的脚踏凳上。

许久，谭晶晶忽然吸了一口几乎熄灭的烟，接着长长地吁了一口气，把烟按灭在烟灰缸里，看着我，神情平和。

"乔北，马上跟师伟分手。"

这句话她说过，在今天我跟着她进小区大门的时候，以不可理喻的方式，劈头盖脸地吼叫出来。

我的脊背立刻抗拒性地僵直起来。

可我忽然看清了谭晶晶此刻的神情。

她清澈的眼睛可以一见到底，没有左右逢源的算计，没有八面玲珑的心机。她平和坦然地加重了语气："你必须和他分手。"

很多年前，谭晶晶就说师伟没有任何气味。现在来想，或许那正是师伟想做到的。

师伟反感留下任何可以让人辨别出是他特征的细节。情绪、衣着、气息、表情，都是如此。就像雪地里夜行的野兽，必须扫去所有的足迹。

在高中时代，师伟就已经有了宠辱不惊的冷静，至少在表面上如此。他的性格给人留下的印象只有一个褒贬不明、语义含混的"冷"字。

师伟的所思所想更是深不可测，也透露着让人不安的危险。

谭晶晶说："师伟就像宇宙中的黑洞，没有人可以靠近他身旁还能独善其身。没有人知道他做一件事的目的，更没有人知道事情最终的结局是什么。”

越是人迹罕至的地带，越是引人遐思。那些笼罩着传奇色彩的地域，都拥有着或博大或瑰奇的绝世美景。然而，那也往往是探险者的死地。

师伟的神秘，曾经吸引了谭晶晶。

现在，谭晶晶对他的神秘不寒而栗。

谭晶晶说：“乔北，费洛蒙香水一直遮蔽了我的聪明，我现在才看清，师伟的世界是和我们不同的，他的善恶是非标准是利己的。换句话说，为了达到自己的目的，他会不择手段。可是，我们连他那样去做的目的都不知道，你不觉得害怕吗？”

我终于想通了为什么。

为什么师伟从没想过，要和聪明漂亮的谭晶晶在一起。

从青春期到现在，师伟拒绝了谭晶晶一次又一次的示好，并不是他所说的那样，“谭晶晶只是喜欢着喜欢我的感觉”。如果说，他拒绝其他女孩是因为她们不够聪明，他不想浪费时间和精力，那么，他拒绝谭晶晶，只不过是因为谭晶晶太聪明了，他不想被她看透内心。

同样，他不去找谭晶晶做“爱的练习”的真正原因，就是他知道骄傲的她不会接受什么“爱的练习”，他也无法假装与谭晶晶相爱，因为对爱一无所知的他给不出真正的爱，聪明绝顶的谭晶晶立刻就会发觉，他只是在“练习”。

乔北是一个非常合适的人选，有情趣，不无聊，又傻傻到明知是练习还一头扎进去。

谭晶晶并不知道我在想什么，她紧紧地抱着我，心疼地说：“乔北，听我的，和师伟分手吧。他是残酷自私到会用你的走火入魔来换取他的如愿以偿，他不配得到你无惧无畏的爱。”

看透一个人是瞬间的事，接受看透的事实却没有那么迅速。

从谭晶晶艰难的语气，我不难想象，要她去描述师伟的“残酷自私”是多么困难和残忍的一种尝试。这是在推翻贯穿她整个如花年华的情感信仰，这是在默认构筑了十几年的爱之梦境不过是黄粱一场，这是在以巨大的疼痛碾碎她生命里最珍视的段落或篇章。

可为了我，她宁愿承认自己做了十几年的傻瓜。

何等磅礴的勇气！

何等诚挚的友情！

有友如此，总算老天待我不薄。我抱着谭晶晶，泣不成声。

谭晶晶，对不起。从一开始，我就已经知道，这是一场练习。

是的，我是心甘情愿地在等待，等待着那个不知道什么时候会出现的，让我痛不欲生的结局。

在这之前，我痴迷于每一个细节，贪恋着每一点甜蜜。

我想，饮鸩止渴这个词语，一定是一个女人发明的。

因为只有女人，才会明知这是一杯断肠的毒药，还要迫不及待地喝下去，以解饥渴。

情之渴。

那夜，我和谭晶晶紧紧地抱在一起入睡。世界这么大，能一起取暖的人并不多。何况，我和谭晶晶，经历了同样的寒冷，同病相怜。

再没有比爱错人更冷入骨髓的寒冷了。

再没有比交对朋友更暖入骨血的温暖了。

临睡前，谭晶晶说：“我告诉你，葛萧和何晓诗分手的原因。”

居然是因为葛萧的妈妈——田阿姨。

葛萧灰着脸牵着何晓诗从我家离开的那夜，他把何晓诗带到他家，告诉他妈妈，她是他的女友——第一个确定了关系的女友——初恋女友。

他牵她的手，陪她逛南京每一条可逛的街，带她去无锡看太湖。他甚至许给她一段婚姻。当着他妈妈的面，当着谭晶晶和刚回南京的江水明的面。

葛萧是认真的。在他的世界里，绝无玩笑。言出，就必行，行之，就必果。

不料一贯喜欢何晓诗的葛萧妈妈，以异常决绝的态度，断然阻挠了葛萧。

彼时，在葛萧说出结婚的打算时，葛萧妈妈平静地看着何晓诗："我很欣赏你的个性，也觉得你的家世背景与葛萧门当户对。"不等何晓诗露出欢喜，葛萧妈妈已经继续说下去，"可是，我不同意你们结婚。晓诗，你应该看得出，葛萧做出这个决定时，没有笑容，没有快乐。我不会允许任何人勉强葛萧做任何不快乐的事，就算他自己愿意也不行。"

何晓诗歪着头说："可是，我保证，结婚后葛萧就会快乐起来的。阿姨，你是葛萧的妈妈，他那么负责……"她没来得及说出的话，明显就是"你不会害他食言吧"。

闻弦音而知雅意，葛萧妈妈的脸色已经冷下来："正因为我是他妈妈，我了解自己的儿子很负责，我才会深知，如果他真的许诺，他就会逆来顺受地接受一切的可能，那样只会给他带来一辈子的痛苦。比起这种痛苦，我宁愿让他背上食言的罪名。"

就这样，一直浴血城下、兵戎奋进的何晓诗没有折戟沙场，却在即将旗立城头的大好时光，胸口中了一箭——致命的一箭。

我想了很久，才想起问一个问题："晶晶，我亲眼看到的，并不是像以前那样是何晓诗赖上他，这次葛萧是自己牵起何晓诗的手——他为什么还会不快乐？"

谭晶晶没有回答，很安静地睡在我的身边。

第十三章

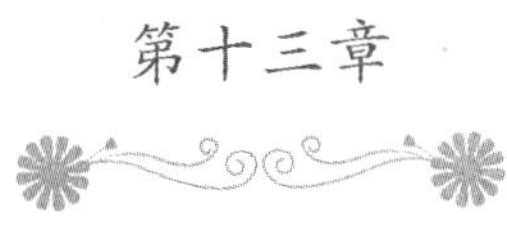

可惜不是你

离开谭晶晶家时，我回过头，心有余悸："我差一点儿就失去了你，你知不知道我有多害怕？"

谭晶晶站在门内，看着我说："可是我更害怕你失去自己。"

除此之外，谭晶晶没有再多说一句。

我懂她的意思，也懂她现在的状态。

她此时关心的只是我。

谭晶晶处理情感问题从来高效果断。我相信，当她对我说出我必须和师伟分手的理由时，她的内心已经理智地剔除了师伟这个名字，即使带着分筋锉骨的痛苦。她绝不会允许自己再去喜欢师伟，无论因为她的高傲，还是因为她的谨慎。

在她眼里，师伟无疑已是一处危机四伏的沼泽地，许多正常的因果和道理在他那里无法存在，闯入者随时可能遭遇无妄的灭顶之灾。

洞彻人心的她，又岂会看不出我放不下执念？又岂会想不到我就算溺死在师伟的世界也会有心甘情愿的笑靥？但阻拦我，就是剥夺我原本就少得可怜的快乐，她做不到。那么，她能做的，唯有叮嘱我，保护好自己。

整整一夜一天，师伟都没有给我打一个电话，发一条短信。然而我回到家时，师伟和平时一样，已经做好了晚饭。

其实，我会毫无怨言地回到他的身侧。这一点，对我对他，都是无需思考的事情。

师伟没有问昨夜发生的事情，没有问及后面发生了什么，没有问及谭晶晶和我是否还是朋友，没有问及这一切会对我们之间的关系有怎样的影响。

经过一些事，我似乎已经开始慢慢地了解他的一部分逻辑。我知道他没有问及的原因——他对其他人的喜怒哀乐缺乏好奇与关切，也对其他人的悲欢离合缺乏同情或祝福。这也是他不会爱、学不会爱的真正原因。

一个人，对这个世界都没热情，又怎能唤起他的爱情？

就这样吧，我只要能蜷缩在你冰冷世界的一隅就好，不贪恋外面的阳光璀璨，不憧憬他处的鲜花怒放。师伟，能让我一直在你身侧，就是你能给我的光和暖。

就这样的久天长下去，好不好？

江水明原想做个低调的画展，可开幕当天，却宛如盛大的新片发布会。

谭晶晶坚决否认自己通知了媒体，一口咬定是江爸在江湖上放出了风声。

江爸在电话那端慈眉善目地说：“呸，在油画界，我的号召力还不如一个三流影视小明星呢！”

的确，江水明画的是油画，而江爸是南京国画界的泰斗，至交或弟子中的名家都是与水墨打交道的，鲜少出席油画展，不可能带动如此大的阵仗。连江爸都没来。

等到正式开展时，我们才明白，众多媒体记者的蜂拥而至，大概是因为短暂客居南京、号称中国当代艺术 F4 的著名油画家方晓天，居然不请自来地到了现场，正在展厅里细细观摩。

江水明完全没注意到展厅内的事。他站在门口，看着远处，一副若有所思的表情。

谭晶晶问："方晓天来了，你还不进去？等什么呢？"

江水明说："贵宾。"

谭晶晶问："谁？"

江水明指了一指："她。"说完他就快步跑向大门口。

我们循着他跑去的方向看。

身穿白色长外套的杜宇，正面带微笑，仪态万方，款款而来。

与她十指相扣的，是一个穿着风衣的男子，中等身高，面容清瘦——冯雪峰。

我真不知道杜宇在想什么，我也不知道冯雪峰在想什么，我更不知道江水明在想什么。这三个人同时出现在这里，我觉得现场的危险系数陡然上升。

江水明的画展，该不会最后被媒体爆出什么知音体的故事吧，比如，"天才画家勾引有夫之妇，个人首展血溅当场"之类的。

可是，远远的，我只看到江水明紧紧地拥抱了杜宇，在她耳边低低呢喃了几句。杜宇巧笑嫣然。冯雪峰就站在那里看着，田野般安静。

这个世界太疯狂了。

师伟会来江水明的画展，也是"这个世界太疯狂"的一部分。

昨天晚上我接到江水明的电话后，忐忑地问师伟我能不能参加。师伟问我为什么会这么问。我说葛萧可能会来，你不允许我见他。师伟淡淡地说，没关系的，我也会去的，是江水明的画展，也是杜宇的画展。

直到和师伟一起到了展览现场，我还是觉得在师伟会来这件事上有些奇怪的感觉，但我真的想不出奇怪在什么地方。就像刚才江水明看到师伟的时候，也有同样的感觉。面对十几年没见却一直听谭晶晶提起的师伟，江水明直愣愣脱口而出的话是，"你来干什么呢？"没有敌意，只是满满的诧异。独来独往的师伟，没有道理会出现在这种场合。

不等师伟回应，江水明已经飞快地看了我一眼。从他的眼睛里，我看出，他应该是从谭晶晶那里已经知道了一切。关于我和师伟，关于谭晶晶和我。我也看出，他什么都不想说，他有他自己的心事，很重的心事。

师伟没有生气，也没有回答江水明的问题，只是点了点头。

江水明拍了拍师伟的肩膀，就自顾自地忙去了。

葛萧没来。

他，还是不快乐吗？

我正打量着还在说话的杜宇和江水明，师伟走过来，站在我身后。他低低地问："杜宇旁边那个人是……"

旁边的谭晶晶看了师伟一眼，默不做声地走开了。

她对师伟的回避，与她无关。对她的情感，她已经从容面对，但她预知着我与师伟的惨淡收场，心存芥蒂。

我回答师伟："冯雪峰，杜宇的丈夫。"

师伟"哦"了一声，看着他们："江水明和杜宇的关系是……"

我摇了摇头："我不知道，很奇怪很奇怪的关系，很纯洁又很复杂。"我忽然觉得有些诧异，诧异师伟居然会主动询问这些。

就在这时，冯雪峰的目光忽然转过来。

在抚顺，我们曾见过一面，他对我大概还有隐约的印象，微微一笑，点了点头。接着，他的目光就停留在师伟身上。然后，他径直走了过来。

冯雪峰和师伟对视着，我正想为他们做介绍时，冯雪峰已经笑了笑，走进展览区了。

杜宇从江水明的身侧转过头来，飞快地向这边看了一眼，应该是看冯雪峰的去向。惊鸿一瞥，已是令人如沐春风的赏心悦目。她似乎并没有留意到我，可能也没有留意到我身边还站着一个十几年前的高中同学师伟。

师伟凝视杜宇，并没有上前打招呼的意思。不知他在想些什么。然后，他转过身对我说："进去吧。"或许是我的错觉，我从他缓慢的语调里，听出了犹豫和疲惫。

风景，那栋小楼，那片荷塘，那方土地。人，杜宇。

江水明的画，是有生命的，那些画面里的风景都有着鲜活的自然痕迹，那些杜宇的或蹙或笑、或站或立的姿态，生动美好。江水明内心的单纯与热情，昭昭天下。

我感叹着江水明的投入生命，也猜测着，他追逐着杜宇这场戏，该如何浓墨重彩地唱下去。师伟走在我身侧，却没有去看任何一幅画——他陷在自己的世界里，平静而阴郁。

因为他不喜欢葛萧，所以也不喜欢葛萧的死党江水明吗？

那么，他为什么要来？

随着人群慢慢地移动，我看到了江水明的最后一张画，高高地悬挂在展厅的正中央。在那张画的对面，是那张尴尬了一群老将军的画。两张画尺寸相同、内容一致，都是全裸的杜宇，两个她以同样的姿态躺在沙发上，宛如照镜的人与影，或是双生子的重逢。

冯雪峰站在那张画前，长时间地仰望画中杜宇似有还无的微笑，默不做声。

江水明连连地说着"对不起"，突破了记者们的包围圈，走到冯雪峰的身旁，注视着他。

冯雪峰平静地看了他一眼，淡然地将目光重新回到画上。

我在旁边看着，还是不解冯雪峰的平淡。这种不解从第一次看见他开始，就从未消失。拥有杜宇这样的女子的男人，应该嫉妒心很强，应该占有欲很强，应该攻击性很强。我甚至觉得，冯雪峰看到画了杜宇裸体的江水明，目光里存有杀念，这才合常理。可冯雪峰的目光静如雪野，甚至有佛光，有慈悲。

江水明说："终于画完了，展出了。"

冯雪峰说："是啊，小宇真的适合存在于画中。只有这样，才让人觉得，可以真真切切地拥有她。"

江水明笑了，站在冯雪峰身旁，仰头去看那张别出心裁的、高高悬起的画。

是我的错觉吗？我看到冯雪峰和江水明的脸上是一样的表情，安然而虔诚，就像他们仰视共同信奉的神祇。

在一个聒噪的小记者惊喳喳的声音里，我这才注意到，这幅画的名字叫做祭奠。

祭奠。

江水明用种种疯狂的举动，祭奠了他已然错过或从未开始的青春情感。冯雪峰呢？他祭奠什么？

我正想着，师伟忽然走过来，低声说："乔北，跟我走。"

不由分说的，他带着我来到画廊的后院，那是一个露天茶座。师伟看着我坐在他的对面，说："乔北，你是一个最好的倾听者，我想告诉你一些事情，一些关于我的事情。"

我有些吃惊，从不诉说的师伟，以这样郑重的表情，要告诉我的，会是什么事情？

师伟没有看我，只是蹙着眉头，像在思考要从哪里说起。

师伟说："乔北，你知不知道，我为什么那样讨厌葛萧，为什么会把他当成敌人？"他的话题开门见山，却是一个我以为我想清楚了的问题。难道，不是显而易见的那样，两个人无法惺惺相惜，而是别有隐情？

师伟果然给出一个我意想不到的答案。他慢慢地说："是因为我刚刚去世的继父。"

在师伟的生命中，父亲是缺失的角色。在父亲因公去世前，连在襁褓中的时间都算上，师伟不过享受了不到三个月的父爱。父亲烈士的称号解决不了任何实际问题，是师伟的继父，以朋友的身份，在10年的光阴中，给了这个单亲家庭最踏实的帮助。

在10岁的师伟眼中，继父伟岸如山，是他努力模仿的榜样。他时常羡慕地想，不知谁会拥有这样好的爸爸。他并不知道，那时，继父为了他的母亲，已经守候了15年。

初三那年，师伟的母亲与他的继父终于结婚了。最高兴的人，其实是师伟。他以为他可以得到从未好好感受过的父爱了。

可真正成为一家人之后，师伟才知道，继父对自己、对家人的要求是多么的严格。继父那种“不优秀，不存活”的精神导向，可以催人奋进，但毫无亲人间的温暖可言。那年，继父并没有征询师伟或者师伟母亲的意见，就为师伟报考了自己担任校长的高中——南京最好的高中。

师伟渴望得到继父的认可，也就理所应当地渴望一举而中。然而，正是因为这份压力，平时几乎科科满分的他反而以一分之差输给了葛萧，成为高中入学考试的第二名。继父并没有说什么，没有责备，当然也没有安慰，这份冷淡让师伟内心沮丧，他担心继父内心有对他并未说出的失望和看轻。于是，在那时，他已经把素未谋面的葛萧当成了假想敌，发誓要超越葛萧，其实这样做只是为了让继父对自己刮目相看。

师伟决定向身为高中部校长的继父请求，把他和葛萧分在一个班里。

这是他重振士气、再度向继父表态的决定。

即将升入高中的那个暑假，师伟全家人去一个著名的佛寺参观时，他向继父提出了这个请求。他的继父同意了，但就在他在内心暗暗感激继父给了他又一次证明他的优秀的机会时，跪在蒲团上背对着他叩拜菩萨的继父，却说出了一番让他冰心冷肺的话。

师伟的继父对师伟说：“你注定成不了事，因为你太聪明了，你看得到一件事情发展的所有可能，你会顾虑、会权衡、会放弃，你没有江水明不问得失的执着，也没有葛萧顺其自然的淡定。你这辈子将庸庸碌碌，我就给你求个平安好了。”

师伟说：“你无法体会到，一个从小失去父亲的孩子对这个世界的憎恨与恐惧。父亲是孩子身后的一堵墙，可以让孩子安心。我的继父为我付出了很多，但他以日常的话语，不断摧毁我的信心，一再告诉我‘你不行’。这毁坏了我的平和与锐气。既然每次的努力都可能失败，既然每次的得到都可能是要被老天爷夺走的假象，那么又何必去努力、去得到？就让老天爷安排好了。”

师伟说：“可是，短暂的沮丧之后，我心里涌起的是更多的不服气。我相信自己的智商，相信自己的毅力。那时我就告诉自己，球赛也好，考试也好，我要把每件事都当做生死一线的契机。我没有太多时间浪费在友情或者爱情之上，既然我没有江水明和葛萧的运气，那我就要比他们更拼命、更狠。”

什么都要靠自己去争取，哪怕是一场游戏都要拼得鲜血淋漓。师伟的性格在那时就已经有了征兆。无法责怪他的冷酷，无法责怪他的自私，因为对无依无靠的他而言，唯有自己保护自己，每次都是赤裸裸的生存之战，每次都是事关生死的考验。

同样的事重复的次数多了，也就成了印在骨子里的性格。甚至在选择华作为他的初恋女友时，连他自己都没有意识到，就连这种选择也是下意识的、功利性的。

果然，漂亮能干又吃苦的华，在师伟的事业初创时，立下了汗马功劳。她撑得住场面，渡得过难关，在师伟的事业最低潮时，她始终不离不弃。可在苦等多年、索取不到师伟对等的情感时，她潸然泪下，转身离开。

因为没有付出感情，所以华的离开对于师伟来说，心境只有平静的五个字，“一切照常吧”。

所以，与其说华是师伟的女友，尚不如说，华只是一颗师伟无意间选中又仓皇逃离的棋子。

年初，继父忽然去世后，师伟终于有时间停下脚步。

他不得不停下，因为他忽然发觉，他为之付出青春、付出心血的努力，都不再有意义。

继父再也看不到他做的一切，他再也等不到继父的一句肯定。

而他失去了十几年的时间，失去了可能会结交知己的机会，失去了渴望与他肝胆相照的伴侣，失去了本该用心享受的生活，只剩下一个他从来没有倾心热爱过的事业——那只不过是他最可能获得成功的工具而已。就连选择它，他也只是功利性的。

万千繁华世界，孑然凄凉一身，这是何等的残酷与悲哀。

师伟跪在继父的墓碑前，回想着逝去的青春，哭得肝肠寸断。

墓地可以让人想明白很多事情。

哭到虚脱时，师伟几乎不留存清晰回忆的脑海里，只剩下一张温婉微笑的脸。

杜宇的脸。

师伟冷峭的脸上有了罕见的轻松。他看着我，可是他真正的视线分明已经穿透我的瞳仁，投射在另一个平行的世界，注视着那个世界的另一个人。

杜宇。

一直痛惜师伟身世曲折的我，猝然从师伟的讲述中听到杜宇的名字，有巨大的意外。可刹那间，我也突然想明白了，师伟决定和我一起来画展原因是什么了。师伟说，是江水明的画展，也是杜宇的画展。可是从头到尾，我都没有说过杜宇的名字。

也就是说，从一开始，师伟就知道，江水明的画中人，是杜宇。

师伟不是陪我而来。对于我，他绝无相伴的必要；师伟也不是为给江水明捧场而来，他们毫无交情可言。这显而易见。

那他为何而来？

我的胸口，升腾起不祥的预感。我抓紧了藤椅的扶手，微微发抖，有些害怕地看着陷入回忆中的师伟。

我祈求世界末日就在这一刻来临。

唯有天翻地覆的毁灭与再无轮回的死亡，才能拯救我此刻绝望的心境。

是的，我已经明白，我即将要面对的，就是层层迷雾后的真相——让我蜷缩师伟身侧那微小可怜的幸福都要荡然无存的真相。

师伟并没有注意到我越来越苍白的脸和越来越惶惑的表情。其实，即使他注意到了，又如何呢？他可以视若无睹。我的世界，不是他的世界。他对其他人的世界，没有关心的可能。

师伟的语调开始放缓，他的神情，就像长途跋涉的路人忽然发现自己到达了目的地，于是终于从奔波的疲倦中解脱出来，终于有了时间和心情，去面对梦中那座春雨迷蒙的江南小镇，着迷而投入。

他说："那么多年前，我的人生已经扭曲，葛萧和江水明，你或是谭晶晶，还有许多许多人，纵使有这样或那样的遗憾，也不会感受到我那种家庭坍塌而留下的灰暗阴沉。"

只有差不多的经历、寄居兄嫂门下的杜宇能读懂他灵魂的伤，只有冰雪聪明、善解人意的杜宇能对他感同身受。

师伟说："只有杜宇。"

师伟说："只有她。"

师伟揭开了一个其他人无知无觉的世界，一个仅存于他和杜宇之间的、相互爱慕的世界。

并没有谁先开始，也没有所谓暗示，暗恋着杜宇的师伟，同样被杜宇暗恋着。

偶尔接触的眼神、擦身而过的气息、穿破空气的声音，都带着磁铁般的吸引。

在巨大而冰冷的世界里，两个孤独惶惑的自卫者，理应相拥取暖。

只是——

向来情场如战场。两个人的性格，足以决定彼此间情感的命运。师伟和杜宇，就像两个即将对阵的绝顶高手，站在原地，以静制动地等待着对方。两个人都太镇定、太冷静，所以就那样对峙了许久，一起转身离开，各奔东西。

一场本该花好月圆的两厢情悦，终究错过。一夜秋雨，遍地残叶。

那之后，千帆万水，关山不度。

转眼间，花开花谢十几载。

在寂无一人的墓地中，师伟终于回忆起，他曾对杜宇有过的，那种惺惺相惜、同病相怜的情感悸动。他清楚地意识到，那是他这半生唯一一次的动心，那是没有利益纠葛的、内心的真实感情。

他听从了内心情感急迫的安排，决然变卖了公司，返回南京，然后邀请杜宇。

是的，时间是重合的——当师伟终于艰难地踏出表白这一步时，正是我们陪江水明去找杜宇的那几天。杜宇不在抚顺，那是因为她刚刚答应了师伟的恳求，回到了阔别多年的南京。然后，面对师伟火热的示爱，她毫不犹豫地拒绝了。

师伟从来没想过，暗恋他的杜宇会拒绝他。他要求杜宇给他一个理由。

杜宇的微笑一点不变："因为那张照片。"

那张师伟在高中毕业时送给我的照片，那张放在我的同学录最中间、师伟从篮球场上走下来的照片，不是出自暗恋师伟的我的手，不是出自高调示爱的谭晶晶的手，而是出自和我一样，时常远远地站在篮球场外的杜宇的手。

师伟以为把它送给拍摄者乔北就了结了乔北的情愫，却没料到拍摄者杜宇就此产生了诀别的念头。

杜宇永远带着含蓄内敛的微笑，清澈的声音却可以说出最残忍的话："无论你觉得解释的理由多么充分，我都不会接受。你忽略我的表白，我便永远不会再给你机会。"

杜宇，看似柔和可人的杜宇，其实是最沉得住气、最狠得下心的人。

在她为了瑕疵而宁为玉碎的决绝面前，一向定力超群的师伟也输得狼狈不堪。

临别时，师伟问她："我到底怎样做，你才肯回心转意？"

杜宇说："给我爱。可你给得出来吗？你给不出来！"

是的，师伟给不出爱，没有人能给得出自己根本没有拥有的东西。杜宇的话不是指明方向，而是扼杀师伟心存侥幸的希望。

可是，师伟更清楚的是，在自己一片空白的情感世界里，杜宇就是他这个濒死的溺水者唯一的稻草。

他必须得到杜宇。因为，这已经是他在这个世界活下去的唯一意义。

师伟必须学会爱。

所以，对于师伟来说，牺牲爱着他的乔北，真的是小事一桩。为了杜宇，他连自己都可以牺牲。

南京的深秋，有温暖透明的阳光。我就坐在阳光的怀抱中，可我浑身发冷。

师伟停止了讲述。他那双可以看透人心的眼睛直直刺进我羸弱的心脏。

我们陪江水明到抚顺，第一次见到杜宇时，曾顺口问杜宇，是否见过其他同学。杜宇犹豫了一下，没有回答，那是因为她真的见了一个同学——师伟。

我们去"竹玲珑"吃饭时，杜宇脸色微微绯红地接听电话。那电话，也来自师伟。

那时，我与杜宇座位相对，却浑然不觉。我和她之间，因为师伟，会有着怎样微妙而奇异的因缘际会。

正是为了唤回杜宇的爱，师伟选择了我，学习爱。

那我是应该怨恨杜宇俘获了师伟，还是应该感谢，她把师伟不动声色地推到了我的身侧、给了我暂时的如愿以偿？

我抱着肩，牙齿咔嗒作响。我觉得我的精神已然处在崩溃的边缘，我想尖叫着大哭出来。

有人吗？有人来救我一下吗？

就在这时，在展厅通往后院的横廊上，我看到一个熟悉的修长身影——葛萧。

多日不见，他瘦削如落叶的白杨，只有那双深沉的眼，清澈如初。

为了死党江水明，你来了。可是你为什么还是不快乐？

葛萧站在横廊的玻璃幕墙后面，阳光照射在横廊下的水面上，反射出星星点点的光晕，那光晕透过那扇巨大的玻璃幕墙时，有轻微的扭曲变形，映射着飘浮的微尘，形成两道宽大光影。

葛萧正在那两道光影之间，非常像极舒展着羽翼的天使。就连他此时苍白的面容、忧伤的眼神，也像直接拷贝自希腊神话中那个月光下化身水仙的美少年。

他就那样一动不动地站在那里，看着我。

我知道，我知道你会是那个救我的人。你从来不会让我沉沦苦海，我一直都知道的。此时，你温暖的手心、你动听的声音、你包容的怀抱，都像寒冷冬夜的篝火一样诱人。

葛萧，在我需要你的时候，你从未让我失望。

看着我几乎要哭出来的样子，葛萧急匆匆向前走了几步，就要走出幕墙的遮蔽。

我忽然从坠入深渊的失重感中惊醒，看了看坐在我对面、目光看着别处的师伟，重新望向葛萧，轻轻地摇了摇头。

葛萧猝然收住了脚步。

对不起，葛萧。这次的伤痛，你安慰不了。

那伤痛，来自师伟。那伤痛，依然有糖的诱惑。那伤痛，我拒绝不了。

师伟把我推上死路，我就会享受那无边的黑暗，和黑暗前最后的一点温度。

只要师伟没说分手，温度就还在。即使寂寥若晨星，即使微弱如萤火，也让我愿意用余生去交换。

隔着熙熙攘攘的人群，隔着许多光阴，葛萧从我的目光里读懂了我对他说的话，就像那一个又一个静默的电话，语言在我们之间，反而是可笑的累赘。

他凝视着我，缓缓退回到原地，缓缓转身，然后缓缓消失在无数看展的观众中。

对不起，葛萧。

这次，你救不了我。这是我的单刀赴会，我已经抱了死念。

死念，是这世上最不可思议的精神动力，所以才会有背水一战的经典，所以才会有破釜沉舟的传奇。死念一出，我在顷刻间平静下来。

我说："师伟，你告诉我这么多，这是你对我的信任，谢谢你。"

师伟目不转睛地看着我虽然灰败却带着恬淡笑容的脸，靠在藤椅上的身子慢慢前倾，研究着我的表情。他说："乔北，你的迷人之处就在于，你的伤感和脆弱无处不在，而你的冷静和镇定，又总来得出人意料。可是，有一点你错了。"他的唇上带着冷冷的嘲弄，"我告诉你这些，并不是因为我信任你。"

我错愕地看着他。

师伟的眼神中有陆离的邪气："我只是在试验这种讲述方式是不是会打动人心。乔北——"他的声音缓慢冰冷，眼神中带着地狱的阴霾，"这也只是一次，以你为试验品的——练习。"

他的唇角有来自西伯利亚席卷大地的寒冷：“仅此而已。”

方小天问江水明，有没有兴趣去上海。江水明说，南京才是我的城市。

谭晶晶说：“江水明，你肯定是大脑严重缺水，脑细胞直接集体干瘪。”

方小天反而不介意，提醒江水明：“这是你的首展，以后的路不想顺遂一些?”

江水明说：“这是我的告别展，以后我不会走这条路。”他的脸上，有难得的认真。

方小天看着江水明，忽然和江水明一起笑了。

彩云易散，韶光难寻。再热闹的展览，临到日暮西山，也会人声萧条。

人群慢慢散去，如退潮的浪，呼啸翻滚而来，快速后退而去。

并没有谁提议留下，可我们，就像沙滩上残留的贝壳，零散地停在展厅里。

江水明、谭晶晶、杜宇、冯雪峰、师伟、我，还有葛萧。

即使没有冯雪峰在场，这也不像是一场正常同学之间的正常聚会。

没人相互寒暄，没人彼此交谈。

江水明一反常态地心事重重，谭晶晶生硬地回避着一脸冰冷的师伟，杜宇置身事外般地看着一幅画，我还在师伟那些残忍话语带来的刺痛中，恍惚得就像摇摆的钟摆。而葛萧，静静地站在远离射灯的展厅一角，看不清他脸上的表情。

我们或许是贝壳，但不是空空如也，我们似乎都满怀久埋深海的、腥咸的心事。

只有冯雪峰，脸上的笑容，如苍茫的云海，安然平和。

师伟的突然开口讲述，是我最害怕的，可是我并不意外。

师伟做每件事，都有他的目的。如果不是要讲述，他根本不会来这里。如果不是要讲述，他也不会用差不多半个下午的时间，来尝试如何讲述才有跌宕起伏、轻重缓急。

心思缜密如师伟，是不肯也不会浪费自己的一点时间、一点气力的。

然而天意难测，即使是这个当口，上天还是安排了一个意外，一个让我意外的意外，一个让我们意外的意外。

打破平静的第一个人，居然不是师伟，而是一个在这种场合最不可能开口说话的人——冯雪峰。

冯雪峰看着师伟，语气平和地说："小宇的心里一直有个喜欢的人，你应该知道吧？"不等师伟说话，他已经说下去，"小宇，她从未和我提起过这个人的名字，可我看到你时，我就知道，那个隐藏在她心底的人，就是你。"

除了背对我们的杜宇，所有人在听到这些话的刹那，瞪大了眼睛。

或许只有我，是在讶然于冯雪峰为何会洞悉这样的秘密。其他人震惊的，是秘密本身。连一贯心窍玲珑的谭晶晶，也有满脸的不解。

根本从未见过师伟的冯雪峰，到底是怎么知道这个秘密的？！

师伟也终于显露出了平静以外的一点意外："为什么？"

冯雪峰笑了："你和小宇，虽然一冷一热，但在你们的眼睛里，有着同样的气息。"他指了指自己的眼睛，"我想，或许你们的世界曾残缺过某些同样的东西，于是，增加了另外一些同样的东西。"

杜宇转身看着冯雪峰，冯雪峰对她摆了摆手，阻止她似乎要说的话。他依然面对着师伟，温和地说："如果你有什么想说的，就说出来吧。"

师伟看着冯雪峰，眼中的惊讶飞掠而过。尔后，他就开始了自己的讲述。

师伟所讲的，就是我已经听过一遍的内容。

师伟的声音很沉、很稳，犹如他一贯的冷静。他仿佛在讲述其他人的事情。

可是对我来说，就算听一百次，这些过往还是能带来同样可怕的破坏力量。

而且，这次的力量不是破坏性质的，它无疑是带有彻底毁灭性的——从不讲述内心隐私的师伟，选择在大家面前说出这些，意味着已经到了最后的时刻，意味着已经到了我要与师伟分别的时刻吗?

其实无须别人作答，我又何尝不知，这已经是一局即将终了的残棋，再无纠缠琢磨的必要，再无躲闪腾挪的余地。一切终将水落石出。

我战抖着，在师伟的声音里，缓缓地移动着身体，直到背靠着画廊中央那根高大的承重柱。我渴望得到一个稳妥的支撑，可内心世界的承重柱却已然摇摇欲坠，即将坍塌。我多么希望有人来扶我一下。葛萧……我仓皇四顾。葛萧，你在哪儿?

葛萧已经走到脸色苍白的江水明的身旁，看着我，可他站在那里，一动不动。

谭晶晶担心地看了看神情奇怪的江水明，又看了看面无表情的葛萧，然后走到我身边，抱住我的臂弯，给我一点支撑。

这时，杜宇从画旁转过身来，粲然一笑："在大家面前说出这么多话，你想干什么呢?我已经告诉过你，我不会给你重新再来一次的机会。"

师伟果断地说："那我就表白到你给我为止。"

杜宇微笑着说："你还是断了这个念头吧。"

不等师伟再说，冯雪峰已经开口："小宇，从你10岁时我们相识，已经将近二十年了。我或许比你更了解你自己。"

杜宇长长的睫毛忽闪了几下，脸上的表情依然风淡云清："所以呢?"

冯雪峰的声音铿锵有力：“已经十几年了，还不够吗？你何苦还要折磨师伟，折磨自己呢？”

接着，冯雪峰的话再一次震惊了我们，包括师伟：“我们已经离婚7年，你能不能再给自己一次机会？”

第十四章

悲伤是一条无法逆流的河

高二那年春天，杜宇给自己内心铸造了冰冷坚硬的壳。

过早地失去母亲，也就过早地体会了人情冷暖、世态炎凉。等到父亲去世、她被村里人当面叫做扫把星时，她已经清楚地知道，她保护不了自己，也保护不了周遭的一切，甚至连那只养了五年、视同手足的大鹅被哥哥拎去卖钱时，她也只能站在一旁咬着嘴唇流泪。

她裹着被子哭。没人理睬，没人安慰。家徒四壁，窗外苦竹呜咽。

撑了黄油伞的冯雪峰在院子外面叫她："小宇，小宇。"19岁的他一直是小镇的骄傲。如今，他已经读到大二，在异地他乡，得知杜宇失了至亲，仓皇赶回，不顾村民对杜宇的传言，傲然站在雨中，亲昵地叫她的名。

饿了两天的杜宇不予回应，只当屋里没人。

她已默默发誓，再也不会对任何人、任何事物动感情。这样，她失去任何也就不会伤心。她知道冯雪峰自小对她好，但她更知道冯雪峰的父母与小镇的其他人并没有什么不同，都视她是丧门星。

与其遭人白眼、被人夺走，不如自己矜持自爱、早些放手。

得不到回应，冯雪峰也没有走。他弃了伞，堂而皇之地搬来一架梯子，在无数村民或明或暗的注视下，跳进杜家的院子。

那一夜，他没有走。

冯雪峰只是坐在灶下，给杜宇煮了一锅白粥。

他是故意没有走。他知道，只有大姓冯家，才能遮蔽这个孤苦无依的女孩不受同乡欺凌，而只有用这种暧昧的办法，自视甚高的冯家才会不得不接纳杜宇。

杜宇不是不知道冯雪峰的用意，也不是不知道，这会怎样损害自己的名誉。

她想过与师伟分担，想过。

守着镇上邮政局里的公用电话。

可她没有拨最后一个数字。

话在唇边，她生生吞了下去。

师伟，站在原地不动，他的高傲刺伤了再不肯表露任何感情的杜宇。

于是她别无选择。

冯雪峰是雪中的碳，在刺骨寒意中，她唯有偎在他的身旁取暖。

她只有这样选择。

冯雪峰的家庭、前程，给惶惑中的她一点保护。最重要的，是他对她倾尽所有、毫无保留的爱，给她难得的安全感。

哪怕，她对兄长般的冯雪峰，从未有过一丝一毫的爱情。

对于其他15岁的女孩来说，痛苦就是零用钱不够买心仪的衣服，痛苦就是考试的名次下降了，痛苦就是喜欢的那个男孩和其他女孩多说了一句话。痛苦对她们来说，只是挂在青春岁月的装饰品，用来炫耀自己的内心有多敏感，自己的世界有多丰富。

而15岁的杜宇，则面对着失去双亲的剧痛，学会了不动声色。

她微笑着走下楼来，坐在冯雪峰的身旁，安静地捧起那碗暖热的白粥。

冯雪峰守着她高中毕业，守着她大学离校，守候着，守护着，守着守着，就明白了。

他曾经以为，杜宇的心不在焉和若即若离，是因为小镇不愉快的经历，于是他毫不犹豫地带着她远走他乡，去了远在东北的抚顺，毫无人脉的抚顺。

这对乡荫庇佑了前半生的名校毕业生冯雪峰来说，不吝于砸碎了锦绣般的大好前程。

他从未悔过，不管在那所私立学校枯燥地执教，还是在创办“竹玲珑”后艰难地发展。为了杜宇，他可以粉碎自己全部的身心及灵魂。

可不管在哪个阶段，杜宇脸上永远是15岁时那种波澜不惊的微笑，不喜，不怒，不嗔。

不激烈，也就是不在乎。

冯雪峰终于明白，自己就是那碗白粥。她选择他，只不过是因为恰好他出现，只不过是因为她恰好别无选择。

冯雪峰终于看懂，失却了爱情的杜宇，不养一花一草，不结交朋友，不谈过去未来，她已经不肯在这世上有任何牵挂。

她活得优雅从容，也活得行尸走肉。

她给不出的，是他想要的。

爱。

他不是不曾痛苦，他不是不曾怨恨。

那时，电视台正疯了一样滚动播放《倚天屠龙记》，没有客人时，服务员们看得着迷。冯雪峰无意间路过，忽然听见错爱明教魔头杨逍的辛晓芙给自己的女儿起名“不悔”。

猝然间，他胸口一闷，仿佛拳打锤击，踉跄着奔进自己的办公室，抱头大哭。

不悔。

纵使有千般怒火万般委屈，他也读懂自己从不曾悔过。

从那天开始，从小被父母逼着读佛经的冯雪峰开始真正地学禅，开始痛苦地学会稀释自己的感情。

冯雪峰知道，自己的爱恋不疯狂燃烧，就能给杜宇留下更宽阔的心灵空间。他爱杜宇，也就体谅杜宇、尊重杜宇、远离杜宇。

他选择了与杜宇离婚，选择了与杜宇兄妹般相处。

唯有如此，他们才能平和相守。这样的相守虽然平淡，但也会更持久。

真的爱时，有细微的一点，也比全部失去幸福。

哪怕看穿世事如冯雪峰，也舍不得全部失去。

这是施爱者一致的卑微。

而且，不疯狂燃烧，就不会在面对一片灰烬、满地狼藉时，撕心裂肺。

冯雪峰对杜宇那种淡淡的态度，是他在参透了杜宇的真实情感后，给自己的唯一保护。

我们陪着江水明跑到抚顺时，冯雪峰注视着洒脱的才子江水明，一眼就看穿了他的来意，可他也一眼就知道，江水明不是杜宇心里的那个人。

他也注视着俊朗的陪同者葛萧，葛萧也不是答案。

直到他这次看到师伟。

师伟的眼睛深处，有着和杜宇一样的东西。孤独，决绝，冰冷地远离一切，不眷恋。

但是那种脆弱那种高傲一旦燃烧，将爆发出最炽热的毁灭之火——毁灭一切枷锁，一切阻隔。

冯雪峰深知，那火一旦燃起，自己对杜宇如履薄冰的情感将瞬息不存。

可冯雪峰也深知，那火一旦燃起，将给杜宇带来怎样巨大的快乐。

电石火光间，或根本无需思考，冯雪峰决意，亲手点燃这把火。他的从容和勇敢，一如古希腊那个横穿千山万水的勇士、那个点燃奥林匹克之火的使者。

冯雪峰淡淡地说："小宇，面对你的内心吧。如果不是在等待师伟的幡然醒悟，你的心怎么会那样飘忽不定，让我触碰不到？你说师伟给不出爱，可是，不面对师伟，你又何曾给得出呢？"

杜宇笑不出来了。

在更平静的冯雪峰面前，杜宇无法再平静。她不言不语，却濡湿了眼。

师伟用颤抖的手点燃了一支烟，狠命地吸了一口，才克制住激动的情绪说："我懂了。"

他将那支烟丢到脚下，碾碎，然后走到杜宇面前，拉住她的手。

杜宇忽然呈现出我们从未见过的执拗表情——15 岁女孩般执拗的表情。她想挣脱，师伟紧紧地握住。然后，他把她的手举到他的面前，按在胸口，眼睛闪闪发亮，那是泪光隐约："别傻了，我们早就属于彼此。"

师伟的成长经历的确只能用"坎坷"两字来概括。

在师伟很小的时候，从事地质勘探工作的父亲就在一次执行无人区考察的任务中，失足滑下一个不知名的深潭。当时的条件艰苦到根本无法寻找打捞，直到多年后，他昔日的好友中有人位居高职，才辗转托付初次驻扎当地的部队捞出烈士的白骨。消息传到南京时，师伟的母亲刚因胃癌去世。那时，她和师伟的继父才结婚两年。

师伟和他的继父，两个毫无血缘关系的人一同坐上了南下的列车。没有人知道他们之间会怎样对话，也没人知道他们之间是如何面对彼此。

但很重要的一点，师伟去迎接父亲的遗骨、再一次与父亲生死阔别时，正是我们高二那年，也正是杜宇父亲去世那年。

彼时，刚刚丧母的师伟得知父亲遗骨的下落，心绪纷乱如麻，根本没有注意到杜宇也悄然请假。

而后，他们在天涯两处，以共同的悲伤，分别告别着生命中最重要的那个人。

这就是蚕卧多年的真相，这就是最初的阴差阳错，这就是杜宇不能释怀的疑问的解答。

杜宇的执拗忽然僵硬破碎，眼泪大颗大颗地掉下来。

师伟紧紧地抱住杜宇，姿势温柔而体贴，目光疼爱而关切。

他不是不会爱，不是不会如何表达爱，只是一直没有机会面对他爱的那个人，问清误会，解释清楚。

我的心就像那支被碾碎的烟一样狼狈不堪。我喘不过气，彻底瘫靠在谭晶晶身上。

杜宇情何以幸，乔北情何以堪。

葛萧愣愣地看着我，刚向前走了一步，他身边的江水明却忽然发了疯，转身冲向展厅终端的画廊办公室。我头脑里嗡嗡作响，听不见江水明在大喊大叫什么。

葛萧停住脚步，转身向江水明追去。

这时，我的听觉又冷静地恢复了，因为我看见师伟在对杜宇说什么。我想听清他说什么。

师伟说："给我一天时间，我要处理一些事情。"

杜宇泪眼蒙眬地看着师伟的眼睛，什么都没问，点了点头。

我瞪大眼睛，泪水也滚滚而出。

我知道师伟要处理的是什么。

爱的练习，终于成功了。爱的练习，终于……要结束了吗？

师伟说："明天这个时候，我到宾馆找你。"

杜宇又点了点头。

我忽然害怕师伟看到我，害怕他直接走过来对我说再见。我不知道哪来的力气，拉着谭晶晶，飞快地追葛萧而去。

江水明疯狂的声音在画廊里回荡："撤展，马上撤掉！"

熊熊的火焰翻卷着奔腾着直冲夜空，明亮跳动的红色飞快地吞噬着那些堆砌的画卷。那些绚丽的色彩、精彩的风景以及杜宇柔和的笑脸，转眼就不见了。铺满颜料的亚麻布迅速缩成大大小小的灰烬，还带着大兴安岭味道的松木画框强劲喷射出大滴大滴的松脂，为火势推波助澜。

醉态毕现的江水明拎着白酒瓶子，船工樵夫一样呵呵哈哈地呼喊着，时不时伸出脚去踢踏那些塌落下来的画框，全然不顾鞋子的前端已经发烫发软。

只开了一天的个展，再不会有的个展。

这是一场最隆重的追忆，这是一场最盛大的祭奠。

不计后果的江水明用几十幅注满激情的画作，用焚烧出的滚滚烈火，祭奠着他对杜宇，不，与杜宇无关，就连他对杜宇的情感，也都是他对逝去青春的一场隆重追忆。

我的额发被火焰催出的热浪吹得四处翻滚，可，疯疯癫癫、连唱带跳的江水明，比这火更有感染人的力量。他的泪水和笑脸都足以击中任何已经走过青春、在青春中留下记忆的人。我悄悄擦去了浸出眼角的泪。

葛萧和谭晶晶看着江水明，眼里也有深沉的感动。

就在火势翻腾到最大时，江水明右脚上的鞋子燃烧起来。不等我们惊呼，他已经麻利地脱下那只鞋，扬手丢进火堆中。然后，他就那样光着一只脚，趺趺撞撞地跑过来，毫无刚才的醉态。他目光炯炯地盯着谭晶晶，问出一句出乎我们所有人意料的话：“结婚的约定，还算数吗?”

谭晶晶愣住了，瞪着眼睛看着江水明。

江水明吼起来：“谭晶晶，老子问你，结婚的约定还算数吗?”

谭晶晶还没来得及回答，抑或可能是还没来得及思考，江水明便一把把她揽在怀中，以不容商量的气势，以势不可挡的霸道，狠狠地吻上她的唇。

谭晶晶用力挣扎了一下，眼睛里的惊讶与恼怒忽然就迷离起来，接着黯淡下去，最后闭上眼睛。

真实的生活远比艺术创作荒诞离奇，每一桩出人意料的事件的发生，都能给旁观者带来无尽的遐想或震撼。

艺术不过是把那些被人们忽略的真实生活，再次展示出来而已。

唯有生活本身，才有情节的生死辗转，才有让人目晕神眩的太虚奇幻。

我瞠目结舌地看着疯狂的江水明和毫无抵抗的谭晶晶，就在这时，葛萧对我悄无声息地做了一个噤声的动作，轻轻拉住我的手，带我离开这个院落。

走出院门的时候，我忍不住回头看去，看见渐渐收缩的火焰背景下，江水明和谭晶晶相依相偎，影子的边缘镀着橙黄微红的，仿佛亘古了千年的两尊石像。

这场突如其来、声势浩大的青春之火吓到了江水明的所有邻居，那些松木的残骸还在散发着袅娜青烟，消防车和警车才呼啸而来。

光着一只焦黑的脚的江水明差点儿被拘留，幸而，和所有的人一样，两个巡警也对艺术家有着深深的包容，简单做个笔录，教训几句，就此放过。

由始至终，江水明脸上都带着陷入梦幻中的幸福感，紧紧地攥着谭晶晶的手不放。

爱情是没有退而求其次的。

你得到那个人，就得到了整个世界；得不到那个人，就算得到整个世界，也不再有意义。

可以退而求其次，只能说明不够爱。

对那个人的不够爱，对“其次”的爱也不够。

江水明对谭晶晶并不是退而求其次，谭晶晶也是。

江水明一直以为，拥有我们这样的死党，并能奋不顾身地爱着杜宇，就是自己经历的一次值得尝试的典当。可是聪明而坚强的谭晶晶戒掉师伟，让他发现了另一种传奇，一种可以使他不会溺死在杜宇世界的传奇，一种更适合他的爱情传奇。

是的，早在那时，江水明就意识到自己对谭晶晶，有着怎样的认真。

画展开始前，我看出江水明有很重的心事。这就是他很重的心事。

我相信，就算没有师伟出现，就算师伟和杜宇之间没有那么痛苦纠结的表白，他也会燃起这股葬送过去的大火。江水明对方小天正是这么说的，这是他的告别展。告别，杜宇。

杜宇，是江水明情感之路必经的那段迷幻而残酷的荆棘之路，是他的走火入魔。而谭晶晶，才是他大彻大悟、脱胎换骨的得道飞升。

对谭晶晶来说，也是这样。只不过，曾经困住她的人，是师伟。

情感的典当和赎回，从来不是静止的山峦，而是波光粼粼的水系。只要你不在心里困死它，哪怕它会一路蜿蜒，在最终，它依然会直抵地平线的那端，不动声色地汇集成汪洋。那片蔚蓝，很多人给它起名叫幸福。

江水明和谭晶晶，只是勇敢地抓住了，可以让彼此属于彼此的幸福。

江水明和谭晶晶的幸福，来得太凶猛了。那种幸福感遮天蔽日，以至于我都开始微笑。那时，我暂时忘却了，还有什么在面对着我。

直到我看见葛萧的眼神。

苍白脸上，焦虑担心的眼神。

没什么的，应该没什么的，都已经是第二天的清晨了。这么久了，天都放亮了，师伟还没有给我打电话，他应该不会急着和我分手的，我这么爱他……

荒谬的勇气鼓励着我，我对葛萧笑了笑，拨通了师伟的手机，竭力平稳地说："早饭吃什么呢？我们去夫子庙吃鸭血粉丝好不好？"

师伟没有说话，但我仿佛看见他微微皱起了眉头。

这没有同意也没有否定的沉默，让我害怕。我竭力想找，却找不出任何话语。

就在这时，我听见宾馆房间的电话响起。他拿起话筒，却没有挂断手机。

我听见他语气沉稳地说："我是师伟，对，三天后，两张，在香港转机。"接着，手机忽然传来了滴滴的通话中断声。

我一直有个幼稚的想法，只要师伟没说分手，那我就有一息尚存的侥幸，可以回天的侥幸。

而此刻，我回天乏力。一瞬间，在绝望的沙漠中，我卑微如尘土。

我甩开葛萧牵的手，头也不回地跑出院子，拦了一辆出租车，直奔宾馆。

我跌跌撞撞地扑进宾馆的房间时，师伟正心平气和地整理着桌子上的文件。看见我进来，他并没有什么特别的表情，更没有停止手中的动作。

我无力地靠在门上，牙齿咔嗒咔嗒地打着冷战，问："师伟，你干什么？"

师伟把文件放进文件夹里，又打开放在床上的行李箱，把文件夹放进去。

我扑过去，按着他关箱子的手，脸色苍白地仰头看他，惴惴不安地叫他："师伟……"

师伟并不抽回手，也不看我，保持着一动不动的姿势，冷冷地问："你还不明白我要干什么吗？"

就算明白又如何？聪明到洞悉世事，还不是逃不过人心冷暖？

此时的恍惚间，我的心里只装着一件事——只要师伟在我的身侧，只要他的气息、他的声音停留不去，我宁愿假装什么都不知道，假装什么都没发生。我流着泪，嗫嗫着说：“师伟，只要……”

他看着我。无需我说完，在他清冷的眼光中，我的心思无处遁形。

师伟说：“不可能的。你这么聪明，应该知道我们不可能的。就像你会幻想着、飞蛾一般投入我死亡般阴冷的世界，杜宇就是我的火。我注定要亲手毁掉我全部的生活，只为取得她恩赐的温暖。”

明知水会流、沙会漏，可是在即将全部失去的关头，谁都会本能地握紧拳头。

我紧靠在师伟的胳膊上，双手攀住他的肩头，泣不成声：“不行，师伟，不行！你不能就这样从我的生活里再次离开！我苦苦等待了十几年，才有了与你相处的机会，你不能这样残忍地弃我而去！”

师伟说：“这些话，放在我对杜宇的情感上，同样适用。”他慢慢而坚决地推开我，说，“乔北，你应该比任何人都了解我此刻的激动。你应该祝福我。”

我不顾一切地重新攀住他的脖颈，苦苦哀求：“师伟，师伟——”

师伟看着我，眼光里有瞬间的怜惜。然后，他冷漠而坚定地、一根一根地掰开我用力到指节发白的手指，冷冷的声音直刺我的耳膜：“乔北，很多年前我就告诉过你，你不能哭，因为我不是给你擦眼泪的人。”

在师伟力道十足的手下，我觉得指骨产生了即将断裂的疼痛，可那不足以与我内心巨大的绝望相提并论。我痛哭失声：“师伟，师伟！我不甘心，我不甘心啊！”

毫无预兆的，师伟忽然捧住我的脸，孤狼一样的眼睛狠狠地盯着我，话语里充满了无情的嘲讽：“不甘心？你有什么不甘心？”他抓住我的手腕，高高地一扬，我单薄的身子就像飓风中的无助纸鸢，猛地撞在梳妆镜前的桌子上。

沉闷的撞击声响起的同时，我觉得我的身子差点儿被坚硬的实木桌子撞成两截。我眼冒金星，脑海里昏天黑地，痛得叫不出声音。

师伟又从后面抓住我的肩膀，向后一甩，就让我仰面摔倒在尚未整理的床上。不容我反应过来，他已经单膝跪在床上，用手臂压住我的身体，逼视着我，大吼："只是遗憾我没有占有你的身体，只是遗憾这一点是不是？那我成全你！"

我仰望上去，师伟的脸是扭曲的，带着兽性的狰狞。他动作猛烈、却全无感情色彩地用力撕扯着我的衣服，仿似我是巨兽爪下的草芥微尘。

我本能地反抗，在师伟丧失理智的疯狂举动中，显得那样微不足道。我惊声尖叫着，躲闪着，哭喊着，有即将粉身碎骨的错觉。

就在这时，门上猝然传来一声巨响，接着，门板猛地撞击在墙壁上，发出了可怕的脆响。

师伟被一种外来的力道拖离我的身体，我来不及辨别发生了什么，只看见突然离我远去的师伟的唇角之间有让我不明所以、稍纵即逝的微笑。

葛萧。

在任何时候都带着淡淡微笑、柔和目光的葛萧，在任何时候都内心镇定、仪态静好的葛萧。

是他，一脚踹开了房间的门；是他，爆发出骇人的力量，把师伟扯开；是他，一把揪住师伟的领口，照着他的脸上狠狠地挥下一拳。

师伟踉跄几步，后背重重地撞在墙壁上。他闷哼一声，站稳身体，擦了擦鼻下的血痕，冷静地看着葛萧："葛萧。"

葛萧显然陷入了巨大的愤怒之中。他攥紧拳头，脸上是血涌的红。他挡在师伟和我之间，没有说话。

师伟慢慢地走过来，走过葛萧的身旁。他的手在葛萧的肩膀上拍了拍，然后他有力的手抓住我的肩膀，想把我从床的另一侧扯过来。

我不知道他要干什么，但瞬间已经感受到肩胛骨传来的钳制的疼痛。我痛得泪花四溅，叫出声来。可看到葛萧再次揪住师伟的领口并举起拳头，我心痛无比，条件反射般地大叫一声："不要！"

葛萧的动作僵住了。

师伟就任由葛萧那样揪着，脸上带着嘲弄的笑容："葛萧，是乔北自己愿意的！你何必多事？"

葛萧的拳头，缓慢地放下。

师伟冷冷地推开葛萧的手，托起我的下颌。他的手指几乎捏碎我的颌骨，可他轻蔑的目光更刺痛我的心。我的泪水奔流而下，努力想挣脱他的手，可摆脱不了。师伟对葛萧的在场置若罔闻，顺势吻上我的脸颊，吻痕看似密布火热，言语犹自无情嘲讽："你朝思暮想的，也不过就是一夕欢好。"

葛萧如狮豹被挑衅般愤怒，怒吼一声，把师伟掀翻在一旁，又抓起按在墙上，拳头就一次接一次地、狂风骤雨般地击打在师伟的脸上，速度携风带电，力量雷霆万钧，以致拳面上很快鲜血淋漓，辨不清是师伟脸上的血，还是葛萧拳上的血。

师伟好像就没有想过抵抗或还击，闭着眼睛，不挣扎也不躲避。

我顾不得身上的伤痛，顾不得衣衫不整，跳下床去，扑到他们中间，挡在师伟的身上，失声恸哭："不要打了……不要……"

葛萧的拳头慢慢地放低。

葛萧那双黑亮的眼睛，心痛地看着我："值得吗？为了这样一个残忍自私的家伙，值得这样廉价典当自己吗？"

值得吗？

我拒绝去想，流着泪侧过脸，去看脸上身上都染满鲜血的师伟。

舍不得。

"舍不得"，这是足以与"值得吗"相抗衡的三个字。

我战抖着去捂师伟眼角鲜血奔流的伤口，却被师伟粗暴地推开。

葛萧的声音里带了试图唤醒迷途羔羊的痛苦，再次诘问："值得吗？"

一种莫名的怒火冲进我的脑海。我护着师伟，对葛萧喊道："我值得不值得，关你什么事情？你以为你是谁？天使还是上帝？"我知道泪水纵横加上这样的叫喊，肯定失去了我一贯的平静与淡然，可是，葛萧都疯了，我还清醒着干吗呢？

没有料到葛萧被我喊愣了，直瞪瞪地看着我。

师伟用手背蹭了下几乎糊住眼睛的血，看了看手背，淡淡地说："葛萧，你听到了？好心不得好报，乔北就是这么——贱！"

他的话才出口，葛萧便顺手绰起旁边架子上的水杯，怒不可遏地砸在他的头上。

"啪"的一声，玻璃杯粉碎，师伟的额上血肉模糊。

我尖叫一声，疯了一样推搡着、踢打着葛萧："滚，滚出去！你不是我的什么人，你没有权利管我的事情！你知不知道，你这样对师伟，我的心里有多痛？"

葛萧站在那里，任由我竭尽全力地推打着、声嘶力竭地咒骂着。

直到我累了，筋疲力尽地停住手，才看到葛萧死灰一样的脸上，带着泪水。

葛萧垂着手臂，布满玻璃碎碴的手滴答着鲜血。他黑亮的眼睛盯着我，艰难地说："那你知不知道，你这样对我，我的心里有多痛？"

他的声音缓慢而低沉，带着让人不忍听见的伤心欲绝。

不等我从震惊中缓过神来，葛萧已经快步离开，修长的身形消失了。

仿佛会永远消失那样。

师伟呻吟一声，身体顺着墙壁滑下来。他一腿直伸、一腿弯曲地坐在地上，用袖子去擦脸上的血。

我醒悟过来，抽噎着跪在他身边，手忙脚乱地帮他擦。

印象中，脸上从来阴沉的师伟，直直地看着我，忽然笑了。

在刚才那次神秘的微笑之后，我又一次看见师伟的笑容。

是那种发自内心的、真诚而由衷的笑。

他呵呵地笑出声来，好像看到了最好笑的事情。过了好一会儿，他才止住笑，看着以为他头部受创严重、一脸惊慌的我说："乔北，你真的不知道，葛萧对你有怎样的情感吗?"

我吃惊地看着他，几乎不相信自己的耳朵。

师伟说："如果你能看到我看到的一切，你就会知道，我并没有说谎。"他擦去嘴角的血，恢复了平静。

乔北无法看到师伟所看到的一切。

乔北看不见坐在她背后的葛萧注视她长发的目光，看不见篮球场上的葛萧在投篮命中后有意无意地遥望，看不见葛萧与她个人有关的任何一次眼神。

师伟都看得到。

师伟看得到葛萧的缄口不言和乔北的无知无觉。

被视为最大对手的人，居然暗恋着暗恋自己的人。

师伟说："这真是不可多得的机会，我知道这个不可多得的机会会彻底击垮从容不迫的葛萧。这些年来，我一直没有这样做。这并不是因为我有多高尚。在我的世界里，只有结局胜负得失之念，没有手段高尚卑鄙之别。可是——"

师伟说："可是，乔北，葛萧并不是一个随便就会被击垮的人。他的彬彬有礼、他的分寸得当、他的克制隐忍，都表明他是一个怎样强大的对手。和这样的对手较量，会耗费我大量的时间和精力。就算孤高自负如我，也不得不按捺下挑衅他的念头，选择回避。"

师伟说："原本我几次打电话给你，都想向你询问关于爱与暗恋的问题，都是为了杜宇而发自内心地学习。的确，我是自私地忽视了你对我的情感而贸然出现，但没有其他企图。可是——"

师伟脸上带着讽刺："可是，乔北，我发现，连冷成一匹孤狼的我都在学习表白，而横跨了十几年，葛萧居然还是孑然一身、无助无望地等待着你的自觉醒悟，你知不知道我在心头对葛萧有怎样的怜悯？”

师伟说：“后来，每当我发现葛萧出现在你身边一次，试探他底线的好奇心就增加一点，所以，我在他与你通电话时故意说话，以胜利者的身份警告他不许再来找你，他居然都忍了，忍得连我都为他气闷。直到今天——”

师伟说：“乔北，今天我终于触到了他的底线——如果是为了你的幸福，他可以放下自尊、放弃自己的幸福；如果你受到伤害，他会放下原则、不惜代价地去惩罚伤害你的人。”

师伟真的是以野兽般的直觉，发现了门外葛萧的到来，他瞬间就逼迫自己调动出骨血里所有的野性与暴虐，以对我毫无怜惜的践踏和蹂躏，引出葛萧惊涛骇浪的愤怒和死士般的杀戮之心。

师伟微笑着说：“乔北，这不是朋友对朋友的忠肝义胆，这是武士对公主的侠骨柔肠。”

看着我错愕的表情，师伟又笑了。

师伟说：“乔北，你一定不知道，你对葛萧有着怎样的感情。”

师伟意味深长地说：“你对我的念念不忘，不过是那不堪一击的青春期迷恋的绵延，你对葛萧，才有那种我不可能得到的、发自内心的爱，干净、简单、温暖，是无所不在的岁月静好。”

我终于从震惊中清醒，试图作出一点反驳。可师伟的手指按住了我的嘴唇：“嘘，乔北，不要解释，不要辩驳。我不知道是什么阻碍了你看清葛萧对你的感情、阻碍了你看清你对葛萧的感情，那是需要你自己去寻找的答案。我只说我看到的……”

师伟按在我唇上的那只手，轻轻地抚摩着我的长发，缓慢而仔细。

“只要你和葛萧还在见面，你们就没有办法真正面对自己最真实的内心。你们生怕打破已经变成习惯的常规，掩耳盗铃地掩藏着死党之下的两相情悦，懦弱地惧怕着不可知的未来。”师伟笑着擦去脸上的血，由衷地笑着，“就像我和杜宇一样，只有残酷地让你们再无相见的可能，只有残忍地用分离和思念折磨你们，你们才有机会有勇气去审视自己的内心。除了我这个自私霸道、冷酷残忍的人，没有人能忍心这样逼迫出你们的真实情感。乔北，记住这些只有你我知道的秘密。”

青春是一盘刚开的围棋，寥寥数子，黑白分明，一眼看去，简单干净。

可下着下着，就荒腔走板，由一目了然到看不分明，就起了胜负心，就定了输赢局。

师伟和葛萧就是前世注定的对手，无知无觉间，就坐在了棋盘的两旁。

论及人生事业，师伟处心积虑，占不到上风。葛萧无心插柳，却柳已成荫。

然，乔北这颗子拈在师伟手中，他不恋战，可那是葛萧的全部江山。

定局子。

师伟本可以让葛萧山河不复、痛悔一生，可他处心积虑、落子定局，给的却是成全。

舍出自己，成全别人。这是他和冯雪峰的不约而同。

杜宇，就是天道轮回间，上天对师伟的一念之善，投桃报李。

我呜咽着，满脸是泪地抱着师伟，试图用手去擦净他鼻腔里还在奔涌而出的鲜血。

师伟推开我的手，笑着说：“只是鼻血，死不了的。”他牢牢地抓住我的肩膀，诚恳地说，“乔北，谢谢你教会我那么多关于爱的常识。去吧，去追他吧，他才是注定要陪伴你一生的人。只有他，才能赎回你典当的感情。”

我紧紧地抱着师伟宽阔的肩膀，泪如雨下，然后，在他的额头上印下了一个吻。

一个带着不舍的告别之吻。

如果师伟都有成全葛萧的想法，我也应该有祝福杜宇的胸怀。

我匆匆地跑到门口，师伟突然在身后叫住我。

我回头看去，只见摇摇晃晃站在床边的师伟，微笑着，真心实意地看着我。

师伟带着孩子气的笑容说：“如果有来生，我可以选择像江水明或葛萧那样，美好坦荡地活着。如果还能遇到你，请你一定要真正地爱上我。”

我含泪而笑，用力地点点头。

然后，我朝着我不可知的未来，勇敢地追逐而去。

葛萧不肯接我的电话。

葛萧，你在哪里？你能不能告诉我，你在哪里？

我拨通了谭晶晶的电话。谭晶晶一听我的声音就“哇”的一声大叫道：“乔北，你在搞什么名堂？”

顾不得和她解释，我急切地问：“葛萧呢？葛萧在不在你那边？”

在手机里，谭晶晶的声音透着焦虑不安：“刚才葛萧开车走了，他说要离开南京。我和江水明都拦不住。他的手上全是血，脸色比死人还难看。乔北，到底发生了什么？”

我来不及向她解释，也无法向她解释。我心急如焚地按着电梯的下行键，看着电梯从顶楼一层一停地下降，我不能再等下去了。我一边奔向楼梯间，一边哽咽着说：“谭晶晶，告诉我，葛萧去哪里了？”

开始时，葛萧并没有参加江水明画展的打算，他猜得到师伟可能会随我出现在那里。他原本的行程，是要和何晓诗一起去大连。可到了机场之后，心神不宁的他丢下何晓诗，只身去了展览现场。

来不及开车的葛萧追我而去、江水明和谭晶晶不知我们所踪时，何晓诗刚刚辗转寻找到江水明的画室。江水明和谭晶晶以为葛萧是在对我表白，就没有给葛萧打电话，也劝阻了何晓诗打电话的念头。何晓诗听了，便一直固执地守在葛萧的车前。

她拒绝了江水明让她进屋的友好邀请，甚至对以前令她言听计从的谭晶晶也不理不睬。她穿着大红色风衣，蹲在副驾旁边的草地上，两只眼睛汪着流不尽的泪水。不管他们怎样好言相劝，她都不肯回应，就那样固执地抱着自己的膝盖，边哭边低低地叫着葛萧的名字，时不时用手背擦去眼泪。

只有当以青春作为底气时，一个女孩才可以这样任性、这样执着、这样为了心底的爱不作妥协，百折不回。

失魂落魄的葛萧从出租车上下来，出现在江水明家门口时，何晓诗欢呼一声，揉着酸麻的双腿，像看见主人的小狗，甜蜜欢喜地、一瘸一拐地冲葛萧跑去。

可葛萧手上、衣服上的血立刻就吓住了她。

何晓诗扑闪着惊恐的眼睛，愣愣地看着快步走近的葛萧。可是，当她看到葛萧脸上的泪痕时，不再惶惑，飞快地跑到葛萧的身边，挡在他面前，紧紧地抱住他的腰，婴孩一般纯净的脸深深地埋在他的胸前，略带着哭腔："葛萧，你回来了，真好。"

葛萧被她抱着，不低头也不说话，只是站在那里，木然地看着前方。

葛萧一进大门，坐在台阶上的江水明就迅速站起来，对屋里的谭晶晶招呼一声，两个人飞快地跑到葛萧身旁。

谭晶晶牵起葛萧的手，看着他手心和手背上惨不忍睹的伤口，忍不住失声喊道："怎么弄成这样?"

葛萧死人般的目光慢慢地转过来，和江水明对视着，嘴角牵动，扯着沙哑的声音说：“劫数。这就是我命里注定的劫数。”他从谭晶晶手里抽回手，轻轻按着何晓诗的肩膀，让她离开他的怀抱站稳。然后，就在大家以为浑身发抖的他要对江水明说些什么的时候，他已经掏出车钥匙，按下开锁键，坐进车内，发动了汽车。

在他准备锁死车门的那一刻，眼疾手快的何晓诗一把拉开副驾的车门钻进去。

葛萧双手按在方向盘上端，看也不看她，怒吼一声：“下去！”

何晓诗倔强地看着前方：“就不！”

葛萧探过身来，打开副驾的门，想将何晓诗推下去。

何晓诗抓住他满是伤口的右手，张嘴就咬，然后动作流畅地推开他的手、关上车门并给自己系好安全带。她满嘴是血、满眼是泪地盯着葛萧，理直气壮地哭叫：“我不管，我不管你心里有谁，也不管你要干什么，我是你的女朋友，前世今生来世都是。我要和你生在一起，死在一起。”

有那么一瞬间，葛萧愣住了，说：“我这副样子，你不怕吗？”

何晓诗的哭泣真实而委屈，说：“我只怕我不能和你在一起。”

葛萧心力交瘁地凝视着哭泣的何晓诗，慢慢伸出手，替她擦去唇角的血。

隔着车窗，江水明看到，葛萧扭过头来，以痛彻心扉的神情，对他和谭晶晶说：“我要离开南京，永远离开！”

江水明震惊于葛萧的神情，因为那神情分明带着勇士赴死般明知一去不回的悲壮，带着即将大苦大悲的凶兆。他一把拉住车门，疯狂地敲着车窗，大喊着：“葛萧，你他妈的给我下来！”

来不及了，葛萧已经狠踩油门，在谭晶晶的惊呼声中，汽车把江水明带了一个趔趄，飞驰出院子，消失在没有车辆的街道尽头。

江水明疯了一样追出院门，又很快跑回来：“要出事了，赶快给乔北打电话，让她拦住葛萧。”

这时，我的电话恰好打来，谭晶晶对着手机大喊："乔北，你在搞什么名堂?"

我甩下了高跟鞋，甩下了染血的外套，一圈一圈地沿着楼梯向下狂奔。我紧攥着手机，拨通了葛萧的电话，泪流满面。隽永缠绵的彩铃声响过一段时间，戛然而止，是冰冷冷的"对方无人接听，请稍后再拨"的提示音。

我哭泣着、奔跑着，顽强地不停地拨、不停地打，葛萧一直没有接听。然而，在不停拨打间，我发现了一件早就让葛萧心事毕露、而我却从未注意过的事情。

葛萧的彩铃声，是淡如流水却穿透人心的歌声，是张信哲那首《最好的时光》。

总是在这样的晚上
陪你散步到天亮
你的手如此冰凉
握紧后舍不得放

不常把爱挂在嘴上
却把你捧在手上
我的爱如何丈量
一辈子细水流长

因为你
我拥有最好的时光
细细品尝
爱情淡淡的清香
快乐悲伤
我为了你而珍藏

藏在我心上
直到地久天长

我感谢你给我最好的时光
无怨无悔
默默守在我身旁
这一路上多少狂风巨浪
很乐意在你的世界做你的避风港

有人说感情像醇酿
时间越久越芬芳
和你一起走过的地方
还要再和你分享

是的，葛萧接我的电话从来都是那么迅速，以至于我从未注意过他手机的彩铃。

师伟说的是对的。

歌声如泣如诉，温暖而又惆怅。

就像在每一个我思念师伟的时刻，葛萧默默地守候在我背后，目光哀伤。

世界上最大的痛，不是分离，而是我在你身边，你却不知道我爱你。

我知道了，我终于知道了。葛萧，对不起，你的不快乐，都是因为我的视而不见。

现在，我有那么多的时间，可以重复听到葛萧手机的彩铃，他的痛楚，也就万劫不复地加在我的身上。葛萧，那些看似平淡的日子里，你到底承受了怎样的痛彻心扉？你的心里，到底还有多少我不知道的秘密？

葛萧，你不要离开。你回来，把一切讲给我听，好不好？

泪水不断地模糊着我的视线，我不顾来往行人惊奇的目光，跌跌撞撞地跑出宾馆大门。我在心里向苍天、向上帝、向一切我知道和我不知道的神佛恳求，恳求保佑葛萧不会就此消失在我的生命里。

我一遍又一遍地挂断、拨打，拨打、挂断，我等待着奇迹发生。

精诚所至，金石为开；哀恸入心，天地可鉴。

奇迹真的发生了。

葛萧接了电话。

我哭出声来："葛萧！"除了这一声，我什么都说不出来了。

葛萧静静地听着我哭，然后，他带着苦涩的笑声说："你知不知道，高中毕业时的午后，我一直忘不掉？你知不知道，你偷偷地看我又偷偷地笑，我的心里有多快乐？"

短暂的沉默后，葛萧喟然说："你知道吗，我以为再也不见你，就可以忘掉你在我的生活出现过；我以为，牵了何晓诗的手、给她一个婚姻的承诺，就可以抹掉你在我心里的痕迹。可是，我妈妈是对的，我是在勉强自己，我不快乐。就算我反复告诉自己，我是在成全你和师伟的快乐，我也骗不过老天，骗不过自己。"

葛萧说："下暴雨那天，我本来是去机场接何晓诗的，可就是毫无觉察地出现在报社的楼下。我忍不住站在梧桐树下，等着你。我想，我只要看到你在师伟的怀抱里，带着笑容，对我就是最好的结果。可是——"

葛萧说："我开着车慢慢地跟在你身后，看着你一个人在暴雨里狂奔，你知不知道我有多难过？我知道，师伟给不了你温柔的幸福，也给不了你真实的快乐，可是和他在一起，你却能给自己催眠出幸福和快乐，我不忍心唤醒你的梦，我只能站在你家楼下淋雨，感受你经历过的冰冷。"他顿了一下，似乎在啜泣，又说，"你出现在窗口，让我欣喜若狂，也让我心扉俱伤，因为只有不快乐的人、只有没有爱情的人，才会在那样的雨夜，绝望地守在窗前。乔北，那一刻，在你的呼喊声中，我只能跳上出租车，夺路而逃。因为我的心，痛到无法抑制。我竟然没能保护好你。”

葛萧苦笑一声：“我想，我应该给自己一个交代，也应该给我们一个交代。”

葛萧伤心地说：“那次，我装醉躺在你家沙发上，只想回到那个毕业时的夏日午后，想你再次那样带着感情偷偷地注视我。那样，我就有机会，说出多年前那个午后我没有勇气说出的话。我闭着眼睛，却是在用生命感知着你的存在。甚至，我心存贪念，我多么希望，多么希望你能像很多女孩子一样，以为我彻底醉了，偷偷在我耳边，说一句我好喜欢你。”

原来，我以为是错觉的片段，那些记忆里零零散散的片段，都真实存在过，甚至以更清晰的方式，存在于葛萧的内心。

我泣不成声地打断他：“葛萧，不要再说了，你不要走，不要走！”

葛萧就像没有听见我的话，他的语调依然痛彻心扉：“我是多么焦急地等待着，我等到了你的注视，我感动得想哭。可就像老天故意在捉弄我，我又一次在最后关头，失去了机会。”

葛萧苦笑一声，说：“那天，我慢慢地离开你家，站在你家楼下，希望能等到你放心不下追出来，哪怕只是给我一个关切的电话也好……我就那样站在街边，傻傻地等着，等了一整夜，什么都没等到……”

葛萧痛得话语断断续续：“天注定！这就是天注定！”

我握着手机，泪雨倾盆：“葛萧，不要走，不要离开我，不要把我一个人留在南京。”我顾不得矜持，顾不得措辞。我本能地意识到，没有葛萧在身边，面朝世界，我只能仓皇以对。

葛萧说：“对不起，乔北。你加诸在我身上的痛，已经被时光打磨得锋利，直刺我的心脏。”

葛萧终于哭出声来：“在你十几年的漠视中，我的心已经残破不堪，它就快窒息崩溃，无法再承受停留在你身边一分一秒的痛。”

在我无言以对的啜泣声中，葛萧痛哭失声：“可是，我连关机都舍不得，我他妈的连关机都舍不得……”

就在这时，我听见何晓诗爆发出已经完全走调的尖叫声：“葛萧!!”

不明的呼啸声、刺耳的刹车声和何晓诗爆发出的惊叫声，紧接着，是惊天动地的一声巨响。手机突然就此中断，再打过去，就是持续不断的“暂时无法接通”。

我就像坠入数九寒冬的冰窟，浑身发抖，再也拿不住由于持续通话而滚烫的手机。

我不知道该怎么办，拒绝去想可能发生了什么。

几分钟后，司机忽然调大了车载收音机的音量，一个清亮的女中音传出来：“再重复一次我们刚刚从沪宁高速交警大队收到的消息，在高速公路×××路段，由于一辆运载木材的重型大货车突然侧翻，造成由南京前往上海方向的五车连环相撞，救援人员已赶赴现场，目前已确定有四人死亡。高速交警提醒过往车辆，目前该路段高速公路已经部分关闭，请车辆注意绕行。”

我僵在出租车的后座上，终于明白了，什么叫做生不如死。

我宁愿这是庄周化蝶的惊险一梦。

葛萧，谭晶晶早就警告过你，不要做连老天爷都嫉妒的好人。好心，从来是不得好报的。

我的眼泪，一颗一颗地落在膝盖上。

葛萧，我已经习惯了你的关爱和照顾，习惯了你的烟草味道，习惯了你的迷人微笑，你已经宠坏我了。

在这个巨大而冰冷的世界里，失去你的温暖，我该怎么生活？

第十五章

直到死亡把我们分离

我坐在郊外公墓的石阶上，凝视着一行大雁扑扇着翅膀一路北去。

深秋的天空高远澄澈，深深地蓝进去。秋的颜色是清冷且分明的，掺杂不进一点暧昧。就连这寂静的墓地周围，在那肃穆的松柏丛中，也有金黄的银杏和火红的枫叶颤抖着叶片。

脖颈有些酸了，我就低下头，整理墓碑前摆放的鲜花，一朵一朵地整理着，慢慢地整理着。

这时，江水明和谭晶晶从墓碑丛间的石径上走过来，一样的白毛衣黑外套，胸前的扣眼里别着一朵白菊，眼角都带着哭过的痕迹。走近了，江水明点燃了一支烟，深深地吸了两口，放在花丛中，抚摩着墓碑，半天说不出话来。

谭晶晶从风衣口袋里掏出两个红本，放在花丛中，然后失神地坐在我身边："可惜，他没有亲眼看到。"

江水明和谭晶晶，用尽全力去追逐过少年时的爱情。他们在这个过程中看清了自己的真正内心。他们不需要等到30岁，在再无遗憾的29岁，按照28岁的约定，登记结婚。这一刻，我说不出恭喜的话，只握了握她苍白冰冷的手。

这时，江水明看见山下慢慢走上来一个人。他转身迎过去。

葛萧妈妈。

葛萧妈妈对江水明和谭晶晶点点头，摘下了墨镜。她显然是长时间地哭过，从她红肿的眼睛和憔悴的面容看得出来。可此刻，她保持着淡然的从容——葛家的家教就是如此，天大的事情，也不允许情绪失控和仪态不雅。

她在墓碑前放下一束百合，默默地看了一会儿。转身将走时，她看了一眼坐在一旁愣愣的我。

葛萧妈妈并没有驻足，竭力地克制着身为葛萧母亲对我的愤怒，淡淡地说："从葛萧陪你去抚顺的那次，我就知道，早晚会有这么一场祸事。"走了几步，她突然停住脚步，转过身，又走到我的身边，说，"你不要内疚，阿姨不该说刚才的话。我想，葛萧应该不喜欢你不开心的。"

我抬起头，看着她的脸，哽咽着点了点头。

葛萧妈妈想擦去我的泪线，却擦不断。她的眼圈也湿润了，匆匆戴上墨镜，叹息一声："你们，真是孩子……"声音一抖，她就再不肯说下去了，对江水明和谭晶晶勉强笑了笑，快步下山去了。

我们坐在墓碑旁边，默默地参悟着生死别离。直到傍晚时沁骨的冷风钻进衣摆，直到守墓人来清场，我们才站起身来。江水明和谭晶晶一起鞠了三个躬，各自把胸前那朵白菊摘下，轻轻地放在墓碑上。瑟瑟秋风里，菊花脉络分明的花瓣微微律动。

有些人，你以为他会陪你很久，你可以任性、你可以胡闹，可直到死神把他带走，你才想起相处的时间那么少，才会顿悟命运的无常，才会悔恨生命中为什么会有那么多的遗憾，那么多的不甘。

回城时，我依然沉默不语，额头顶在副驾的椅背上，泪水绵延不绝。谭晶晶是懂我的，她在我手上放了一片纸巾，没有劝我。江水明说："大声哭出来吧，你会好过些。"他在开车，没有回头，可他感受得到我的悲痛。他补充说，"或者，你不要哭。十几年前，他就说过，他喜欢看我们笑着。"

夜幕四合，街灯明亮。江水明把车开到一栋红砖小楼的楼门口，扭头对谭晶晶说："你们先上去吧，214 房间。我去停车。"谭晶晶点点头，拉着我下车。

幽深的走廊里空无一人，只有不甚明亮的灯光。谭晶晶拉我走到 214 房间门口，轻轻推开门。

生命检测器的黑色屏幕上，绿色的白色的线伴着规律的滴滴声，曲折起伏。氧气瓶咕噜着气泡，雪白的被子下盖着的、微斜的枕头上躺着的人，是葛萧。他头上缠着厚厚的绷带，遮住了大部分脸颊。明亮的眼睛看了看我，与我愣愣的目光僵持了一下，就很不自然地移开了。

这是葛萧伤心离开、发生车祸后，我第一次来看望他。

距离那噩梦般的时刻，已经过去三天。

不是狠心，是不敢面对——很多原因的不敢面对。

谭晶晶说："我去看看江水明。"说完，她挣开我的手，拍拍我的肩，出去了。

我和葛萧，其实是同样的人，习惯于对周遭的一切保持绝对的从容与冷静，就像风吹不动、波澜不惊的深水池塘，芦苇藏得下月光皎洁，菖蒲盖得住心事葱郁，就连偶尔有游鱼路过，也可以不动声色地撒上点点浮萍，痕迹不留。

可这一次，在那些变幻莫测、动荡不定的故事情节中，我们隐藏的激烈如岩浆般喷薄而出，剑拔弩张、声嘶力竭，心如止水的淡薄变成了惊涛骇浪的对抗，又经历了跌宕的生死，再次见面时，我们对曾经的失态就突然有了窘迫，有了不得不承认的不好意思。

尴尬半晌后，葛萧轻轻地问了一句："江爸的墓地……你去看过了？"

江爸的去世，就在葛萧遇到车祸送入医院的几小时后，让人猝不及防。生活习惯健康、生性乐观的他，顿顿好胃口，夜夜好睡眠，其实是有长寿本钱的，年年的身体检查都是一切正常。那些最标准的指数，是很多年轻人都羡慕的。他却突然离开了，比很多病恹恹的同龄人走得都早。

医生说，他是突发性的脑出血，从病发到去世，只有短短几分钟。亲人来不及告别，他也没经历任何痛苦。或许，这是上天对笑口常开、妙语连珠的江爸最好的回报。

江水明对后事的处理应该是江爸喜欢的，没有追悼会、守灵之类的繁文缛节，没有花圈、鞭炮之类的参与渲染，只有带着泪水和鲜花的新朋旧友，在墓地里简单地坐坐，聊聊。没有特意通知谁，可该来的一个不少。来的，也都真心实意。

我们这几个江水明的同学，十几年来，从江爸那里得到的由衷欢笑、得到的醒世恒言，数不胜数。至今回想，仍是恨那些相聚的时光太匆匆，恨不知老天这么早就带走江爸。

江爸曾不止一次地对我们说，人生最本真的实质，不过是求四个字——健康平安。

可那天，一天之内，他失了健康，葛萧失了平安。

我点了点头，背靠着墙壁，仰头看着盛装药水的点滴瓶："江爸应该会喜欢那里。"

又是长时间的静默。我的手指，神经质般地在身后扣着墙皮。

葛萧忽然轻轻地叫我："丫头……"从那个晚上，从那个师伟在我家楼下等到葛萧、葛萧伤痛入骨的晚上开始，他就不曾这样叫过我。他叫我的名字，乔北。是的，我叫乔北，谁都这么叫。可只有他叫，充满生分的距离感。

所以，当这一声轻轻的"丫头"、当这个叫了那么多年的称呼再次进入我的耳朵，我忽然之间热泪盈眶，不再回避，看向葛萧。他看着我笑了笑，吃力地挪动着身体，想坐起靠在枕头上。

十几年来，他一直默不做声地照顾着我们、照顾着我，这一刻，他却需要帮助。我唯有噙着泪，快步走到他的身旁，小心地扶他坐起靠在床头。

当我想起身离去时，葛萧拉住我的手。我挣，挣不开。

葛萧说："丫头!"他的声音里带点儿哀求，"听我说完，我想说的话，不是很多。"

算是默许吗？我坐在床边，垂下头，看着固定在他手背上的针头。

葛萧慢慢松开手，好像在整理思绪。然后，他开始了缓缓的诉说。

当江水明和谭晶晶在初一结为死党，这个朋友圈子便初具规模。但那时，江水明的发小葛萧和谭晶晶的闺蜜乔北其实并没有太多的交集。

整个初中三年，葛萧一直想弄清，那个沉默寡言的乔北在想什么。她和周遭笑闹的青春氛围格格不入。那个头发长长的女孩，时常一动不动地匍匐在课桌前，眼睛凝视着窗外。可他循着她的目光看过去，却什么都没有。他找不到她目光所落之处。

高一报到那天，谭晶晶和乔北在教室的走廊里注意到师伟的时候，葛萧正从外面走进来。虽然他早就知道他们几个同班，可在看到乔北的瞬间，葛萧明显感觉出自己有点开心。那种开心，对于心地纯净透明的葛萧来说，真的只是普通意义上的开心——那时的乔北，不过是让葛萧好奇的同班同学而已。

葛萧记得很清楚，高一他被罚站的那个晚自习，是乔北第一次主动和他说话。她显得有点生气地质问他为什么那么高还赖在第四排。那是她身后的位置，葛萧不止一次地看着她的头发出神。当时，还站在走廊里的葛萧，看着这个完全忽视他的英俊的女孩子，心里忽然涌现出一点点温暖。他知道，这是一点点与友情不太一样的温暖。

然后，他第一次主动策划了逃课之行，把犹豫不决的乔北留在班级里。在扬州，在朋友们都酒醉酣然入睡时，他曾经偷偷睁开眼睛，凝视着蜷缩在他身旁的乔北。他以碧绿的草茎和飞过的蚂蚱为背景，终于看到她的唇角挂上发自内心的微笑。那时，他告诉自己，一定要保护好乔北，保护好这种快乐的微笑。一辈子。

乔北对师伟的心事，隐藏得那样好，连狐狸一样敏锐的谭晶晶都不曾察觉毫分。可她没有骗得过葛萧。开朗起来的她可以和死党们谈天说地、追逐嬉闹，可只要师伟或是他的名字一出现，她就会若无其事地沉默不语。

乔北那份沉重而痛苦的暗恋，师伟那种冷酷而自私的个性，他们之间不可能有的将来，葛萧全都知道，内心纠缠着巨大的伤痛。可家教良好的葛萧，不可能向乔北残忍地点清这一切。乔北不说破、乔北对师伟执迷不悟，葛萧就让自己默默地忍受着，努力在相处时，给乔北更温暖的关心和照顾。他懂得乔北的执拗，也懂得乔北的自尊，他宁愿做无声的牺牲者，等乔北梦醒。

葛萧才是那个真正把心事隐藏得很好的人。

高三那个漆黑的夜里，葛萧是在的。他回来找乔北，他站在丁香丛的阴影中，几乎要爆发，可他相信自尊太强的乔北绝不希望有人知道这令她伤心欲绝的一幕。他只能攥着拳头看着师伟冰冷地离开，只能看着乔北在路灯下无声地流泪，只能远远地跟着失魂落魄的乔北，直到她安全到家。

乔北问过葛萧，他是什么时候开始抽烟的，葛萧没有回答。其实就在那天晚上。葛萧坐在自行车的后架上，面对长江，第一次抽烟，整整一包，在翻滚呼啸的江风里泪流满面。

师伟是乔北情感圣殿中的神，葛萧就尊重乔北的信仰。他唯一的一次无法克制，也只不过是大二在江爸画室的那次聚会时，轻描淡写地说了一句“我很不喜欢师伟”。

每当看见乔北思念师伟走神时，情伤嗜骨，葛萧痛得难受，就会抽烟，一直让烟头明灭，然后用手捏灭那红点，让钻心的肉体之痛来安慰他蚀心的灵魂之伤。十几年间，他守护着乔北，忠心耿耿得犹如藏区那些虔诚的转山者，一步一伏，步步惊心。

葛萧试图摆脱这种痛，所以他选择逃离南京，去上海读大学、去东京进修、去悉尼学习、去大连创业……可是，他思念南京，思念秦淮河的私房菜，思念夫子庙的鸭血粉丝，思念微笑着叫他葛狗的丫头。谭晶晶笑葛萧是离不开南京的风筝时，葛萧在心里已经明了，乔北就是连着他的那根线。

乔北什么都不知道，心无旁骛地挽着他的胳膊、笑容明亮地睡在他的怀中、毫无杂念地和他打着一个又一个静默的电话。她的千般念头万般思绪里只有师伟，她看不出葛萧是伴侣的上佳人选，也听不懂任何人的提醒。

在江水明不计后果地对杜宇表白时，葛萧也想过是否该冒险一搏，可师伟一次又一次的不约而至都抢先一步，扰乱了乔北的平静，扰乱了葛萧的计划。

命中注定吧。这样也好，至少一辈子如影随形，哪怕只是在无声的电话中去分辨一下乔北的呼吸声也好。就这样终老吧，这样挺好。葛萧自我安慰，自欺欺人。

何晓诗是葛萧从未设想过的节外生枝。她视死如归地冲锋陷阵，奇谋巧计地迂回包抄。初始时，葛萧只有深深的无奈与疲于奔命。可在何晓诗第一次来南京又和葛萧一起离开的路上，看着百折不挠的何晓诗，有那么一瞬间，葛萧觉得沉寂多年的情感死水，起了点滴的微澜。那一瞬间，他仿佛又感觉到曾对乔北涌起过的那一点点的温暖。

可只有一瞬间。就算葛萧想骗自己，也无法留住那点温暖，让它一点点扩大，直至燃烧。

何晓诗找到葛萧家的时候，远在大连的葛萧在夜半时分拨通了乔北的电话，请她帮他一个忙。其实，他最终没有说出口的请求，不过是那句“当我的女朋友好吗”。

隐藏的情绪，总是会留下痕迹的。恰恰就是在那次，谭晶晶发现了葛萧对乔北的情感。

葛萧是个细心体贴的人，他对所有人都有主动照顾的本能。所以，在那么长的时间里，他能将对乔北的情感隐身，让大家都对此毫无疑问，就像藏一棵树最安全的办法，就是把它藏在森林里。然而那次，葛萧做了一件绝对不会对朋友、对死党做的事情。

最初何晓诗去大连找葛萧时，曾赖在他的家里不走，葛萧无奈之下，只好去附近的宾馆住。他一直留存着那张发票，并在这次拿出来，展示给乔北和谭晶晶看，以证明他和何晓诗并未发生什么。身为公司老板的葛萧每个月要经手多少发票？可他的皮夹里居然一直保留着一张与生意无关的发票，那么久。

就像谭晶晶说的，她又不是他的老婆，为什么要给她看这个。这是一个切中要害的好问题。凡事有问题，就该有答案。谭晶晶在送葛萧和何晓诗到机场之后，看着神色黯然的乔北，聪颖或者说狡黠的谭晶晶就顺着自己的话想了下去——如果，葛萧不是给她看的，那么，就是给在场的乔北看的。

坦荡的葛萧为什么要这样拐弯抹角？谭晶晶在心里把这个问题提出来，在心窍玲珑的她面前，葛萧内心的前尘旧事就不再是什么秘密了。

想清楚葛萧那样做的原因，谭晶晶的态度在那一刻就发生了大逆转。

这也是为什么谭晶晶会在一开始大张旗鼓地支持何晓诗追求葛萧，却在后面改旗易帜，不再对何晓诗施以援手，反而会时不时地对乔北说，葛萧是多么难得的恋爱对象、结婚人选。她甚至那样直白地给乔北发了那条“你和葛萧，是两只鸵鸟”的短信。

只是深患爱情夜盲症的乔北，对此充耳不闻，视而不见。

谭晶晶知道葛萧肯定有自己的苦衷，于是她尊重了葛萧的秘而不宣，改变了快言快语的习惯，没有去问。但她把一切都告诉了唯一一个可以逼葛萧吐露心事的人——江水明。于是，知晓一切的江水明打电话给乔北，其实，就算乔北没有去他那里的计划，他也会邀请她和葛萧去抚顺。

到达抚顺的当天晚上，江水明与葛萧彻夜长谈的话题，就是葛萧是否以及应该怎样对乔北直抒胸臆。

江水明本打算做一个帅月老、男红娘的，却没有料到，他与乔北的一问一答，看似珠联璧合，实则两样心思。说是阴差阳错或是命运捉弄，都无不可。总之葛萧无功而返，江水明帮了倒忙，乔北反而直奔师伟而去。

再之后，就一路错了下去。

直到那次半夜何晓诗到我家哭闹着寻找葛萧、葛萧又接到了我的电话。痛苦许久的葛萧并不知道他好不容易躲开的何晓诗在我家等他，他只知道他必须见到我，必须。

可他在我家楼下遇到了师伟。

现在想来，葛萧在我家楼下碰见师伟，并不是巧合。从师伟离开我家到葛萧到来，足足有半个小时，所以，是师伟在那里等他。

没错，师伟正是从那天开始，用这种极端的方式，反复刺激并最终激起葛萧告白的决定。是他成全了葛萧对我的爱。可是我相信，在那一刻，师伟肯定有沉重打击到葛萧的快感。否则，葛萧不会那样笑容古怪、苍白着脸来见我。失态，对他是一件多么不容易的事情。

师伟对葛萧的憎恨不是因为某件事，那是一种人对另一种人的憎恨，是一种诸事坎坷的人对另一种万事顺利的人的憎恨，也是因为个性上冰冷与亲和的两极对立。

葛萧没有犯七宗罪中的嫉妒。他并没有憎恨师伟，只是在感谢上苍终于让我如愿以偿时，对自己的失去痛彻心扉。

何晓诗，是以天使的姿态奋不顾身地扑到葛萧身边的。但她救赎不了葛萧。

很快，葛萧发现师伟是在拿我做爱的练习，于是，他犯了七宗罪中的另一条——愤怒。葛萧对此怒不可遏。温文尔雅、彬彬有礼、温柔亲和……从小就被教育无论在任何状况都不要失态的他，终于怒发冲冠。

这些的这些，有些是我知道的，有些是我不知道的。

葛萧骗了我。他说了那么多，他好听的男中音都已经变得沙哑。

葛萧曾经问我有没有拆开过音乐盒。后来，我想着他的话，好奇地拆开过。

音乐盒里，有一根布满凸点的金属轴，当它缓慢旋转时，那些不规则分布的凸点就会拨动一排金属条中的某一根，发出悦耳的音乐声。

当时，我没有想明白葛萧那样说的含义，现在我明白了。

葛萧没有说出的话是，一个个单调的音符，在某种特定的组合下，就会奇迹般地发挥出超越自己的力量，形成一种美妙。那么，一些或许多支离破碎的回忆残片，能不能在一颗探究的心中，完成一次真正的赎回？

我的泪一点一滴地掉落，那么多我无意间的典当，都重新流淌过一遍，那些被淡忘的、被忽略的、细微而鲜活的青春的喜悦和疼痛，都回来了，从支离破碎的无数片段，变成跌宕起伏的完整剧情。

师伟说过，一个被暗恋着的人，是不可能不发觉那份暗恋的。

是的，面对葛萧多年的守护，面对我最真实的内心，我不得不承认，十几年来，我很多次都在问自己，葛萧这样或那样做，是不是因为喜欢我。可是，瞬间就被我否定了。我否定的原因，卑微而又坚决。

葛萧从枕下摸出一个小盒子放在我的手心，然后轻轻拉住我的手："我说完了。你能和我一起吗？丫头！"

应该答应吧？无论是谁，面对这娓娓道来的前情往事，面对这绵延了十几年的绝对痴心，也该悲喜交加地答应下来吧？可是，当脱离那种生死离别的悲凉气氛之后……还是那个原因。

一念之间。

眼泪啪嗒啪嗒地掉下来，我拼命地摇头。我按住他即将开启锦盒的手："不，不行，你是长在我青春里的骨肉，你是长在我生命里的血亲，我做不到，做不到……"葛萧温暖修长的手，在瞬间僵硬、冰冷。

就在这时，门被轻轻敲了两声，随后江水明和谭晶晶推门进来。我缩回手，站起来。

江水明挠了挠头，干咳一声说："我也不是很想来打扰你们，可是走廊里实在是太冷了，我老婆有点挺不住了……”谭晶晶掐了他胳膊一下，又看了看葛萧，忽然莫名其妙扑哧一声笑出来。

这是和缠绵悱恻的现场气氛极为不搭调的笑声，可谭晶晶总有谭晶晶的理由。她笑得合不拢嘴，对我说：“乔北，我觉得你拒绝葛萧，有一个很重要的原因，就是葛萧的英俊和优秀已经高调到地球人都不能控制的地步了，你又是个极度内敛的家伙……哦，你会不会是因为不自信，惧怕前赴后继的觊觎者，才索性假装大度，让出这块阵地？”

我一怔，脸颊绯红。

不能否认，在葛萧讲述后表白时，我未尝不是有过这样的念头一闪而过。没料到洞若观火的谭晶晶，居然连躲在门外的走廊里偷听，都能捕捉到这样的小闪念。

谭晶晶乐不可支，指着葛萧说：“喂，乔北，你看看他，现在半死不活的，多处骨折，说不定会有后遗症，脸也毁成惨不忍睹的猪头了，怎么还会有人迷恋他的皮囊色相？”

葛萧的目光低垂下去，将脸转向另一侧，身子微微地抖动着。

就算是亲密到骨子里的死党，谭晶晶的话也未免太直白伤人。看着葛萧的回避，我恼了。

可没等我发作，谭晶晶已经蝴蝶一样飞到我的身旁，抓着我的胳膊，挤眉弄眼地说：“乔北啊，你行行好吧！你也知道，小柳已有身孕，我又新婚燕尔，谁也不方便见义忘色地照顾葛萧后半辈子，你能不能念在大家死党一场的份上，可怜可怜葛萧，先勉强一下，假装给他十天半个月的爱，实在看不下去他那张脸了再说。”

真是人情世故、冰火两重。那个横刀立马、豪爽仗义的谭晶晶竟然能说出这样戏谑十足的话，而且，还在江爸刚刚去世、我们才从墓地回来不久的时候。

我冷冷地看着她，第一次觉得谭晶晶嬉皮笑脸的样子不美也不媚。我站起身来，挡在谭晶晶的面前，护住葛萧，竭力压抑着怒火，话说得铿锵有力：“我不会假装的，我要照顾他，就像他十几年来一直照顾我们一样。”

谭晶晶笑嘻嘻地仿佛还想调侃什么，江水明拉了她一把，她才撇撇嘴说：“你是自愿的啊。”

我真的生气了，气到极点，反而冷笑一声：“是，我是自愿的。”

江水明揉了揉鼻子，慢声细语地说：“乔北，你冷静点儿，别听谭晶晶瞎说，这是一辈子的大事。我问过主治医生，他说葛萧的腿是很严重的粉碎性骨折，搞不好这辈子真得坐轮椅了。你别冲动，从长计议……”

我气得眼泪飞溅：“你们两个还真是般配，一样的现实，一样的龌龊。所谓发小，所谓死党，就是这样不堪一击的脆弱情感吗？那我宁愿不要你们这些清醒而现实的家伙，只要葛萧对我的情感。你们给我滚，滚出这个病房！”

谭晶晶撇了撇嘴：“说得好听。”

江水明说：“乔北，你回头看看吧，他不是以前那个玉树临风、事业有成的高干子弟了，恐怕他以后连自理能力都没有了……”

我顺手抓起病床旁边的大水果篮，用尽全力猛砸过去：“滚！！”

谭晶晶还想说什么，江水明捂住她的嘴，拉着她飞快地跑出病房。

我跌坐在病床边上，胡乱擦了擦眼泪，就转过身来，柔和地说：“葛萧，我答应你，我们在一起。”

葛萧没有转头看我，说：“是我太自私，忘记了今时已不是他日。算了吧。”

那么长的一段岁月里，隐忍的葛萧都没有诉说内心的情感，他是在尊重我的选择，也是生怕失去守护者与被守护者之间微妙的平衡。在我的心里，何尝不是有同样的怯懦？是的，倔强的我绝不会接受并非唯一痴爱人选的告白。可是，为什么在他决定放弃的黯然与落寞中，我的内心充满了感同身受的痛苦？

如果，执拗的我不会接受葛萧的告白，那么，内疚的丫头能不能对葛萧告白一次？

我轻轻地说："葛狗，丫头问你，愿不愿意和她一起走完这辈子剩下的岁月？"

葛萧依然没有回头："这是对我守护多年的一种弥补，一种偿还吗？"

当然不是。

那一刻，我有很多很多话，关于过去的时光中，那些我瞬间看清的端倪，那些我片刻存在的心动……可我只是清清楚楚地说："当然不是。"

这简简单单的四个字，比再多的解释都有力。

葛萧慢慢地转过身，眸子在大片大片纱布的衬托下，显得更加明亮。他凝视着我，说："我现在的脸……而且，我也不知道能不能恢复健康。"

我说："我知道。"

这轻轻松松的三个字，比再多的许诺更真实。

葛萧的眼睛深处，宛若日出时，蓝天碧海中一缕明亮的霞光。

他说："请你解开纱布，看看我现在的样子吧，如果你能接受……"

我平静地说："不用了，我能接受。"

葛萧温和的声音里有不容拒绝的力量："你必须让我安心，让我相信，不管我是什么样子，你都有勇气陪我终老一生。"

矜持克制的乔北会怎么说？乔北会说"不行，就这样贸然地解开纱布，或许会引起伤口感染的"，可是，那个乔北应该随着师伟的离开而消失了，不是吗？既然葛萧要求了，就应该按照他的心愿去做，不是吗？

丫头代替乔北说："好。"

我平静地伸出手，找到纱布的尽头，一圈一圈毫不慌乱地解着。

葛萧那双看得见灵魂的大眼睛，温柔地看着我。

我的眼睛越睁越大，脸上越来越飘荡着惊惶，终于，我抓着长长的纱布的尽头，惊呼一声，浑身发抖："怎么……怎么会这样？"我丢下纱布想逃，却被葛萧牢牢地抓住双手。

葛萧说：“你刚才答应过我，不管我是什么样子，你都有勇气陪我终老一生。”

走廊里传来欢呼声，谭晶晶和江水明兴高采烈地冲进房间。江水明笑嘻嘻地拍了拍葛萧的肩膀，谭晶晶大笑着说：“葛狗，恭喜你如愿以偿。”

我瞪着葛萧。葛萧面带微笑：“瞪也没有用，反正刚才你已经答应了。说过的话不能反悔，我有证人。”

除了几处深深浅浅的划痕，葛萧清明的眉眼、挺拔的鼻梁、白皙的皮肤……何曾有一丝改变？什么毁容，都是他们自导自演的连台好戏。

我哭笑不得、咬牙切齿：“葛狗，你居然也骗我。”

葛萧说：“我没有。”

谭晶晶又开始撇嘴：“一点都不老实，刚才你都快笑场了。”

原来刚才葛萧扭过脸去、浑身发抖，不是被谭晶晶的话刺痛了内心，而是再不转过去，就要忍俊不禁了。

想到刚才我大发雷霆、义愤填膺，不过是被蒙在鼓里演了一出儿女情长的独角戏。我彻底恼了。

就在这时，我的手机响了。

我愕然接通电话：“何晓诗？”

电话那端，她语气平和地说：“明天上午9点，我们去莫愁湖南边的那家咖啡馆坐坐好不好？”

挂了电话，我竭力压抑住愤怒说：“对不起，我还有很重要的事情，我先走了。”说完，我看也不看他们，闪身跑出病房。

葛萧急切地喊：“丫头！”他的声音被我狠狠地关在了门内。

没走几步，谭晶晶就追出来，可她并没有阻拦我离开，只是把那个小盒子塞给我。

我刚想拒绝，谭晶晶说："葛萧说，你不妨想一想，如果和何晓诗谈完，你还是不想收，那就送给何晓诗吧。"

我笑了笑："我会的。"

何晓诗心甘情愿地陪葛萧经历了生死，应该得到它。

这大抵就是最好的结果吧。

我的确恼了，恼到必须离开。

可我也没有说谎，我的确还有很重要的事。

水银灯璀璨如星河，我站在机场国际航班的入口处，并没有等太久，就看到了背着简单行囊的师伟和杜宇，从一辆出租车上走下来。

师伟的脸上，伤痕依然惨不忍睹。可杜宇看着他的眼神，却深情而专注。

杜宇和师伟，曾经一样决绝，一样狠心，对别人、对自己，都不肯多给一种的可能。

可在真爱面前，这从来不是问题。

这是只中意彼此的义无反顾。

他们理应得到属于他们的幸福。

只属于他们两个。

与人无尤。

我慢慢地尾随着他们，最后静止在警戒柱的这一端，注视着他们手拉着手消失在安检口。他们脸上带着淡淡的笑，紧紧地依偎着，温暖甜蜜，十指相扣，仿佛长在彼此骨子里的青梅竹马，相拥相爱，从不曾经历百转千回的分离。

再见，师伟，我从未后悔，在青春年少时，曾迷恋阴郁的你。

再见，师伟，我从未后悔，在最美绽放时，曾陪你做爱的练习。

人来人往的热闹，终于渐渐萧条成午夜的剪影。我转身，却看见了不远处还站着一个人，笔挺的风衣，露着淡蓝色的衬衫领子，笑容平静——冯雪峰。

他显然是在我之后来的。他早就看见了我，只是没打扰我而已。或者，是他不愿意我打扰了他。

就像我对师伟一样，他对杜宇，也需要一次安静的告别。

不需要他人洞悉，不需要交换分享。

我和他心照不宣地相视一笑，一起转身向机场外走去，一路无话。

人声鼎沸、音乐喧嚣的机场大厅里，我只能听见我和他的脚步声，谈不上轻松，也说不上沉重，敲击着光滑干净的地面，距离师伟和杜宇越来越远。

无法相爱的，终于各奔东西。

可这不是一个悲剧。

离开的如愿以偿，留下的，何尝不是彻底解脱？

等出租车时，我随着排队的人群向前走着，看着即将离开、再也不会相见的冯雪峰，不知该说什么。

冯雪峰淡然一笑："几次见面，总算有缘，去喝茶吧。"

我抚摩着小巧玲珑的茶具，神色喟然，忍了又忍，还是没能免俗："恨杜宇的狠心吗？"

冯雪峰淡淡地微笑着，放下那盏茶杯，看着我："乔北，如果你真正和你所爱的人生活过，你就会知道，你会感谢她带给你的每一分每一秒，你会感谢她的一言一行、一颦一笑。正是那些从不重复的点滴，让你的人生每时每刻都处于美好之中。所以，就算她离开我，我还是感念她曾停留在我的身边，感念她所带来的幸福。因为在付出时，她是真心实意的。这些都是我凭空得来的快乐，我感激都还来不及，哪里还会去恨去怨?”

我对师伟,何尝不是如此?

我和冯雪峰的这一次喝茶,仿佛就为了这一问一答。余下的时间,我们再无对话,彼此看着楼下随风摇曳的几树梅花,品着他泡好的功夫茶。

三道茶尽,我们再次相视一笑,起身准备离开。

到了楼下,冯雪峰微笑说:“劫和运相辅相生。乔小姐,好自为之。”

我知道,他大抵是从江水明那里知道了葛萧的事情。我也知道,他没说出口的话是什么。解脱之后的平静心境,忽然就被打破,一种刺骨的痛猛烈袭来。我低下头,缄默不语。

冯雪峰笑了笑,指了指枝头:“就要开了。”

仿佛是道破了天机,黎明时分那略带漆黑的夜幕下,纷繁细小的雪粒在灯光中扑簌而下。在这肃杀的冬意中,衬得几朵将要开放的红梅,有种残酷的、别样的欢喜。

我到茶馆时,一眼就看见了何晓诗。她正抱着靠枕在藤椅里打瞌睡,有种毫无心事的放松。

我一坐下,她就醒过来,看着我的目光,干净明亮,没有一丝敌意。

何晓诗打了一个很卡哇伊的哈欠,笑眯眯地和我打招呼:“乔北姐姐!”她紧了紧外套,娇憨地说,“这里好冷啊。”

我怜惜地看着刚从生死线上走过一回的何晓诗:“刚下过雪啊,我们到包间里去吧。”

何晓诗连连摇头:“不要。”她做了一个深呼吸,满脸陶醉,“冷,才让吸进肺里的空气有了存在感,活着多好。”她眼睛有点湿润,马上就掩饰地笑起来,“好冷,好冷。”

和冯雪峰告别后,我的心境平和,有种“我不入地狱谁入地狱”

的慈悲感。我想我可以心如止水地面对何晓诗伶牙俐齿的质问。我不打算为自己解释什么，那对葛萧不公平。

看到何晓诗举起泡着热茶的玻璃杯，我垂下眼帘，心里已经打定主意。

或打，或骂，由她，任她。

比起葛萧所承受的巨大痛苦，这些又算得了什么？

可是，何晓诗举起玻璃杯，只是对着太阳，着迷地研究那些袅娜流转的叶片。她说："我从没有想过，有一天，我会看到一些绿色的叶片，都充满了快乐。"

我默然。

何晓诗放下杯子，甜甜地笑着看我："乔北姐姐，我约你来，就是想告诉你，我和葛萧一起面对生死时发生的事。"

何晓诗的人生，一直都是一场随心所欲的冒险类游戏。她永远知道自己要什么。

遇到葛萧，是这场游戏中最让她怦然心动的段落。她当然知道自己要什么。

她要的是位置，床的位置，椅子的位置，车座的位置。

所以，就算葛萧妈妈不同意他们的婚事，她还是义无反顾地坐在了副驾的位置上。

那是女友的位置，也是妻子的位置。

可她得到了葛萧身边的位置，却得不到葛萧心里的位置。

何晓诗坐在副驾的位置上，听着葛萧对乔北说的话，恨不得去死。

其实，死亡有时真的近在咫尺。

就在前方大卡车的钢索断裂时，就在车祸发生的刹那，尖叫的何晓诗就闻到了死亡的味道。

副驾是最甜蜜的位置，也是最危险的位置。在危险由前方袭来时，司机往往会下意识地选择向左打方向盘，这是司机在紧急时刻保护自己的本能反应。但这也就意味着，副驾位置成了最先并最直接接触危险的地方。

然而，就在散落的滚木以足以致命的阵势翻滚而来时，葛萧毅然决然地将方向盘向右打死，将何晓诗保护在自己身后，让自己迎接呼啸着弹跳的死亡之木……

何晓诗俏丽的脸上带着丝丝缕缕的擦伤，没有大碍，一向叽喳喧闹的她，此刻安安静静地坐在我的对面，有着生死间彻悟后的坦然。她微笑着说："从第一眼看见他，我就放不下了。是的，我放不下他，我恨不得像藤条一样缠着他。我跳上他的车，我看着他越开越快，我听他对你说的那些话，心如刀割。在车祸出现的一刹那，我甚至想，就这样和他死在一起好了，反正我至死不悔。可是……"

她的目光中带了一点泪水："可是，他居然那样坚决地保护着我，不惜冒着丧命的危险保护着他并不爱的我——他让我逃离了死路，那我……"

她揉了揉眼睛，笑靥如花："我要给他的爱一条生路。"

我缩在宽大的藤椅里，愣愣地看着又哭又笑的何晓诗，捕捉不到她话里的重点。

何晓诗哽咽一下，笑得更甜了："傻瓜，乔北姐姐是个傻瓜！我是说，我再也不会给你们捣乱了，再也不会纠缠他了……接受葛萧吧，承认爱他吧。乔北，他那么优秀，配得上你的。"她站起来，飞快地背上小坤包，"我也要去找我自己的王子了。"

在我呆滞的目光中，她慢慢地走远，远到快要走到草坪的尽头时，她忽然转过身来，脸上的泪光在初冬柔和的太阳光下闪闪发亮，笑容也如阳光一样灿烂。她把双手拢在嘴边，淘气地喊着："我会偷偷地关注你们的，如果你不能给他幸福，如果你不能给他快乐，我发誓，我一定会回来抢走他的！"

何晓诗不顾行人惊奇的目光，最后笑着向我招了招手，娇小的身影就消失在大门口。

我把额头放在膝盖上，回想每次见到的何晓诗，美丽纯真、青春洁净、勇敢自信……我忍不住从包里取出那个朱红色的天鹅绒盒子。看着那枚镶嵌着璀璨钻石的戒指，我一次又一次地问自己，难道何晓诗不更适合葛萧吗？难道不是吗？

我几乎想跳下椅子，追上何晓诗，把这枚戒指戴在她的无名指上。就在这时，我忽然发现，戒指托下面还有一个小纸条。展开看，上面有一句话：丫头，你准备好了吗？署名是葛萧。

讷讷无言的葛萧，习惯于沉默守候的葛萧，终于表明了自己的态度，说出了这句话。

我在忽然间热泪盈眶。我失神了好久，才打开手机，慢慢地打出一条短信：是的，我准备好了。

江水明挠着头说："可是，你怎么知道何晓诗会自动退出这场角逐呢？无论哪个方面，她都是难缠的对手。"

谭晶晶笑了："这是几乎不用猜的事实。她包扎完伤口就来手术室外守着葛萧，只是流泪，连葛萧的妈妈都没理。等到葛萧安然无恙，她也只是安静地守在他身旁。她从看着葛萧伤重昏迷，到知道葛萧不会留下任何后遗症，始终没剧烈起伏的情绪，更没再说过生死不离的话。"

谭晶晶说："这种反常的平静，肯定是因为内心产生了彻底的、天翻地覆的变化。"

谭晶晶说："所以，她的离场，只不过是顺理成章的结果。"

江水明连连摇头："我还是觉得，你是用了险招，如果乔北直接把戒指送给何晓诗呢？"

谭晶晶笑："我虽然已经不是金牌经纪人了，可我对人心的揣测却依然不会出错。"

谭晶晶的眼睛几乎能盯进我的心里："如果乔北直接把钻戒盒子交给何晓诗，而何晓诗就会在看到那张纸条后做出反应，那么就说明乔北真的对葛萧心无杂念，葛萧也就可以死心了。嗯，同时我觉得，何晓诗也是一个不错的结婚人选。"她看着葛萧心有余悸的表情，忍俊不禁，

"喂，我开玩笑的啦！一切尽在我的掌握中。"她继续说下去，"可是，就像我早就知道的那样，就算乔北真的想把戒指给何晓诗，还是会忍不住打开盒子——乔北，不管你是否承认，你的潜意识都已经出卖了你，你爱葛萧，一直。"

谭晶晶的话，绯红了我的脸，我支吾着无话可说。

这时，谭晶晶的电话响了。她看了一眼，欢快地说："哈，小柳。"她直接按下免提键。

小柳在那端吞吞吐吐地说："嗯，谭晶晶，其实，有件事我没和你说，现在我必须告诉你，乔北和师……"

谭晶晶大叫一声："喂，小柳，现在的最新形势是，江水明和我已经结婚了，然后，葛萧刚刚追到了乔北！"

小柳愣了很长一段时间，突然爆发出一声尖叫："你说的是真的啊？"

谭晶晶模仿了小柳的尖叫："我说的是真的啊！"

小柳大喊："你们这几个没良心的神经病，十几年的时间都干吗去了？现在才想起爱情这码事儿，两两成双地回了南京，只剩下我一个人形只影单。"

谭晶晶坏笑："你把你老公甩了，我在南京给你找个帅哥好不好？"

小柳老公浑厚的声音突然传来："喂，小柳老公恰好在旁边，他可是一个律师，你猜他会不会起诉你破坏婚姻或者教唆犯罪啊？"不等谭晶晶回话，他又慢条斯理地说，"而且，你不能再给小柳找一个帅哥了，因为她已经有了包括我在内的两个帅哥了，她忙不过来。"

江水明有点诧异："那你不起诉她重婚啊？"

小柳老公说："你等等。"

过了一会儿，一阵响亮的婴儿啼哭声传来，小柳的声音若隐若现："你干吗呀？宝宝刚睡着！"

小柳老公重新拿起话筒，骄傲地说："这个小帅哥，真的很帅呀！"

小柳笑得开心极了："那边可是江水明和葛萧啊，比帅，你有胜算吗?”

小柳欢快地说：“对了，谭晶晶，我儿子刚才说，他要退婚，他不要你和江水明的女儿当媳妇了，他要葛萧和乔北的女儿!”

谭晶晶大笑不止：“是你自己见异思迁吧? 你这个见色忘义的家伙!”

谭晶晶略去了我和师伟的抵死纠葛、略去了师伟和杜宇的永远离去，甚至略去了葛萧经历的一场生死劫难，她只告诉小柳，最能让她快乐的消息。

她幸福着，就让她不分心地幸福吧。

这是她作为我们的死党，应该享有的福利。

在欢笑声中，葛萧轻轻地拉住了我的手。

葛萧低眉顺眼、低声下气：“其实，我也不是很明白，为什么肋骨断了三根、胫骨都快粉碎了，我的脸都没事……请你相信我，我真的不是故意的。要不我向老天许愿，如果再发生车祸，就让我的脸……”

我的手指轻轻地压住了他的唇，眉眼带着嗔怪的微笑：“傻瓜!”

这是江爸的主意。

在葛萧送进医院的急诊室后，等在手术室外的江爸从江水明那里知道了整个事件的全部。确定葛萧生命无虞之后，江爸突然慢条斯理地说：“这场车祸，是老天赐给葛萧的最好机会。”

的确，也只有睿智一生、有趣一生的江爸，才能看透执拗的乔北，为葛萧策划出假装毁容的激将法。

江爸去世前的最后一句话是给江水明和谭晶晶的：“帮帮葛萧，帮帮乔北。”

葛萧对乔北有情，人尽皆知；乔北对葛萧有意，瞒得过她自己，瞒不过洞悉世事的师伟，也瞒不过江湖老辣的江爸。

只有撕扯掉乔北自缚的茧，才能让她看清自己对葛萧最真实的心。

葛萧说：“江爸泉下有知，我对得起他的苦心。等我出院后，你陪我一起去看他。”

我说：“嗯。”我想了想，又说，“可是，你知道的，还有很多事，我要慢慢适应。”

葛萧拢一拢我额上的碎发，溺爱地说：“我会给你充足的时间。”

这时，江水明忽然笑嘻嘻地插嘴说：“其实，不用很多时间，只要一个吻就足够了。以前开玩笑、商量着30岁结婚时，谭晶晶就老嚷着把我当亲人、对我没有触电的感觉，可是，前几天我吻了她一下，结果……哎哟！”

谭晶晶掐着江水明的胳膊，手上用力，脸上却是笑嘻嘻的，一贯言语戏谑的她，此刻还带着最真诚的笑容：“乔北，他说的是真的，是亲人还是爱人，吻过一次就知道了。你和葛萧之间，只差一个吻。”

葛萧看着双颊绯红的我，目光柔和如新月之光。

我可以继续用很多的笔墨，来描述后来那些明媚如鲜花绽放的日子，可是，江水明和谭晶晶不让。他们说，这些故事已经足够了，足够让读者叹息或微笑，也足够让我们回味或遗忘。

现在，葛萧和我定居在南京这座有着太多故事的城市里，每天他步行送我上下班。我们喜欢走在街巷里，顺手抚摸法国梧桐斑驳的树皮。葛萧说，有一天，我们几个，都会老成那样，不帅，也不漂亮，可每一处岁月留下的痕迹，都会隐藏着记忆的幸福，都会隐喻着未来的甜蜜。

亲爱的，爱人和死党，谢谢你，谢谢你们。你和你们，就是我一生典当与赎回的见证人。